R.

LUKAS ERLER

AUGE UM AUGE

THRILLER

btb

MIX
Papier aus verantwortungsvollen Quellen
FSC® C083411

Verlagsgruppe Random House FSC® N001967

1. Auflage
Originalausgabe August 2016

Satz: Uhl + Massopust, Aalen
Druck und Einband: CPI books GmbH, Leck
LW · Herstellung: sc
Printed in Germany
ISBN 978-3-442-71399-8

www.btb-verlag.de
www.facebook.com/btbverlag
Besuchen Sie unseren LiteraturBlog www.transatlantik.de

Prolog

Der Junge lief mit den Männern über das Feld, und als Gewehrfeuer die Reihen niedermähte, fiel auch er.

Sein Gesicht schlug auf den harten, von der Sonne getrockneten Acker, aber er spürte weder Schmerz noch Angst. Angst hatte er gehabt, als die Posten auf den Hügeln zu schießen begannen und die Einschläge der Granaten immer näher gekommen waren. Als sie zu Tausenden vor der alten Fabrik um Hilfe flehten, und die Fremden die Köpfe wegdrehten. Und später im Bus, in dem es nach Schweiß, Urin und Dieselöl gestunken hatte. Dort hatte er angefangen zu beten. Für seine Seele und dafür, dass er seinen Vater noch einmal sah.

Die Soldaten hatten ihn mit den anderen aus dem Bus gezerrt und auf das Feld getrieben, doch er hatte nicht aufgehört zu beten. Auch nicht, als er zu Boden ging. Jetzt schien das Gebet seinen Kopf ganz auszufüllen, als wolle es der Angst keinen Raum lassen. Die betende Stimme in ihm war nicht länger seine eigene, sondern die seines Vaters, und inmitten des Infernos wurde er ruhig. Das Fluchen und Lachen der Männer, das unaufhörliche Schießen, alle Geräusche um ihn herum schienen sich zu entfernen. Sein Vater betete für ihn. Er lauschte der vertrauten Stimme und roch dabei die würzige Erde, die Gräser und Wildblumen, die sich ihren Weg gebahnt hatten, seit das Feld brach lag. Fruchtbares Ackerland, dachte er vage – viel zu schade für einen Friedhof.

Die Soldaten schritten jetzt die Reihe der Toten ab und überzeugten sich davon, dass sie ganze Arbeit geleistet hatten. Sie fluchten und feixten, klagten über die Hitze und schrien sich Befehle zu. Vereinzelt fielen noch Schüsse. Er öffnete die Augen zu schmalen Schlitzen und sah zwei große Militärstiefel auf sich zukommen. Dann spürte er den kalten Druck eines Gewehrlaufes am Hinterkopf. Sein Magen zog sich in einem einzigen qualvollen Krampf zusammen. Wo bist du, dachte er. Die Stimme seines Vaters war verstummt.

ERSTER TEIL

»Auge um Auge – und die ganze Welt wird blind sein.«

Mahatma Gandhi

Sommer 2012

Eins

Endlich sah er die Jagdhütte. Der sich langsam lichtende Morgennebel enthüllte den Blick auf ein unscheinbares, kleines, in Tarnfarben gestrichenes Holzhaus, vor dem zwei Stapel mit großen LKW-Reifen aufgetürmt waren. Die Hütte lag am Rand der Aue, unterhalb des Weinbergs, und Henk de Byl hatte Mühe gehabt, sie zu finden.

Der Riemen der schweren Kameratasche schnitt in seine rechte Schulter und hinterließ einen ziehenden Schmerz, der nicht verschwand, als er die Tasche abnahm und vor sich auf den Boden gleiten ließ. Mit klammen Fingern angelte er eine Schachtel Zigaretten aus der Brusttasche seiner Gore-Tex-Jacke, zündete sich eine an und inhalierte, so tief er konnte. Sein geübter Blick scannte die Umgebung der Hütte und blieb dann auf dem Objekt selbst haften.

Was er vor sich sah, war Kunst, besser gesagt, die Behausung enthielt Kunst und war zugleich Teil derselben. Die Installation »Jagdhütte« der australischen Künstlerin Fiona Hall war die letzte Station seiner Videosafari in der Karlsaue, die im Morgengrauen mit der »Idee di Pietra« von Guiseppe Penone, einem kahlen, künstlichen Baum, auf dem ein Felsbrocken platziert war, begonnen hatte und hier ihren Abschluss fand. Selbstverständlich war das Exponat noch nicht zugänglich, aber er wusste, was die Besucher erwartete. Die Künstlerin hatte aus Abfällen, Getränkedosen und zerrissener Militärtarnkleidung vom Aussterben bedrohte Tiere gefertigt, um auf die Zerstörung der Erde durch den Menschen aufmerksam zu machen.

Das alles interessierte ihn nicht. Sein Auftrag war es, die Einbettung der Installationen in die Natur der Karlsaue zu filmen, bevor die documenta 13 offiziell begann und Hunderttausende kunstliebender Touristen die Stadt Kassel auf den Kopf stellten. Er hatte bei Sonnenaufgang mit seiner Arbeit begonnen. Das warme Licht des anbrechenden Tages eignete sich perfekt, und ihm waren eine Reihe Aufnahmen und Filmsequenzen von großer Schönheit gelungen.

Jetzt war er müde und sehnte sich nach einem Becher Kaffee und seinem Bett. Henk de Byl trat die Zigarette aus, bückte sich nach der Kamera und richtete das Teleobjektiv auf das Wäldchen links von der Hütte, die etwa siebzig Meter entfernt von ihm lag.

Um ihn herum war es vollkommen still, die Luft feucht und kühl. Er schwenkte die Kamera langsam nach rechts, hatte jetzt den holprigen Weg, der zur Jagdhütte führte, im Visier. Dann sah er den Waldarbeiter. Ein schlanker Mann unbestimmten Alters mit einer dunklen Baseballmütze und einem weiten, olivfarbenen Overall, der so plötzlich im Sucher erschien, dass man unmöglich sagen konnte, aus welcher Richtung er gekommen war. Er hatte eine Schubkarre dabei und begann mit einem Rechen das Areal vor der Jagdhütte von Laub und kleinen Ästen zu säubern. Was für ein Blödmann! De Byl war alles andere als erfreut über den Anblick. Schließlich hatte er sich gerade deswegen so früh auf den Weg gemacht, um möglichst keiner Menschenseele zu begegnen.

Was soll's, dachte er und begann den Mann zu filmen, während er auf ihn zuging. Die »Jagdhütte« war das letzte Objekt. Wenn das Material gut geschnitten wurde und der Soundtrack stimmte, konnte er dem einsamen Arbeiter im Morgengrauen vielleicht sogar eine poetische Note abgewinnen. Er filmte die ruhigen, gleichmäßigen Bewegungen, mit denen er das Laub rechte, zoomte auf die kräftigen Hände und dann auf das gut geschnittene, alterslose Gesicht des Mannes. Der richtete sich jetzt auf, ließ den Rechen neben die Schubkarre auf den Boden fallen und sah de Byl entgegen, während er mit raschen Bewegungen die zahlreichen Taschen seines Overalls abtastete. Er förderte ein zerknittertes Päckchen Camel zutage, fand aber offenbar kein Feuerzeug. Die Zigarette zwischen den Lippen, machte er mit dem Daumen die Geste des Feuerzeugklickens.

De Byl reichte ihm sein altes Zippo. Der Waldarbeiter zündete die Zigarette an und schirmte dabei die Flamme mit der linken Hand ab. Schöne Hände, dachte de Byl. Stark und gepflegt, keine Schwielen, nicht unbedingt die typischen Hände eines … Sein Blick begegnete braunen Augen, die sich zu schmalen Schlitzen verengten. Die Hand des Mannes öffnete sich, vollführte eine geschmeidige Drehbewegung, und während das Feuerzeug zu Boden fiel, erschien dort, wo eben noch das Zippo gewesen war, ein Messer mit einer langen, dünnen Klinge, die pfeilschnell auf de Byl zuschoss. Mühelos perforierte sie seine Gore-Tex-Jacke und das T-Shirt, drang in die Brust, glitt an einer Rippe ab und durchbohrte die linke Herzkammer dort, wo die Aorta entspringt. Er spürte zunächst nur einen Stich, der gar nicht besonders wehtat, dann ein warmes Gefühl im Brustkorb. Die Dinge um ihn herum verschwammen vor seinen Augen, und vergeblich versuchte sein Verstand zu erfassen, was geschehen war. Er begann zu schwanken, der Mann vor ihm fing ihn auf und ließ ihn behutsam mit dem Gesäß zuerst in die Schubkarre gleiten. Dann schob er ihn in der Karre hinter die Hütte und zog das Messer aus der Brust. Ein großer Schwall Blut quoll aus der Wunde. Der Mann säuberte die Klinge und ließ sie wieder in dem versteckten Halfter an seinem Handgelenk verschwinden. De Byl sah ihm dabei zu. Seine Augen füllten sich mit Tränen, und sein wegdriftender Verstand fragte sich, ob er diesem Mann schon einmal begegnet war. Er war in den letzten Jahrzehnten an vielen gefährlichen Orten gewesen und hatte immer gewusst, warum sein Leben in Gefahr war. Ich hätte in Guatemala sterben können, dachte er, ein halbes Dutzend Mal. Aber auf der documenta? Wer ist das? Ich habe ihm überhaupt nichts … Der Gedanke riss ab, und Henk de Byl begriff, dass er diese Welt verlassen würde, ohne den Grund dafür zu erfahren. Der Fremde hatte bisher kein einziges Wort gesprochen und sah nicht so aus, als ob er reden wollte. Er zog einen filigranen, metallisch glänzenden Gegenstand aus seinem Overall, den er mit Daumen und Mittelfinger vor dem Gesicht seines

Opfers auf- und zuschnappen ließ. Was, um Gottes willen, war das? De Byl wollte das Ding abwehren, danach schlagen, aber sein Arm bewegte sich keinen Millimeter. Die Sauerstoffversorgung seines Gehirns ließ jetzt so schnell nach, dass er kaum noch sehen konnte. Das blitzende Etwas bewegte sich unentwegt vor seinen Augen hin und her, auf und ab, hin und her… Sein Blickfeld wurde enger, schrumpfte zu einem schmalen Korridor, und auf einmal schien es nichts Wichtigeres zu geben, als zu sehen, was dort tanzte. Er schüttelte den Kopf wie ein nasser Hund, kniff die Augen zu, riss sie verzweifelt wieder auf. In diesem Augenblick stoppte die Hand vor seinem Gesicht ab, und de Byl erkannte, was sie hielt. Es war eine Nagelschere.

Zwei

»Verdammt, was macht die da?«

Jenny Urban zupfte am Ärmel des Mannes, der neben ihr saß, und versuchte, zwischen den Köpfen der beiden Männer vor ihr einen Blick auf die weit entfernte Bühne zu erhaschen.

»Keine Ahnung. Du bist die mit den scharfen Augen.«

Ihr Nachbar tastete nach ihrer Hand, führte sie an den Mund und küsste ihre Fingerspitzen.

»Die nützen mir gerade nichts«, sagte Jenny, reckte den Hals und versuchte, das angenehme Prickeln, das ihren Arm hinaufschoss, zu ignorieren. Im Saal war ein nagendes, durch ein Mikrofon verstärktes Knabbergeräusch zu hören, dessen unangenehme Lautstärke die zahlreich erschienenen Journalisten irritiert verstummen ließ. Jenny stand jetzt einfach auf und sah auf der Bühne eine ganz in schwarz gekleidete, blonde Frau in mittleren Jahren, die ein Mikrofon in der Hand hielt. Die Blitzlichter der Fotografen erhellten den Raum.

»Hinsetzen!«, zischte es um sie herum.

Jennys Begleiter, der ihre Hand nicht losgelassen hatte, zog sie zurück auf den Stuhl und brachte seinen Mund dicht an ihr Ohr.

»Sie kaut auf ihren Fingernägeln«, flüsterte er und zupfte mit den Lippen ein wenig an ihrem Ohrläppchen.

»Ihh – bah!«, sagte Jenny laut und sah, wie die Köpfe der Journalisten herumfuhren. Ihr Begleiter lachte leise.

»Das ist Kunst, meine Liebe. Das Nägelkauen verdeutlicht die atemberaubende Spannung, mit der die ganze Szene auf die d13 wartet.«

Er hatte recht, Jenny erinnerte sich dunkel an die Einladung, die sie erhalten hatte. Die Pressekonferenz zur documenta 13, der weltweit wichtigsten Ausstellung zeitgenössischer Kunst, wurde mit »Nail Biting«, einer Performance der britischen Konzeptkünstlerin Ceal Floyer, eröffnet. Und der Mann, der sich so wunderbar aufdringlich an ihrem Ohr zu schaffen machte, wusste so etwas: Professor Cornelius Teerjong, ihre neueste Eroberung, die sie außerordentlich faszinierend fand. Er war geistreich und kultiviert, hatte einen rabenschwarzen Humor und teilte ihre Vorliebe für gutes Essen. Allerdings war sie noch nie zuvor mit einem Blinden zusammen gewesen.

»Ich bin beruflich hier«, flüsterte sie grinsend, schob ihn auf seinen Stuhl zurück und versuchte sich auf die Leute zu konzentrieren, die jetzt auf dem Podium Platz nahmen. Eingerahmt von jeweils zwei prominenten Herrschaften aus Politik und Kultur saß die Kuratorin der Ausstellung. Hinter ihnen an der Wand war auf einer riesigen Leinwand zu lesen, dass die d13 auch gleichzeitig in Kabul, Alexandria und Banff stattfand.

Die Kuratorin, eine energische, blond gelockte Dame mit einer markanten Hornbrille, startete jetzt mit einem vom Blatt abgelesenen, englischsprachigen Vortrag, der Jenny seltsam sprunghaft und chaotisch vorkam, aber vielleicht lag das auch daran, dass ihr Begleiter seine Finger nicht von ihr lassen konnte. Jenny grinste und machte sich Notizen.

Die Kuratorin sprach über die vier Hauptthemen der documenta 13, erläuterte ihre Vorgehensweise bei der Auswahl der Künstler, äußerte sich zu skeptischen Allianzen und Formen des Vertrauens, beklagte die Schnelllebigkeit und die lächerlich kurzen Aufmerksamkeitsspannen der digitalen Welt und streifte kurz die Finanzmarktkrise, Quantenphysik und die Frage, wie Lichtteilchen zusammen denken und tanzen. Zwischendurch unterbrach sie sich selbst mit der Einsicht: »Ich denke, das führt jetzt zu weit«, und übersprang ein paar Manuskriptseiten, was die Zuhörer ihr mit herzlichem Applaus dankten.

Jenny wurde ein wenig schläfrig und registrierte, dass die Hand ihres Begleiters von ihrem Knie aus geschäftig nach oben wanderte.

»Schluss jetzt!«, zischte sie und schlug ihm halbherzig auf die Finger, was keinen großen Eindruck zu machen schien, aber zumindest war sie wieder wach.

Die Rednerin zeichnete jetzt ausführlich das gescheiterte Projekt des Künstlerduos Faivovich & Goldberg nach, den 37 Tonnen schweren Meteoriten El Chaco aus Argentinien nach Deutschland zu schaffen, was indianische Ureinwohner verhindert hatten, schlug sich bei diesem Konflikt eindeutig auf die Seite des Meteoriten und stellte die ernsthafte Frage, ob es diesem gefallen hätte, in einer Ausstellung vor dem Fridericianum herumzuliegen.

Jenny Urban überlegte, wie man wohl Kuratorin der documenta wurde, und fand, dass die Dame eine gute Wahl war.

»Ich muss früher weg«, flüsterte Teerjong.

»Warum?«

»Ich habe um halb zwei eine Verabredung.«

»Mit wem?« Jenny klang enttäuscht.

»Kennst du nicht. Ein alter Bekannter, der nur selten hier ist. Wir treffen uns in der Stadt.«

»Kommst du da alleine hin?«

»Wer weiß. Ohne deine Hilfe werde ich wahrscheinlich direkt in die Fulda latschen!«

Jenny zuckte zusammen und biss sich auf die Unterlippe. Sie wusste genau, dass Teerjong ihre Fürsorge als Bevormundung empfand und mit beißendem Sarkasmus quittierte. Dennoch machte sie immer wieder den Fehler, seine Selbstständigkeit infrage zu stellen.

»Du bist eine verdammte Mimose!«, zischte sie.

»Stimmt«, flüsterte Teerjong vergnügt, »aber ich liebe deinen Hintern.«

Jenny schüttelte sprachlos den Kopf.

»Können Sie Ihre Privatgespräche nicht an einem anderen Ort führen?«, fragte einer der Journalisten hinter ihnen.

Teerjong drehte sich um: »Tut mir leid. Ich bin blind und muss mich mit meiner Betreuerin abstimmen.«

Jenny wurde rot vor Verlegenheit und musste gleichzeitig derart lachen, dass sie sich verschluckte.

»Hau ab!«, prustete sie. »Hau bloß ab!«

Teerjong stand auf, warf ihr eine Kusshand zu, schlängelte sich scheinbar mühelos durch die Stuhlreihen und strebte dann mit seinem weißen Teleskopstab zielsicher dem Ausgang entgegen.

Jenny schloss die Augen und versuchte sich wieder auf das Geschehen auf dem Podium zu konzentrieren, aber ihre Gedanken schweiften ab und folgten Cornelius Teerjong. Wen zum Teufel wollte er in dieser Stadt treffen? Sie hatte es nicht gewagt, ihn danach zu fragen. Weil er gleich wieder sauer geworden wäre, dachte sie mit einem Anflug von Bitterkeit.

Sie hatte ihn im letzten Jahr auf der Art Dubai, zu der eine reiche Freundin sie eingeladen hatte, zum ersten Mal gesehen: Cornelius Teerjong, Professor of Art Theory and Art History, Staatliche Hochschule für Bildende Künste – Städelschule, Frankfurt am Main. So stand es im Programmheft. Er war mit einem Vortrag zum Thema »Kunsttheorie im Zeitalter digitaler Reproduzierbarkeit« angekündigt worden, und als die Moderatorin ihn zum Mikrofon begleitete, hatte Jenny Urban sich sofort gefragt, in welchem Hotel er wohl abgestiegen war. Von dem Vortrag hatte sie nichts mitbekommen, aber seine Stimme gefiel ihr. Sehr sogar.

Für einhundert US-Dollar hatte ihr später ein philippinischer Angestellter des Madinat Jumeirah Resort die Information verschafft, dass Teerjong im Radisson Blu wohnte, und am Abend hatte sie ihm dort in der Hotelbar regelrecht aufgelauert. Ein blinder Kunstprofessor, der aussah wie ein sehr schön gealterter David Bowie. Job hin oder her, es gab nicht den geringsten Grund, sich dieses exotische Exemplar entgehen zu lassen.

Jenny erinnerte sich sehr gerne an ihren ersten gemeinsamen Abend. Teerjong hatte sich in der Bar so sicher bewegt, dass man auf die Idee hätte kommen können, der Teleskopstab sei reine Staffage. Ein Gespräch anzufangen war kein Problem gewesen, und vom ersten Augenblick an hatte die Chemie gestimmt. Er war charmant, klug und ein wenig zynisch, eine Mischung, die sie äußerst attraktiv fand. Wenn er sie etwas fragte, schien er sich wirklich für ihre Antworten zu interessieren. Sie hatten sich so angeregt unterhalten, dass Jenny ihren ursprünglichen Plan um ein Haar vergaß, aber natürlich waren sie irgendwann doch noch in Teerjongs Hotelzimmer gelandet. Jenny lächelte mit geschlossenen Augen, wenn sie an diese Nacht dachte. Und an das, was Teerjong am nächsten Morgen zu ihr gesagt hatte: »Egal, wie das mit uns weitergeht: Ich bin nicht eifersüchtig oder besitzergreifend. Du kannst tun, was immer du möchtest, und schlafen, mit wem du willst. Aber wenn du anfängst, mich zu bemuttern, ist Schluss!«

Gar nicht so einfach, dachte sie. Seit jener Nacht in Dubai hatte sie keine Lust mehr gehabt, mit jemand anderem als Cornelius zu schlafen, und sich nicht um ihn zu sorgen war das Schwerste, was sie jemals versucht hatte.

Drei

Cornelius Teerjong saß in einem Straßencafé in der Innenstadt und lauschte der erstaunlichen Vielfalt von Sprachen und Stimmen an den Nachbartischen. Neben Deutsch hörte er Englisch, Französisch und Italienisch, aber auch Russisch und Japanisch sowie eine asiatische Sprache, die er nicht einordnen konnte. Die überwiegend weiblichen Stimmen klangen jung, und in dem babylonischen Durcheinander pulsierte ein heiterer, unaufgeregter Grundton, der ihm gut gefiel. Auch wenn man für moderne Kunst nicht viel übrig hatte, konnte man sich dem internationalen Flair und der Stimmung, die Abertausende Besucher aus fünfundfünfzig Ländern verbreiteten, nur schwer entziehen. Alle fünf Jahre verpasste die documenta der Stadt einen Auffrischungs-Kurs in Sachen Weltoffenheit, der ihr sichtlich guttat.

Teerjong nippte an seinem Chardonnay und überlegte, wie lange er noch warten wollte. Eigentlich hatte er nichts dagegen, an einem Junitag im Café zu sitzen und Weißwein zu trinken, aber er hasste Unpünktlichkeit. Etliche seiner Studenten hatten auf ziemlich drastische Weise erfahren müssen, dass künstlerische Freiheit nicht bedeutete, Cornelius Teerjong warten lassen zu dürfen. Er holte sein Handy heraus und fragte die Uhrzeit ab. Vierzehn Uhr dreißig. Der Mann, den er treffen wollte, hatte bereits eine Stunde Verspätung. Das Handy klingelte, als er es zurück in die Tasche stecken wollte, und der Screen Reader teilte ihm die Nummer des Anrufers mit. Nie gehört, dachte er übellaunig. Wer immer das sein mochte, Teerjong hatte keine Lust zu telefonieren. Auch nicht mit dem Mann, der ihn versetzt hatte. Er zögerte einen Augenblick, dann nahm er den Anruf doch entgegen. Sollte der Kerl zumindest Gelegenheit bekommen, sich zu entschuldigen.

»Hallo Henk, wo zum Teufel stecken Sie?«

»Professor Teerjong?«, fragte eine fremde Männerstimme.

»Kommt drauf an.«

»Mein Name ist Leonard. Kripo Kassel.«

»Woher haben Sie diese Nummer?«

»Von einem Toten.«

Teerjong schwieg.

»Sind Sie noch dran?«, fragte Leonard.

»Ja.«

»Hatten Sie heute Mittag um halb zwei eine Verabredung?«

»Das geht Sie überhaupt nichts an!«

»Wo genau befinden Sie sich jetzt?«

»Das geht Sie ebenfalls nichts an! Wer, sagten Sie, sind Sie? Glauben Sie ernsthaft, Sie könnten einfach anrufen, sich als Bulle ausgeben und …«

»Okay, hören Sie, Professor«, unterbrach ihn Leonard, und etwas Kaltes und Unbeugsames in seiner Stimme hielt Teerjong davon ab, einfach aufzulegen. »Wir hatten möglicherweise einen schlechten Start. Lassen Sie mich noch einmal beginnen: Ich bin Polizist, und ich muss Sie dringend sprechen. Wegen eines Toten, der ein kleines Notizbuch bei sich trug, in dem Ihr Name, Ihre Handynummer sowie das Datum von heute und eine Uhrzeit festgehalten sind. Ich frage Sie deshalb ganz freundlich, ob Sie mir ein akademisches Viertelstündchen widmen könnten, ohne pampig zu werden.«

Teerjong schwieg, während sich seine Gedanken überschlugen. Er hatte für diesen Tag nur eine Verabredung getroffen. Mit einem Mann, der seine Termine nicht in einem Smart-Phone, sondern in einem altmodischen Notizbuch vermerkte. Und der nicht gekommen war. Scheiße!

»Ja«, sagte er und versuchte seiner Stimme einen ruhigen Klang zu geben, »aber nicht am Telefon. Können wir uns treffen?«

»Klar. Wo sind Sie?«

»Café Mocca am Königsplatz.«

»Gut. In zwanzig Minuten. Laufen Sie nicht weg. Wie erkenne ich Sie?«

»Ich bin wahrscheinlich der einzige Blinde auf dem Platz.«

Vier

Während er auf den Polizisten wartete und seine Beunruhigung wuchs, dachte Cornelius Teerjong daran, dass er nun schon seit mittlerweile vier Jahren völlig erblindet war. Bis in den Sommer 2008 hinein war es ihm noch möglich gewesen, Umrisse und Schattierungen wahrzunehmen. Er hatte weiterhin ohne Stock und fremde Hilfe öffentliche Verkehrsmittel benutzt und auf Rügen lange Spaziergänge am Ostseestrand unternehmen können. Dann hatte sich in unfassbar kurzer Zeit vollständige Dunkelheit auf ihn herabgesenkt.

In den ersten Jahren hatte er die Menschen, die er kannte, in zwei Gruppen unterteilt. In Menschen mit und Menschen ohne Gesicht. Familienmitglieder, Freunde und Kollegen, die er vor 2008 kannte, hatten Gesichter. Leute, die er kennengelernt hatte, nachdem er das Augenlicht verlor, hatten keine.

Der Mann, mit dem er verabredet war, hatte ein Gesicht. Und zwar ein ziemlich langes und gutmütiges, mit buschigen Augenbrauen und einem energischen Kinn. Teerjong hatte Henk de Byl kurz nach der Jahrtausendwende kennengelernt, als er für ein Projekt in Guatemala einen Dokumentarfilmer gesucht hatte, der seine Arbeit begleiten sollte. De Byl hatte sich als ein ebenso sympathischer wie talentierter Kameramann und Cutter erwiesen, und ihre Zusammenarbeit hatte beinahe drei Jahre angedauert. Danach war jeder seiner Wege gegangen, doch der Kontakt war nie ganz abgerissen. Teerjong hatte de Byl zu einer Reihe von Folgeaufträgen verholfen und ihn, wo immer es ging, weiterempfohlen. Das letzte Mal hatten sie sich 2007 in Brüssel getroffen, wo de Byl – inzwischen verheiratet – eine kleine Produktionsfirma für Videoclips und Werbefilme betrieb. In den nächsten fünf Jahren telefonierten sie gelegentlich miteinander, aber Teerjongs schwindende Sehkraft zwang ihn, sich beruflich immer stärker auf den reinen Vorlesungsbetrieb zu beschränken, sodass er für einen Filmemacher letztlich keine Verwendung mehr hatte.

Als de Byl ihn im Mai angerufen und ein Treffen auf der documenta vorgeschlagen hatte, war Teerjong ebenso überrascht wie erfreut gewesen. Und jetzt sollte er tot sein? Gestorben auf eine Weise, für die sich die Polizei interessierte? Vielleicht war dieses Notizbuch irgendwie in den Besitz einer anderen Person gelangt.

Teerjong versuchte sich zu erinnern, wie der Kameramann 2007 ausgesehen hatte, und war sich bewusst, dass das Gesicht, das er mit Mühe abrufen konnte, fünf Jahre alt war. Alle Menschen, die er vor der großen Dunkelheit gekannt hatte, waren in seiner mentalen Galerie mit einem historischen Schnappschuss vertreten, der mit ihrem aktuellen Aussehen wahrscheinlich nur noch wenig zu tun hatte.

Im letzten Jahr hatte er festgestellt, dass es für ihn immer weniger von Bedeutung war, wie Menschen aussahen.

Jenny zum Beispiel hatte kein Gesicht, und er brauchte es auch nicht, um ihre Schönheit wahrzunehmen oder zu wissen, wie sie sich fühlte. Er konnte in ihrer Stimme lesen, konnte unabhängig von der Bedeutung der Worte hören, ob sie glücklich, traurig oder wütend war. Er wusste, wie sie klang, wenn sie Angst hatte, erregt war oder sich langweilte, und selbst feine Nuancierungen, wie Zweifel oder Unbehagen, registrierte er mühelos. Einmal hatte er gehört, dass sie log, aber diese Lüge hatte nicht ihn betroffen.

Jemand trat an den Tisch heran und geriet zwischen Teerjong und die Sonnenstrahlen, die bis jetzt sein Gesicht gewärmt hatten.

»Professor Teerjong? Max Leonard, Hauptkommissar. Wir haben telefoniert. Darf ich mich setzen?«

»Ja, aber bitte so, dass ich weiterhin Sonne abbekomme.«

Der Polizist nahm seitlich von Teerjong am Tisch Platz und bestellte Pfefferminztee.

»Ich nehme noch ein Glas von dem Chardonnay«, sagte Teerjong. »Sie haben mich am Telefon mit Professor angesprochen. Woher wussten Sie das?«

»Das stand so in dem Büchlein: Professor Teerjong, 13.30 Uhr, Datum von heute. Ich habe Sie dann gegoogelt. Cornelius Teerjong, Kunsthistoriker, vor ein paar Jahren erblindet. Deutscher Staatsbürger. Geboren in Eindhoven, Vater Holländer, Mutter Deutsche. Studium in Amsterdam, Frankfurt und New York. Sie haben als Kurator im Berkeley Art Museum gearbeitet, und im Pacific Film Archive der University of California. Später waren Sie eine

Zeit lang Leiter der Kunsthalle Bern. Jetzt unterrichten Sie an der Städelschule in Frankfurt, stimmt's?«

Teerjong nickte in Leonards Richtung. Er lauschte dem Nachklang der Stimme in seinem Kopf und versuchte sich ein Bild von seinem Gegenüber zu machen: Ein tatkräftiger Mensch mit einer noch relativ jungen Stimme. Kam gleich zur Sache, schien aber nicht ungeduldig zu sein. Energisch, intelligent, eine Spur arrogant vielleicht. Sehr entscheidungsfreudig. Mittleres Alter, mittlere Größe, aber alles andere als Durchschnitt.

»Lassen Sie mich meine Frage von eben noch einmal wiederholen, Herr Professor: Mit wem waren Sie verabredet?«

»Mit Henk de Byl. Er sollte um halb zwei hier sein. Wir haben uns seit fünf Jahren nicht mehr gesehen.«

»Können Sie ihn beschreiben?«

»Sie wissen schon, dass Sie mit einem Blinden reden, oder?«

»Entschuldigen Sie, dumm von mir.«

»Schon gut. Ich habe ihn vor fünf Jahren das letzte Mal getroffen und tatsächlich auch gesehen, und zwar in Brüssel. Damals haben meine Augen noch ein bisschen funktioniert. Ich kann also ungefähr beschreiben, wie er im Sommer 2007 ausgesehen hat. Henk de Byl ist mindestens ein Meter neunzig groß und hager. Er hat strohblonde Haare, blaue Augen und ein elend langes Gesicht, das er lässig zweimal um den Hals wickeln könnte. Relativ viele Falten, sieht älter aus, als er ist.«

Leonard schwieg einen Augenblick.

»Tut mir leid«, sagte er dann, »der Tote entspricht ziemlich genau der Beschreibung, die Sie mir gerade gegeben haben.«

»Großer Gott«, murmelte Teerjong. Eine Welle von Traurigkeit erfasste ihn, und ihm wurde bewusst, wie inständig er sich bis vor wenigen Sekunden tatsächlich an den Gedanken einer Verwechslung geklammert hatte. Er hatte es einfach nicht glauben wollen. »Woran ist er gestorben?«

»In welcher Beziehung standen Sie zu ihm?«

Teerjong hasste Gegenfragen, aber jetzt war kein guter Zeitpunkt, sich mit einem Polizisten anzulegen. Außerdem hatte er einen Kloß im Hals, der immer dicker zu werden schien.

»Er hat für mich gearbeitet. Als Dokumentarfilmer. Wir waren 2001 zusammen in Guatemala und haben dort einen Film über Alejandro Paz und Anibal López Juárez gedreht. Zwei guatemaltekische Künstler, die mit ihren Arbeiten gegen den offiziell geleugneten Genozid an 200 000 Indígenas während des Bürgerkrieges protestierten. Sehr mutige Männer. De Byl war auch mutig. Wir gerieten während der Dreharbeiten in Guatemala-Stadt in eine Militärkontrolle. Seiner Nervenstärke und Coolness haben wir es zu verdanken, dass wir noch am Leben sind.« Teerjong stockte, als ihm bewusst wurde, was er gerade gesagt hatte.

Leonard fuhr unbeirrt fort: »Wie lange dauerte die Zusammenarbeit?«

»Insgesamt etwa drei Jahre. Nach Guatemala folgten

noch ein paar kleinere Projekte. Hauptsächlich filmische Dokumentationen von Ausstellungen in Westeuropa. Danach war Schluss. Würden Sie mir jetzt bitte sagen, wie und woran er gestorben ist?«

»Das darf ich nicht«, sagte Leonard sanft. »Ich darf mit Ihnen nicht über laufende Ermittlungen sprechen.«

»Nun, wenn es so etwas wie laufende Ermittlungen gibt, ist er wohl nicht auf natürliche Weise ums Leben gekommen.«

»Kein Kommentar. Kennen Sie einen sehenden Menschen, der ihn identifizieren könnte? Möglichst schnell?«

»Kein Kommentar!«

Leonard stieß einen tiefen, ärgerlichen Grunzlaut aus und schien nachzudenken. Teerjong schwieg und lauschte den Stimmen um sie herum.

Am Nachbartisch hatte sich eine Horde Teenager niedergelassen, die lautstark über irgendeinen Horrorfilm diskutierte, von dem er noch nie etwas gehört hatte. Teerjong dachte an Jack Nicholson in *The Shining* und daran, wie sehr er das Kino vermisste.

»Na gut«, sagte Leonard unvermittelt, »ich stecke in der Klemme. Ihr ehemaliger Mitarbeiter ist auf dem Gelände der documenta gefunden worden. Eine extrem heikle Angelegenheit. Die Staatsanwaltschaft steht Kopf. Heute Vormittag bekam ich einen Anruf vom Innenminister des Landes. Meine Vorgesetzten wollen, dass der Fall so schnell und unauffällig wie möglich geklärt wird. Niemand darf den Eindruck gewinnen, dass die Ausstellung nicht sicher ist. Der Druck ist jetzt schon erheblich.

Werden Sie mit mir kooperieren, wenn ich Ihre Fragen beantworte?«

»Sicher.«

Leonard räusperte sich, doch seine Stimme klang immer noch heiser und angestrengt. »Herr de Byl ist heute Morgen gegen neun Uhr in der Karlsaue gefunden worden. Halb sitzend in einer Schubkarre. Und zwar hinter einer Hütte, die ein Kunstobjekt der Australierin Fiona Hall darstellt. Diesen Fundort werden wir der Presse gegenüber vorerst nicht erwähnen. Keine Ahnung, wie lange wir das geheim halten können. Das Opfer wurde erstochen. Nach vorläufigen Angaben unserer Pathologen mit einer langen stilettartigen Klinge. Er ist verblutet.«

»Warum war er dort?«

»Das wissen wir noch nicht genau. Er hatte eine teure Kameraausrüstung dabei. Insofern denke ich, dass er beruflich unterwegs war. Der oder die Mörder haben die Speicherkarte entfernt, aber die Kamera nicht mitgenommen. Geld, Kreditkarten und eine ziemlich wertvolle Uhr waren noch da, und das Notizbuch natürlich. Allerdings kein Handy und keine Ausweispapiere. Raubmord scheidet unserer Meinung nach aus.«

Teerjong schüttelte fassungslos den Kopf. »Wer um Gottes willen sollte ihm so etwas antun?«

»Können Sie mir wirklich jemanden nennen, der ihn schnell und ohne Umstände identifiziert und mir weitere Informationen gibt?«

»Ja, seine Frau Maria. Sie lebt in Brüssel, Rue du Trône, die Nummer habe ich gespeichert. Also, Henk hat auch da gewohnt, wenn er nicht gerade unterwegs war. Maria führte dann die Videofirma. Sie weiß alles über ihn und seine Arbeit.«

»Würden Sie sie anrufen und bitten hierherzukommen?«

»Ja.«

»Und ich muss Sie bitten, mich aufs Revier zu begleiten. Für das Protokoll. Sie können von dort in Brüssel anrufen.«

Teerjong gab einen frustrierten Seufzer von sich. Die Trauer um Henk de Byl und der Gedanke an das vor ihm liegende Telefonat erzeugten ein beklemmendes Gefühl in seiner Brust. Der Chardonnay fraß an seinen Magenwänden und schien nur auf den richtigen Moment zu warten, nach oben zu schwappen. Das Gewirr der Stimmen um ihn herum war lauter und schriller geworden. Wo mochte Jenny jetzt sein? Er musste sie anrufen. Jetzt gleich.

»Ich habe hier ganz in der Nähe geparkt«, sagte Leonard.

Teerjong riss sich zusammen und nickte.

Fünf

Jenny Urban wartete das Ende der Eröffnungsveranstaltung nicht ab, sondern verließ die Pressekonferenz etwa eine halbe Stunde, nachdem Teerjong gegangen war. Sie aß in der erstbesten Pizzeria, an der sie vorbeikam, einen Teller Spaghetti mit Meeresfrüchten, ging ihre Notizen durch und beobachtete durch die großen Fenster des Restaurants das bunte Treiben auf der Straße. 750 000 Besucher erwarteten die Veranstalter der documenta in diesem Sommer, mindestens so viele wie vor fünf Jahren, und Jenny hatte den Eindruck, dass sich ein Großteil von ihnen bereits vor der Pizzeria herumtrieb.

Wo steckte Cornelius? Sie waren lediglich für die Eröffnungsfeier hierhergekommen und planten, gegen sechs Uhr nach Frankfurt zurückzufahren. Jenny interessierte sich nicht für zeitgenössische Kunst und war nur in Kassel, weil die Wahl des Feuilleton-Chefs ihrer Zeitung auf sie gefallen war. Cornelius hatte sie begleitet, weil er gern mit ihr zusammen war. Zumindest hatte er das behauptet. Dass er auf der documenta jemanden treffen wollte, hatte er ihr nicht mitgeteilt. Warum eigentlich nicht? Hatte er es vergessen? Oder die Verabredung für nicht erwähnenswert gehalten? Schon möglich, aber in einem entfernten Winkel ihres Verstandes wusste sie es besser: Er war der Ansicht gewesen, dass es sie nichts anging. Der Gedanke versetzte ihr einen Stich. Cornelius war verständnisvoll, zärtlich, zuvorkommend und leidenschaftlich, aber er hielt sie auf Distanz. Jenny hatte keine Zweifel, dass er sie liebte, aber es gab einen Raum in seinem Kopf, zu dem sie keinen Zutritt hatte. Es hatte beinahe zwei Monate gebraucht, bis er ihr erzählt hatte, wie und warum er erblindet war, und er sprach nur selten über sein Leben als Sehender. Stammte die Person, mit der er sich heute traf, aus dieser Zeit?

Wie auch immer. Wenn er sich bis vier Uhr nicht meldete, würde sie ihn anrufen. Jenny sah auf die Uhr. Noch jede Menge Zeit. Sie bestellte Espresso und einen Grappa, holte ihr Tablet heraus und begann, ihre Notizen der Pressekonferenz zu einer Reportage zusammenzufassen. Sie bemühte sich um Sachlichkeit und Objektivität, sparte andererseits nicht mit ironischen Spitzen und kam gut voran. Eine Idee für die Überschrift – »Wir geben Ihrer Flause ein Zuhause« – verwarf sie mit achselzuckendem Bedauern. Der Feuilleton-Chef liebte ihren süffisanten Ton, aber natürlich gab es Grenzen. Die in diesem Fall von 750 000 zahlenden Kunstliebhabern aus fünfundfünfzig Ländern gezogen wurde.

Um vier Uhr kramte sie ihr Handy aus der Tasche und wählte Teerjongs Nummer. Er meldete sich sofort. Seine Stimme klang düster und belegt.

»Ich wollte dich gerade anrufen. Es ist etwas passiert. Wir müssen noch einen Tag hierbleiben, vielleicht sogar länger. Bitte, klär das mit deiner Redaktion. Und besorg uns ein Hotelzimmer. Nein, besser zwei. Auf meinen Namen. Spielt keine Rolle, was es kostet …«

»Stopp«, unterbrach ihn Jenny, »du weißt genau, dass es während der documenta völlig unmöglich ist, so kurzfristig ein Hotelzimmer zu bekommen!«

»Ruf den Rektor der Städelschule an und bitte ihn, für mich mit dem Schlosshotel am Bergpark zu telefonieren. Er soll seine Beziehungen spielen lassen. Versprich ihm, dass ich mich revanchieren werde.«

»Gut«, gab Jenny verdrossen nach. »Könntest du mir vielleicht auch erzählen, was das Ganze soll? Und wo zum Teufel du steckst?«

»Auf einer Polizeidienststelle. Der Mann, mit dem ich verabredet war, ist heute Morgen ermordet worden.«

Jenny schwieg.

»Das tut mir leid«, sagte sie schließlich, »aber wieso sollen wir deshalb länger bleiben? Ich muss zurück nach Frankfurt. Oder stehst du irgendwie unter Verdacht? Um wen geht es überhaupt?«

»Um einen alten Bekannten von mir. Ein Mann namens Henk de Byl, mit dem ich früher gearbeitet habe. Ich will mit seiner Frau sprechen, die erst heute Nacht oder morgen Früh aus Brüssel hier eintrifft. Und nein: Ich stehe nicht unter Verdacht.«

Jenny setzte alles auf eine Karte. »Okay, hör zu. Das wirft meine Pläne völlig über den Haufen. Kannst du dieses Gespräch nicht alleine führen und dann nachkommen?«

Sie hörte Cornelius schlucken.

»Der Tod dieses Mannes ist mir nahegegangen. Er ist auf furchtbare Weise gestorben. Bitte, bleib noch hier – ich brauche dich.«

Jenny verspürte ein warmes Gefühl, das im Magen begann, sich in ihrer Brust ausbreitete und nach und nach seinen Weg bis in die Fingerspitzen fand. Sie lächelte.

»Klar«, sagte sie, »kein Problem.«

»Kannst du mich hier abholen?«

»Wo genau bist du?«

Cornelius schien sich einen Augenblick vom Hörer zu entfernen und war dann wieder da: »Polizeidirektion Kassel, Rolandstraße.«

»In zwanzig Minuten«, sagte Jenny.

Immer noch lächelnd unterbrach sie die Verbindung. Dann rief sie eine Taxizentrale an und wählte anschließend die Nummer der Städelschule.

Sechs

Am späten Nachmittag kaufte er eine Fahrkarte nach Rotterdam Centraal. Er wusste, dass die Zugverbindung schlecht war, er würde viermal umsteigen müssen und erst in der Nacht ankommen, aber das störte ihn nicht. Im Gegenteil.

Wachsam ließ er seinen Blick durch die Bahnhofshalle gleiten, registrierte, dass die lässig patrouillierenden Polizeibeamten ihn nicht beachteten, und schlenderte dann zum Zug. Mit dem Waldarbeiter aus der Karlsaue hatte er keine nennenswerte Ähnlichkeit mehr. Statt des formlosen Overalls vom Morgen trug er jetzt einen schmal geschnittenen, grauen Anzug von Armani, handgearbeitete englische Schuhe und ein blütenweißes Hemd ohne Krawatte. Er machte es sich im Großraumabteil des Intercityexpress bequem, half einer alten Dame, ihr Gepäck zu verstauen, und schloss die Augen, als der Zug anfuhr.

Beinahe sofort sah er das Gesicht des Mannes vor sich, der heute Morgen gestorben war. In seinen Zügen hatte er Todesangst, Verzweiflung und absolutes Unverständnis wahrnehmen können. Keinen Moment des Wiedererkennens. Wie auch, nach so langer Zeit? Er hatte nicht kapiert, warum er es getan hatte. Vielleicht hätte er es ihm sagen sollen. Es war so wahnsinnig schnell gegangen. Viel zu schnell, eigentlich. Gemessen daran, wie lange er für den Plan und die Vorbereitungen gebraucht hatte.

Vor etwa einem Jahr hatte er den Entschluss gefasst, drei Männer zu töten. Diese Entscheidung war ihm nicht leichtgefallen. Er hatte sie Woche um Woche überdacht, infrage gestellt, abwechselnd bekräftigt und wieder verworfen. Es gab einiges, was dagegen sprach. Mit fünfzehn hatte er schon einmal getötet und sich danach geschworen, es nie wieder zu tun. Aber das war etwas anderes gewesen. In einem anderen Land und in einem anderen Leben, das ihm keine Wahl gelassen hatte. In dem neuen Leben, das ihm geschenkt worden war, hatte er durchaus eine Wahl. Und einiges zu verlieren. Er dachte an seine Wohnung, den neuen Lexus und an Nesrin, die jetzt seine Familie war. Nach Wochen des Grübelns hatte er schließlich angefangen zu beten. Flüssig, wie selbstverständlich waren die Worte, die er seit sechzehn Jahren nicht mehr ausgesprochen hatte, über seine Lippen gekommen, und die Stimme seines Vaters war wieder in seinem Kopf gewesen. Und mit ihr der Geruch der Wildblumen und Gräser auf jenem Acker und der kalte Druck des Gewehrlaufes in seinem Genick.

Danach hatte er mit den Vorbereitungen begonnen. Für etwas, das ihm den Frieden seiner Seele zurückbringen würde, seine Ehre – und den Schlaf. Es wäre schön gewesen, mit Nesrin darüber zu sprechen, aber das war unmöglich. Sie hätte versucht, ihm den Plan auszureden.

Seine Gedanken wanderten zurück zu jenem Karfreitag vor einem Jahr. Trotz des christlichen Feiertags hatte er hinter der Bar seines Clubs gearbeitet. Warum auch nicht? Er war Muslim, und auch seine christlichen Gäste hatten offenbar kein Problem damit, an diesem Tag eine Tabledance

Bar aufzusuchen. Besonders viel los war allerdings nicht. Nur fünf Tische waren besetzt. Drei Männer saßen an der Bar und schauten mit mäßigem Interesse den Tänzerinnen zu. Ein ruhiger Abend. Morgen dagegen würde es voll werden. Fünf geschlossene Gesellschaften hatten sich angemeldet. Samstag war üblicherweise der Tag für die Junggesellenabschiede mit ihren peinlichen Striptease-Einlagen, dem Gegröle und den im Laufe des Abends immer schlechter werdenden Manieren. Er mochte diese Gäste nicht, doch Geschäft war Geschäft. Seine ebenso höfliche wie effiziente Security würde dafür sorgen, dass die Mädchen nicht betatscht wurden und die Feiern innerhalb gewisser Grenzen verliefen.

Er ließ den Blick durch den Raum schweifen und war zufrieden. Das Golden Havanna war sein ganzer Stolz. Keine billige Tabledance-Absteige, wie es sie im Bahnhofsviertel haufenweise gab, sondern ein Laden mit Niveau. Gediegene Einrichtung, eine mit viel edlem Holz verkleidete Bar im kubanischen Stil, sehr schön abgemischtes Licht und professionelle, ständig wechselnde Tänzerinnen. Der Club bestand im Wesentlichen aus einem einzigen großen Raum, in dem man von jedem Punkt aus einen ungehinderten Blick auf die Bühne und die Käfige hatte. Es gab noch eine Champagner Lounge, die jedoch nur für sehr spezielle Gäste geöffnet wurde.

Er schaute zu Nesrin hinüber, die gerade für die Männer an der Bar drei Flaschen Corona öffnete und Genever nachschenkte. Sie fing seinen Blick auf und lächelte. Noch nie hatte er einen Menschen so sehr geliebt wie sie. Ihre dunklen Augen, die Stimme und ihre unglaubliche Haut.

Seit fünf Jahren waren sie zusammen. Privat und geschäftlich. Nesrin hatte nicht einen Moment gezögert, als er ihr eine Partnerschaft angeboten hatte.

Jetzt winkte sie ihm kurz zu, drehte sich um und verließ ihren Platz hinter der Bar. Vielleicht wollte sie auf die Toilette gehen oder rauchen. Er hatte sich ein Tuch genommen und damit begonnen, Sektgläser zu polieren, während er unauffällig die drei Gäste betrachtete, die Nesrin eben bedient hatte. Gewöhnliche Männer, alle Ende dreißig, in teurer Freizeitkleidung. Einer von ihnen war deutlich größer als die anderen beiden und hatte ein langes Gesicht. Hin und wieder schauten sie zu den Tänzerinnen hinüber, tauschten lachend ihre Beurteilungen der körperlichen Vorzüge einzelner Mädchen aus, aber meistens unterhielten sie sich. Sie hatten schon etliches an Bier und Genever konsumiert, wirkten jedoch nicht betrunken. Es schien eine große Vertrautheit zwischen ihnen zu herrschen. Er erkannte es an der Art, wie sie herumfrotzelten, sich wechselseitig ins Wort fielen und einander ab und zu am Arm berührten.

Einem unerklärlichen Impuls folgend trat er drei Schritte näher heran. Trotz der lauten Musik konnte er hören, dass sie Niederländisch sprachen. Er verstand nicht, was sie sagten, aber der Klang dieser Sprache erfüllte ihn nach all den Jahren noch immer mit Widerwillen und Abscheu. Er spürte eine leichte Übelkeit, riss sich zusammen und wandte sich ab. Und in diesem Augenblick fiel ein Wort, das alles änderte. Es entfachte einen gleißenden Schmerz in seinem Kopf und brachte die Erinnerung in einer Intensität zurück, dass ihm schwindelig wurde.

Geitenneukers.

Er hielt sich am Rand des Tresens fest, drehte sich zu den Männern um und starrte sie an. Die Musik dröhnte in seinen Ohren, doch ganz deutlich hörte er das Wort noch einmal. Ein anderer Mann, der große Blonde, hatte es ausgesprochen, eingebettet in einen ärgerlichen, vorwurfsvollen Satz, der seinen Vorredner zurechtzuweisen schien. Geitenneukers.

Die Männer waren weit entfernt von einem Streit, doch er spürte die plötzliche Spannung zwischen ihnen, und in diesem Moment kam die Erinnerung. Er wusste, dass es ganz und gar unwahrscheinlich, ja unmöglich war, aber er war vollkommen sicher, dass er einen dieser Männer schon einmal gesehen hatte.

Durch einen Spalt zwischen Brettern, die die Wand einer primitiven, einstöckigen Hütte bildeten. Er war fünfzehn Jahre alt gewesen und hatte starr vor Entsetzen beobachtet, was im Inneren des Schuppens geschah. Dort hatte der Mann mit zwei anderen in einer Sprache gestritten, die er nicht kannte, nachdem sie gerade etwas Ungeheuerliches getan hatten. Schließlich hatte einer von ihnen die Diskussion mit einem kurzen Satz in einem wegwerfenden Tonfall beendet. Dieser Satz hatte sich in sein Gedächtnis eingegraben. Er hatte ihn, so, wie er ihn gehört hatte, aufgeschrieben und den Zettel später einem der zahlreichen Dolmetscher gezeigt, die mit den Truppen unterwegs gewesen waren.

»Das ist Holländisch!« Der Mann hatte zunächst gelacht und war dann ernst geworden. »Du bist Muslim, oder? Tut mir leid, Kleiner, ich fürchte, es wird dir nicht gefallen, aber

Geitenneukers bedeutet Ziegenficker. Ein sehr verächtlicher Ausdruck für deinesgleichen. Der ganze Satz heißt frei übersetzt: Scheiß auf die Ziegenficker!«

Er erinnerte sich, was er in diesem Augenblick empfunden hatte. Eine jeden Gedanken hinwegfegende Wut war wie eine rote Wolke auf ihn zugeschwebt und hatte seinen Kopf ausgefüllt. Er war drauf und dran gewesen, auf den Dolmetscher loszugehen. Wenn er später darüber nachdachte, wusste er, dass die Worte auf diesem Stück Papier für sein weiteres Leben von entscheidender Bedeutung gewesen waren. Sie hatten seinen Hass entzündet, einen Kraftstoff mit hoher Oktanzahl, der seinen Motor all die Jahre am Laufen gehalten hatte …

»Die Fahrscheine, bitte!«

Er öffnete die Augen. Direkt vor ihm stand ein Zugbegleiter und streckte erwartungsvoll die Hand aus. Der Uniformierte warf einen Blick auf das Ticket, stempelte es ab und lächelte.

»Hannover umsteigen«, sagte er.

Sieben

Jenny fand einen Parkplatz direkt vor der Polizeidirektion. Als sie Teerjong aus dem Gebäude kommen sah, sprang sie aus dem Taxi und lief auf ihn zu. Sie musste lächeln, als ihr bewusst wurde, dass er sie am Geräusch ihrer Schrittfolge erkannte. Cornelius war blass und machte einen angespannten Eindruck. Er zog sie zu sich heran und küsste sie.

»Danke, dass du so schnell gekommen bist.«

»Du siehst nicht gut aus.«

»Ich brauche etwas zu trinken und eine Dusche. Hast du zwei Zimmer bekommen?«

»Ja, ein Doppel- und ein Einzelzimmer. Im Schlosshotel am Bergpark, wie du gesagt hast. Ich hab mir die Reservierung gerade noch einmal bestätigen lassen. Dein Chef muss tatsächlich gute Beziehungen haben.«

Cornelius grinste müde. »Der Geschäftsführer ist sein Bruder. Das Ganze wird trotzdem irre teuer. Dafür gibt es in dem Hotel wenigstens etwas Anständiges zu essen. Mach dich auf einen langen Abend gefasst.«

Während der Fahrt nach Wilhelmshöhe konnte Jenny ihre Ungeduld kaum zügeln, aber Teerjong deutete mit einer diskreten Handbewegung auf den Rücken des Taxifahrers und schüttelte stumm den Kopf. Im Hotel saßen sie dann beide auf dem prachtvollen Doppelbett, und Cornelius fasste die Ereignisse des Nachmittags zusammen.

»Henk de Byl ist in der Karlsaue erstochen aufgefunden worden. Hinter einer Hütte, die ein Kunstobjekt ist. Der Fundort gehört also zum Gelände der documenta, was die offiziellen Stellen ziemlich nervös macht. Der Polizei ging es hauptsächlich darum, dass de Byls Frau möglichst schnell hierherkommt und ihn identifiziert. Also haben sie mich gebeten, in Brüssel anzurufen. Es war ein schreckliches Gespräch. Maria de Byl ist Philippinin. Sie spricht gut Deutsch und Niederländisch, aber die Verständigung war unerwartet schwierig. Wir sind uns nur einmal begegnet, und sie hat sich zunächst nicht an mich erinnert. Sie dachte, jemand erlaubt sich einen makabren Scherz und hat einfach aufgelegt. Also habe ich noch mal angerufen, und als sie schließlich begriffen hat, was geschehen war, ist sie zusammengebrochen. Wieder hat sie aufgelegt. Ich habe eine halbe Stunde gewartet und dann erneut ihre Nummer gewählt. Es war eine Freundin oder Nachbarin am Apparat, die mir erzählt hat, dass Maria einen Platz in einer Maschine bekommen konnte, die um neun Uhr in Frankfurt landen wird. Dort hat sie direkten Anschluss an einen IC. Wir können sie um kurz vor halb zwölf hier am Bahnhof abholen.«

»Okay, kein Problem. Haben die Polizisten irgendwelche Vermutungen geäußert, was um Gottes willen da geschehen ist?«

»Ich habe einiges aufgeschnappt. Die waren erstaunlich gesprächig. Vor allem untereinander. Manche Menschen neigen zu der Ansicht, dass jemand, der nicht sehen kann, auch sonst nicht viel mitkriegt. Ich musste eine Weile auf

Leonard warten, und dauernd sind Leute rein- und rausgewuselt, die geredet haben, als wäre ich gar nicht da. Die kriminaltechnische Untersuchung des Fundortes ist jedenfalls noch nicht abgeschlossen, und natürlich gibt es noch keinen Obduktionsbericht. So schnell geht das alles nicht. Die denken, dass der Mord *vor* der Hütte stattfand, also Fundort nicht gleich Tatort war. Sie haben eine Radspur von der Schubkarre gefunden, die von der Vorderseite hinter die Hütte führt. Sie war sehr tief und ausgeprägt, das taunasse Gras hatte sich noch nicht wieder aufgerichtet. Deshalb vermuten sie, dass sich Henk de Byl in der Karre befand. Vor der Hütte haben die Kriminaltechniker auch ein Feuerzeug der Marke Zippo gefunden und in seiner unmittelbaren Nähe winzige Aschepartikel, allerdings keine Zigarettenkippen.«

»Das Feuerzeug könnte auch ein Spaziergänger da verloren haben.«

»Theoretisch, ja. Doch auf dem Zippo waren keine Fingerabdrücke. Das Ding war sorgfältig abgewischt worden. Auf dem Feuerzeug eines Spaziergängers hätte man vermutlich Abdrücke gefunden. Nein, die Polizei glaubt, dass es Henk gehörte und bei dem Mord zu Boden fiel.«

»Hast du es früher mal bei deinem Freund bemerkt?«

»In der Zeit, in der wir zusammen waren, hatte er mit dem Rauchen aufgehört. Ich kann mich an kein Feuerzeug erinnern.«

»Und warum hat es nicht dem Mörder gehört?«

»Weil er es dann nicht abgewischt, sondern einfach eingesteckt hätte. Er wollte es jedoch nicht mitnehmen.

Also musste er es abwischen. So sehen es die Bullen. Der Mann legte Wert darauf, kein Dieb zu sein. Deshalb hat er auch die teure Kamera sowie Uhr und Geldbörse nicht mitgenommen.«

Jenny holte tief Luft und brachte sich in eine bequemere Sitzposition.

»Okay, das Feuerzeug gehörte de Byl. Der Mörder hat es angefasst, sonst hätte er es ja nicht abwischen müssen. Wie hat er es bekommen? De Byl wird es ihm gegeben haben. Wozu? Um zu rauchen, nehme ich an.«

Cornelius nickte. »Der Mörder trifft Henk vor der Jagdhütte und bittet ihn um Feuer. Er zündet sich eine Zigarette an, wobei eine winzige Menge Asche zu Boden rieselt. Gleich darauf lässt er das Feuerzeug fallen und sticht zu. Anschließend fährt er sein Opfer in der Schubkarre hinter die Hütte und beseitigt alle Spuren.«

»Das war kein zufälliges Zusammentreffen, oder?«

»Die Polizei glaubt es jedenfalls nicht. Der Täter hat sehr überlegt gehandelt und war offenbar gut organisiert. Er hat das Feuerzeug abgewischt, ebenso wie die Griffe der Schubkarre und den Rechen, der neben der Karre gefunden wurde. Laut Polizei gehört beides nicht zum Bestand des städtischen Gartenamtes. Der Mörder muss Karre und Rechen bei sich gehabt haben. Als Teil einer Art Tarnung.«

»Woher wusste er, dass de Byl dort vorbeikommen würde?«

»Keine Ahnung.«

Jenny schwieg eine Weile und nahm dann seine Hand. »Es tut mir sehr leid, dass dein Freund tot ist.«

»Mir auch. Vor allem kann ich nicht aufhören, darüber nachzudenken, *wie* er gestorben ist.«

Die Trauer in Cornelius' Stimme war unüberhörbar.

»Er hat dir nähergestanden, als du dachtest.« Jenny beugte sich vor, zog seinen Kopf zu sich heran und küsste ihn.

»Ja. Wir waren nicht so eng befreundet, dass wir persönliche Dinge ausgetauscht hätten. Ich habe ihm nicht zur Hochzeit gratuliert, und ich wäre auch nicht auf die Idee gekommen, ihm von dir zu erzählen. Aber wir haben viel zusammen erlebt, hatten gemeinsame Erinnerungen. Wir haben uns aufeinander verlassen können. Er war ein Teil meiner Vergangenheit als …«

»Als Sehender?«

Cornelius nickte. »Ich will wissen, wer ihn getötet hat. Verstehst du das?«

Jenny streckte eine Hand aus und streichelte seinen Nacken. »Das verstehe ich sogar sehr gut. Denkst du, du kannst mehr herausfinden als die Polizei?«

»Wahrscheinlich nicht.«

Jenny schwieg.

»Gut, was machen wir jetzt?«, fragte sie schließlich.

»Sex?«

Jenny hörte den hoffnungsfrohen Ton in Cornelius' Stimme und lachte leise. »Was für ein Themenwechsel. Für einen exzellent ausgebildeten Akademiker bist du ziemlich einfach strukturiert.«

»Alle Genies sind im Grunde schlichte Gemüter. Kennst du das Bild von Einstein mit der rausgestreckten Zunge?«

»Willst du nicht mehr über den Fall reden?«

Cornelius löste sich sanft von Jenny. Er sah ernst und traurig aus. Wie fast immer schaffte er es, die Position ihres Gesichts so genau zu orten, dass sie den Eindruck hatte, er sah ihr direkt in die Augen. »Es gibt nichts mehr zu reden. Ohne Maria de Byl wissen wir nicht mehr als das, worüber wir gesprochen haben. Bis sie hier eintrifft, vergehen noch ein paar Stunden, die wir sinnvoll überbrücken sollten.«

Jenny lachte. »Wenn du was überbrücken willst, musst du ein bisschen näher kommen. Und danach will ich etwas zu essen.«

»Natürlich, Ma'am Sahib.«

Acht

Maria de Byl war eine schöne Frau. Daran konnten auch die vom Weinen geröteten Augen und zwei scharfe Falten in den Mundwinkeln nichts ändern. Sie mochte Mitte vierzig sein, war sehr gut gekleidet und von elfenhafter Zierlichkeit. Auf dem Bahnsteig hatte sie Cornelius mit einer heftigen Umarmung begrüßt und Jenny eine kühle, manikürte Hand gereicht. Als sie sich jetzt in einer Nische der Hotelbar auf einem Stuhl niederließ und die Beine übereinanderschlug, sah sie in ihrem Nadelstreifenkostüm, den schwarzen Strümpfen und High Heels elegant und zugleich absolut hilflos und desorientiert aus. Was für ein Püppchen, dachte Jenny und schämte sich im gleichen Augenblick für diesen Gedanken. Cornelius bestellte Scotch, und als der Kellner den Whisky brachte, kippte Maria ihr Glas in einem Zug hinunter. Jenny beobachtete, wie ihre Hand dabei zitterte. Maria de Byl balancierte am Abgrund.

»Ich habe gedacht, ich kann zu Henk! Arbeitet die Polizei in dieser Stadt nachts nicht?« Ihre Stimme war hoch mit einem verzweifelten Unterton, und sie sprach Deutsch mit einem seltsamen Akzent, bei dem sich spanische mit niederländischen Elementen zu vermischen schienen.

»Die Polizei schon, aber das Rechtsmedizinische Institut macht erst morgen früh wieder auf. Sie sollen um halb acht dort sein. Wir begleiten Sie«, erwiderte Cornelius.

»Danke. Bitte, nenn mich Maria. Ich bin dieses Siezen nicht gewohnt. Kannst du mir erzählen, was genau passiert ist?« Maria de Byl beugte sich über den Tisch zu Cornelius und berührte seinen Arm. Jenny fiel auf, dass sie sich seit ihrer Ankunft vor einer knappen Stunde immer nur an ihn gewandt hatte.

Cornelius berichtete von seiner Verabredung mit Henk, schilderte Leonards Anruf und gab ihr eine Kurzfassung von dem, was er bei der Polizei aufgeschnappt und was Jenny und er sich vor ein paar Stunden zusammengereimt hatten. De Byls Frau hörte schweigend zu, während ihr die Tränen die Wangen hinunterliefen. Obwohl es bereits nach Mitternacht war, war die Bar noch gut besucht, und Jenny registrierte die betroffenen Blicke einiger Gäste an den Nachbartischen. Sie reichte Maria ein Papiertaschentuch und bestellte noch einmal Whisky.

»Weißt du, warum dein Mann zu dieser frühen Stunde in der Karlsaue unterwegs war?«, fragte Jenny.

»Es war beruflich. Er wollte ein Feature machen über Kunst und Gartenarchitektur. Fürs Fernsehen. Kleinkram, den wir angenommen haben, um uns über Wasser zu halten. Bald hätten wir das nicht mehr nötig gehabt.« Sie schluckte die Tränen hinunter und leerte ihr Whiskyglas.

»Wie meinst du das?«

»Heute Vormittag war der Vertrag für einen Dokumentarfilm über den Zoo in Aalborg in unserem Briefkasten.

Henk hatte die Ausschreibung gewonnen. Eine große Sache. Ich habe vergeblich versucht ihn zu erreichen. Natürlich dachte ich, er hätte sein Handy wieder im Hotel gelassen. Wenn er drehte, war das oft so. Doch da hat er schon nicht mehr … Großer Gott.«

Wieder schossen ihr die Tränen in die Augen. Cornelius griff nach ihrer Hand, fand sie beinahe sofort und hielt sie fest. »Hör zu, das wird zu viel jetzt. Es ist schon spät. Lass uns auf die Zimmer gehen und ein bisschen schlafen.«

Maria de Byl nickte dankbar.

»Einen Moment noch«, sagte Jenny. »Cornelius hat recht. Es ist spät, und wir brauchen Schlaf. Aber eine Frage hätte ich noch: Kannst du dir jemanden vorstellen, der deinen Mann so gehasst hat, dass er ihm planmäßig auflauerte, um ihn umzubringen? Genau das ist nämlich passiert. Es war weder ein Raubmord noch eine Tötung im Affekt. Wer käme dafür infrage? Wie kann ein Filmemacher so viel Hass auf sich ziehen?«

»Stimmt!«, sagte Cornelius. »Das ist die entscheidende Frage. Und wir werden sie morgen stellen.«

Neun

»Warum warst du eben so schlecht gelaunt?«

Cornelius fühlte nach der Bettkante, setzte sich und schlüpfte dann unter die Decke. Jenny rückte ein Stückchen von ihm ab. Ihre Stimme klang belegt.

»War ich nicht.«

»Doch. Unterkühlt und abweisend. Von jetzt auf gleich.«

»Sie hat dich angebaggert. Mit ihren riesigen Kulleraugen, den Tränen und ihrer Viktoria Beckham-Figur. Die ganze Zeit nur ein einziges Signal: Totunglückliche, hilflose Frau sucht starke Schulter zum Ausweinen.«

»Na, und? Ich konnte weder ihre Augen noch ihre Figur wahrnehmen, und das weißt du genau. Dafür habe ich trotz des teuren Parfums ihre Angst gerochen und die Verzweiflung in ihrer Stimme gehört. Ihr Mann ist auf schreckliche Weise ums Leben gekommen. Sie ist fremd in der Stadt. Ich bin der einzige Mensch hier, der Henk gekannt hat und den sie selbst, wenn auch nur flüchtig, kennt. Hast du erwartet, dass sie mich ignoriert und sich mit dir unterhält?«

»Musstest du unbedingt ihre Hand halten?«

»Wenn ich sehen könnte, hätte ich es vielleicht nicht gemusst«, sagte Cornelius und bemühte sich, die Verärgerung aus seiner Stimme herauszuhalten. »Ich wollte sie beruhigen und trösten, eine ganz normale Reaktion. Und ich habe gleichzeitig ein paar Informationen gewonnen. Ich glaube, ihre Trauer ist echt. Die Hand war kraftlos, kalt und schweißnass. Es geht ihr wirklich schlecht. Emotional, meine ich. Finanziell scheint es ihr immerhin so gut zu gehen, dass sie keine Hausarbeit zu machen braucht. Die Haut ihrer Hand war ungewöhnlich glatt und gepflegt, keine Schwielen, keine Risse, nicht die kleinste Unebenheit. Die Fingernägel sind lang und künstlich. Aufgeklebt, würde ich sagen. Keine schadhaften Stellen, nirgendwo etwas abgebrochen.«

»Du bist wirklich gut«, sagte Jenny verlegen und rückte ein Stück näher heran. »Ich habe auf die Hände kaum geachtet. Auf jeden Fall klingt das nicht nach jemandem, der irgendwelche Aufträge annehmen muss, um sich über Wasser zu halten. Meinst du, das hat etwas zu bedeuten?«

»Keine Ahnung.«

Cornelius streckte kurz entschlossen die Hand aus, erwischte Jennys Unterarm und zog sie sanft auf seine Seite des Bettes hinüber.

»Jetzt mal sachte«, protestierte sie. »Nur weil ich eifersüchtig bin, musst du nicht gleich handgreiflich werden.«

»Ein Blinder braucht etwas zum Anfassen.« Cornelius küsste sie und spürte, wie ihre Missstimmung verflog. »Weißt du, warum du auf die Hände nicht besonders geachtet hast? Weil deine Eifersucht den Maßstäben der sehenden Welt folgt. Und zwar dem männlichen Teil davon. Du siehst eine Frau, scannst ihre Augen, den Busen, den Hintern und denkst: Wow, die findet er bestimmt scharf. Achtung! Vorsicht! Code Red! Klar, wo der Fehler liegt?«

Jenny gab ein unwilliges Knurren von sich und brachte ihren Mund nahe an sein Ohr. »Ja! Mein Kopf weiß das alles. Aber es dringt irgendwie nicht zum Herzen durch. In unserer ersten Nacht in Dubai habe ich dir erzählt, wie ich aussehe. Hatte das gar keine Bedeutung für dich?«

»Schwer zu sagen. Natürlich erinnere ich mich an deine Worte: Du bist 1,73 Meter groß und wiegst etwa 62 Kilo, dein Haar ist dunkelblond, deine Augen sind blau, und du hast ein paar Sommersprossen. Deinen Mund und deine Füße findest du zu groß, mit der Nase und den Ohren bist du zufrieden. Stell dir vor, du hättest diese Informationen telefonisch an einen Maler durchgegeben und ihn gebeten, ein Porträt von dir anzufertigen. Verstehst du, worauf ich hinauswill? Ich habe vermutlich deine Beschreibung mit Erinnerungen an alle möglichen Frauen, die ich als Sehender kannte, verknüpft und daraus eine Fantasiegestalt gebastelt, die mit deinem realen Aussehen garantiert wenig zu tun hatte. Mein wirkliches Bild von dir, das, was zählt, habe ich mir mit Ohren und Nase, Mund und Händen gemacht.«

»Und wie sehe ich aus?«

»Fantastisch!«

»Na, also. Geht doch.«

Cornelius küsste sie erneut und schwieg.

»Woran denkst du?«, fragte Jenny schließlich.

»An einen Satz, den du vorhin in der Bar gesagt hast: Wie kann ein Filmemacher so viel Hass auf sich ziehen?«

»Und?«

»Ich kannte einen, der es konnte.«

Jenny war eine Weile still und setzte sich dann plötzlich ruckartig auf.

»Theo van Gogh!«, rief sie. »Den hast du gekannt?«

»Ich war mal mit ihm in einer Talkshow des niederländischen Fernsehens. Etwa vier Jahre vor seiner Ermordung. Es war schrecklich. Er hat alle und jeden beleidigt, Christen, Juden und natürlich besonders die Muslime.«

»Einer von ihnen hat sich gerächt.«

»Ja. Am helllichten Tag. Mitten in Amsterdam.«

Cornelius konnte die schockierenden Bilder von der Bluttat nach beinahe acht Jahren noch immer mit erschreckender Deutlichkeit abrufen. Theo van Gogh, Filmemacher, Aktionskünstler und schrilles Enfant terrible der niederländischen Kulturszene hatte die Grenzen der Meinungsfreiheit stets bis auf den letzten Millimeter ausgelotet. Im November 2004 war er von einem fanatischen Muslim auf offener Straße ermordet worden.

»Erinnerst du dich an den Fall?«

»Noch ziemlich gut.« Jenny hatte sich wieder hingelegt. Ihre Stimme klang dunkel vor Müdigkeit.

»Siehst du irgendwelche Parallelen zu dem Mord von heute Morgen?«

»Zwei Filmemacher. Beide tot«, murmelte Jenny. Cornelius lauschte ihrem gleichmäßiger werdenden Atem und hörte ihr beim Einschlafen zu.

Dann drehte er sich auf den Rücken und dachte über Jennys Worte nach. Zwei Tote, die den gleichen Beruf ausgeübt hatten. Es gab durchaus noch mehr Gemeinsamkeiten. In beiden Fällen war es kein Raubmord gewesen. Die Täter hatten den Opfern jeweils an öffentlichen Orten aufgelauert, und beide Taten waren sorgfältig geplant und vorbereitet worden. Was war mit den Motiven? Bei van Gogh waren es eindeutig Hass und Rache. Und bei Henk de Byl? Möglicherweise die gleichen? Was blieb sonst als Motiv übrig, wenn man Habsucht und einen Mord im Affekt ausschloss. Und dann war man wieder bei Jennys Frage: Wie konnte ein Filmemacher so viel Hass auf sich ziehen? Theo van Gogh hatte hart daran gearbeitet, sich so viele Feinde wie möglich zu machen. Aber Henk? Cornelius hatte ihn immer nur als einen freundlichen, besonnenen Menschen erlebt, der zwar bereit war, für seine Filmprojekte erhebliche Risiken einzugehen, aber ansonsten auf Ausgleich und Kompromiss bedacht war. Und im Unterschied zu Theo van Gogh war er keine Person des öffentlichen Lebens gewesen. Henk hatte in Fachkreisen einen guten Ruf, aber seine Filme hatten niemals polarisiert oder besonderes Aufsehen erregt, und er selbst war nur selten in Erscheinung getreten. Was bedeutete …

Cornelius spürte, wie die Müdigkeit herankroch und seine Gedanken ausbremste. Seit die fortwährende Dunkelheit den natürlichen Tag-und-Nacht-Rhythmus abgelöst hatte, lag er jede Nacht so lange wach, bis alle physischen und mentalen Kraftreserven verbraucht waren, um dann innerhalb von Sekunden vom Tiefschlaf übermannt zu werden.

In den frühen Morgenstunden erwachte er und roch

Lavendel. Der Duft erfüllte das ganze Zimmer, schien mit jedem Atemzug intensiver zu werden und wandelte sich von einer angenehmen olfaktorischen Wahrnehmung zu einem betäubenden, penetranten Gestank. Wie immer, wenn dieser Geruch über ihn kam, verspürte er den Impuls, sich die Nase zuzuhalten, und wusste zugleich, dass das sinnlos war. Es war ein Phantomgeruch, der seinem Kopf entsprang. Ausgelöst von einem Traum, der ihn seit Jahren in unregelmäßigen Abständen heimsuchte und vom Herannahen der Finsternis erzählte.

Im Sommer 2004 hatte er ein paar Wochen in der Provence verbracht. Er war zunächst im Luberon herumgewandert und Ende Juni ins Pays de Sault am Fuße des Mont Ventoux zurückgekehrt, um sich die Lavendelblüte anzusehen. Bei einem seiner Spaziergänge entlang der scheinbar endlos violetten Pracht hatte er dann zum ersten Mal die langen Linien der Feldränder verzerrt gesehen und sofort gewusst, was das bedeutete. Er war auf die Knie gesunken und hatte sich in den duftenden Lavendel hinein übergeben.

Sein Großvater väterlicherseits war bereits vor seinem sechzigsten Lebensjahr erblindet, und auch sein Vater hatte am Schluss kaum noch sehen können. Es gibt eine starke genetische Disposition für Ihre Krankheit, hatte der Professor in der Frankfurter Universitätsklinik gesagt, und natürlich hatte Cornelius das schon seit Langem gewusst. Auch sonst hatte der Mann ihm nicht viel Neues mitteilen können, doch die kühle, dozierende Stimme des Augenarztes hatte sich in sein Gedächtnis eingegraben: »Makuladegeneration ist ein Sammelbegriff für eine Reihe von Augenerkrankungen, die die Makula lutea, den Punkt des schärfsten Sehens der Netzhaut, betreffen. In Ihrem Fall ist es die sogenannte trockene Makuladegeneration. Eine kausale Heilungsmöglichkeit gibt es nicht. Der Verlauf ist meist langsam und schleichend. Rechnen müssen Sie vor allem mit Einschränkungen des zentralen Gesichtsfeldes, einer fortschreitenden Abnahme der Sehschärfe, des Kontrastempfindens und des Farbensehens.«

Der Arzt hatte etwas von seinem Fach verstanden. Alles, was er prophezeit hatte, war eingetreten. Ziemlich genau vier Jahre hatte die Krankheit gebraucht, um ihn aus der Welt der Sehenden auszuschließen. In dieser Zeit hatte er zwei Spezialisten in den USA konsultiert, jede Menge Lutein-Präparate, Folsäure sowie B_6 und B_{12} Vitamine geschluckt und jeden Tag gegen den Verlust und die Verzweiflung angekämpft. Ich habe die fünf Stadien der Trauer durchlaufen wie im Lehrbuch, dachte er bitter. Doch es stimmte. Er hatte die Krankheit geleugnet, ihre Ungerechtigkeit verflucht, einen Pakt mit Gott geschlossen, sich in einer dunklen Ecke verkrochen und sein Schicksal schließlich akzeptiert.

Nach und nach waren die Farben und Kontraste verblasst. Zwei Jahre lang konnte er mit Hilfe elektronischer Hilfsmittel noch lesen und seine Gesprächspartner weiterhin sehen, ohne allerdings deren Gesichtszüge erkennen zu können. Das äußere Gesichtsfeld und die Orientierungsfähigkeit blieben länger erhalten, aber an einem Morgen im Sommer 2008 waren die letzten Reste seines

Sehvermögens untergegangen und mit ihnen alle Hoffnung.

Unheilbar.

Was für ein Wort.

Er drehte sich zur Seite, tastete nach Jennys nackter Schulter und brachte seine Nase nahe an ihren Haaransatz heran. Der schwache Duft ihrer Haut vermischte sich mit dem kräftigeren ihres Shampoos. Sehr würzig. Er roch Rosmarin, Zedernholz, Nelke und Rosenöl.

Der Lavendel war verschwunden.

Zehn

Gegen drei Uhr morgens erreichte er Rotterdam Centraal. Der Bahnhof war eine einzige Großbaustelle und schien ihm noch riesiger und chaotischer, als er ihn in Erinnerung hatte. Er fuhr mit dem Taxi zum Hotel New York, checkte beim Nachtportier ein und streckte sich eine halbe Stunde später in einem ausgesprochen komfortablen Doppelbett aus. Das New York, an der Spitze des Wilhemina-Piers gelegen, war sein Lieblingshotel in Rotterdam. Es befand sich im ehemaligen Verwaltungsgebäude der Holland-Amerika-Linie und hatte für seinen Geschmack genau die richtige Größe. Morgen würde er auf der fantastischen Terrasse frühstücken und den einmaligen Blick über die Nieuwe Maas genießen. Und darüber nachdenken, wie er den zweiten Mann töten konnte.

Der Schnüffler hatte mehr als ein Jahr dafür gebraucht, die beiden anderen zu finden. Nachdem er den Gast in jener Karfreitagnacht wiedererkannt hatte, hatte er sofort den Privatdetektiv kontaktiert und ihn beauftragt, dem Mann ins Hotel zu folgen und seine Identität festzustellen. Der Ermittler war innerhalb von zwanzig Minuten vor dem Club gewesen und später dem Taxi des Niederländers gefolgt, der vor seinen Freunden das Havanna verlassen hatte. Für zweihundert Euro hatte der Nachtportier des Hotels den Schnüffler einen Blick auf den Monitor seines

Computers werfen lassen. Was de Byl betraf, war der Rest ein Kinderspiel gewesen. Der Spur von de Byl zu den anderen beiden Männern zu folgen hatte sich dagegen als unerwartet schwierig herausgestellt. Monat für Monat hatte der Detektiv den Dokumentarfilmer beschattet, hatte zahlreiche Fotos von Männern aus dessen sozialem Umfeld geschossen und die Bilder einmal in der Woche im Golden Havanna vorgelegt.

Vor drei Wochen waren die richtigen zwei dabei gewesen. Noch junge Männer mit merkwürdig alten Gesichtern. Aber sie waren es. Er hatte nicht den geringsten Zweifel. »Die drei sind offenbar eng befreundet. Sie treffen sich bei de Byl in Brüssel, gehen zusammen essen, saufen, quatschen. Was alte Freunde so machen«, hatte der Privatdetektiv gesagt und auf einen von ihnen mit dem Finger gezeigt. »Der hier lebt in Rotterdam. Hat einen Job in einer Kneipe am alten Hafen. Er kann Ihnen mit Sicherheit sagen, wo der dritte Mann steckt. Den habe ich leider verloren. Er war so schnell verschwunden, dass ich keine Chance hatte.«

»Wie soll ich ihn dazu bewegen, mir zu sagen, wo sein Freund ist?«

Der Privatdetektiv hatte ihn ausdruckslos angestarrt. »Sie müssen ihm gut zureden. Können Sie das?«

Elf

Sie trafen Maria um sieben Uhr in der Lobby des Hotels und fuhren nach dem Frühstück mit dem Taxi zum Institut für Pathologie in der Germaniastraße. In der Nacht hatte es kräftig geregnet, die Nässe auf den Straßen und Autos glitzerte wie Tau in der Morgensonne. Trotzdem war es schon angenehm warm. Der Wetterbericht auf Jennys Handy stellte eine Fortdauer des sonnigen, stabilen Frühsommerwetters in Aussicht. Sie fühlte sich ein wenig verkatert und hatte von dem opulenten Frühstücksbuffet lediglich eine Scheibe Toast genommen. Cornelius und Maria de Byl hatten nur Kaffee getrunken. Beide waren während der Fahrt sehr still und machten einen angespannten, besorgten Eindruck.

Im Eingangsbereich des Instituts nahm Max Leonard sie in Empfang. Er begrüßte Cornelius wie einen alten Bekannten, Jenny und Maria dagegen mit ausgesuchter, etwas altmodischer Höflichkeit. Jenny registrierte die unterschwellige Nervosität, die von dem Polizisten ausging.

Maria reichte Leonard mit versteinertem Gesicht ihre gepflegte Hand und folgte ihm schweigend in die Rechtsmedizin. Sie hatte die High Heels vom Vorabend gegen Schuhe mit flachen Absätzen getauscht. Sieht von hinten immer noch sexy aus, dachte Jenny verdrossen und ließ sich mit Cornelius in einer Art Wartezone auf zwei Plastikstühlen nieder.

»Irgendetwas stimmt nicht«, sagte Cornelius. Jenny sah ihn erstaunt an. Seit dem Frühstück hatte er kein Wort mehr gesagt.

»Was meinst du?«

»Leonard macht sich ins Hemd.«

»Wie bitte?«

»Der Mann hat eine Scheißangst. Hast du das nicht bemerkt?«

»Wegen der Identifizierung einer Leiche? So was hat er bestimmt schon ein Dutzend Mal gemacht. Ich fand ihn nervös. Mehr nicht.«

Cornelius verzog das Gesicht und schüttelte nachdenklich den Kopf.

Jenny sah sich um. Das Institut machte einen ungewöhnlich leeren Eindruck. Der Empfang war besetzt, und einmal sah sie einen Mann in weißem Kittel mit einem uniformierten Beamten durch die Eingangshalle gehen, aber ansonsten schienen sie die einzigen Besucher zu sein. Plötzlich zuckte Cornelius zusammen und drehte den Kopf nach links.

»Was ist da los?«

Jenny blickte in den neonbeleuchteten langen Flur und sah Maria de Byl auf sie zukommen. Sie rannte. Einige Meter hinter ihr war Leonard, der gestikulierte und etwas schrie, das Jenny nicht verstand. Dann war Maria bei ihnen, zerrte Cornelius vom Stuhl hoch und zog ihn in Richtung Ausgang hinter sich her.

»Raus hier!«, keuchte sie.

Jenny folgte ihnen und hörte Max Leonard hinter ihr rufen.

»Frau Urban, bitte warten Sie. Seien Sie doch vernünftig!«

Sie achtete nicht auf ihn, sondern schlüpfte durch die Glastür und sah, dass Cornelius und Maria nach rechts hasteten und sich auf eine niedrige Betonmauer setzten, die das Institutsgebäude vom Gehweg abgrenzte. Bevor sie zu ihnen ging, sah sie sich noch einmal um. Hauptkommissar Leonard stand in der Eingangstür und vollführte eine hilflose Geste mit der rechten Hand.

Maria de Byl weinte. Es war ein schmerzerfülltes, hemmungsloses Weinen, das ihre Züge verzerrte und ihre Wimperntusche in schwarzen Rinnsalen die Wangen hinunterfließen ließ. Cornelius hatte einen Arm um ihre Schulter gelegt und schien sanft auf sie einzureden. Als Jenny nahe genug war, hörte sie, dass er Niederländisch sprach. Maria schien sich ein wenig zu fangen.

»Ein schrecklicher Raum«, setzte sie an, »er war in einem schrecklichen Raum. Sehr groß, die Wände weiß gekachelt, Neonröhren an den Decken. Zwei Männer, auch in Weiß, haben ihn mir gezeigt. Henk lag auf einem Tisch aus Edelstahl. Er war mit einem Tuch bedeckt, madre de dios, ich habe nicht gesehen, was sie mit ihm gemacht haben. Dann hat einer der Männer das Tuch am Kopfende angehoben und sein Gesicht entblößt. Der Polizist fragte, ob dies mein Mann sei, und ich habe genickt. Es war Henk. Natürlich war es Henk. Sie wollten ihn sofort wieder zudecken, aber ich wollte mich verabschieden, noch einen Augenblick bei ihm sein. Er hat mich angesehen, und das war komisch. Warum haben sie ihm die Augen nicht geschlossen, dachte ich. Macht man das nicht überall auf der Welt? Wenn ein Mensch stirbt, schließt man seine Augen, oder? Ich habe mich vorgebeugt, und dann habe ich gemerkt, dass viel zu viel von seinen Augäpfeln zu sehen war und eine Linie über beiden Augen verlief, roh und ungleichmäßig, hinten, wo die Augenhöhlen beginnen …«

Maria würgte und erbrach ihren Morgenkaffee auf den Gehweg. Jenny wandte sich ab und sah, dass eine herannahende Gruppe johlender Schulkinder die Straßenseite wechselte.

»Jemand hat seine Augenlider abgeschnitten«, sagte Maria mit erstickter Stimme. »Und dieser Bulle da wollte es vertuschen!« Anklagend streckte sie Arm und Zeigefinger in Jennys Richtung aus.

Die fuhr zusammen und drehte sich um. Max Leonard stand direkt hinter ihr. Der hilflose und beschämte Ausdruck war aus seinem Gesicht verschwunden. Er sah sie aus ernsten Augen an, und in seiner Stimme war eine unnachgiebige Kälte, die sie einschüchterte.

»Ich möchte, dass Sie jetzt mitkommen. Sie alle!«

Zwölf

»Niemand wollte irgendetwas vertuschen«, sagte Leonard. »Der Vorwurf ist absurd!«

Cornelius lauschte konzentriert und vermochte nicht herauszuhören, ob der Polizist die Wahrheit sagte oder nicht. Die Kälte war aus seiner Stimme verschwunden, er klang ruhig und neutral. Wenn er seine Mimik auch so unter Kontrolle hatte, gab er vermutlich einen guten Pokerspieler ab.

Sie waren in Leonards Dienstwagen vom Rechtsmedizinischen Institut zur Polizeidirektion in der Rolandstraße gefahren und befanden sich jetzt in einer Art Besprechungszimmer. Jenny saß rechts, Maria de Byl links von ihm. Leonards Stimme kam von der gegenüberliegenden Seite eines offenbar großen Tisches.

Der Raum musste vor nicht allzu langer Zeit frisch gestrichen worden sein. In Cornelius' Nase vermischte sich der schwache Geruch noch nicht lange getrockneter Farbe mit dem Aroma frisch aufgebrühten Kaffees, den jemand vor ihn auf den Tisch gestellt hatte. Behutsam tastete er nach dem Becher und trank einen Schluck. An seiner linken Seite beugte sich Maria vor.

»Warum haben Sie mir nichts gesagt, bevor ich den Autopsieraum betreten habe? Wissen Sie, was ich glaube? Sie haben einfach gehofft, dass es mir nicht auffällt.«

Der Polizist antwortete zunächst nicht, und Cornelius hatte den Eindruck, dass Maria de Byl mit ihrem Verdacht gar nicht so falschlag. Doch Leonard blieb ruhig und souverän.

»Ich möchte Ihnen zunächst noch einmal meine tief empfundene Anteilnahme aussprechen. Es tut mir sehr leid, was mit Ihrem Mann geschehen ist und was Sie eben sehen mussten. Wir werden alles in unserer Macht Stehende …«

»Was ist hier los?«, unterbrach ihn Maria. Wut und Trauer mischten einen schrillen Ton in ihre ohnehin schon hohe Stimme. »Mein Mann wird hier ermordet und verstümmelt, und Sie schicken mich ohne Vorwarnung in diesen Raum, um …«

Ihr schien ein Gedanke zu kommen, der ihre Stimme brechen ließ. Cornelius schob vorsichtig eine Hand nach links, fand ihren Ellenbogen, wollte sie beruhigen, aber Maria schüttelte ihn mit einer wütenden Bewegung ab.

»Sie wollten sehen, wie ich reagiere, oder? Sie haben gedacht, dass ich was damit zu tun haben könnte. Vielleicht habe ich ja jemanden beauftragt, meinen Mann umzubringen, während ich gemütlich in Brüssel shoppen gehe? War es das?«

Leonard antwortete nicht.

»Hat sie recht damit?«, fragte Jenny.

»Ich kann es mir nicht leisten, irgendetwas auszuschließen«, erwiderte Leonard ausweichend, »aber Sie irren sich. Es ist nicht das, was ich denke. Ich verstehe, dass Sie erschüttert und aufgebracht sind. Aber Sie müssen auch verstehen, dass auf der Polizei ein erheblicher Druck lastet und wir in alle Richtungen ermitteln müssen. Das grausame Detail, um das es hier geht, ist bis jetzt nur einem kleinen Kreis von Ermittlungsbeamten, dem zuständigen Pathologen und dem Mörder bekannt. Und jetzt Ihnen, natürlich. Wir werden alles daransetzen, dass das so bleibt. Es handelt sich um sehr spezielles Täterwissen, das möglicherweise bei der Aufklärung des Verbrechens eine große Rolle spielen kann. Die Ermittlungsbehörden wollen nicht, dass dieses Detail an die Öffentlichkeit dringt. Und wir bitten Sie, uns dabei zu unterstützen.«

»Sie wollen es vertuschen! Wegen der documenta!«, sagte Maria bitter.

»Nein! Wir wollen nichts vertuschen. Aber wir werden auch nicht unnötig an die große Glocke hängen, was passiert ist, und einen Vorteil verschenken. Es stimmt, ein paar Politiker und die Polizeiführung befürchten, dass der Mord sich negativ auf das Ansehen der Ausstellung und der Stadt auswirken könnte und setzen deshalb meine Kollegen und mich unter Druck. Doch die Herrschaften machen sich unnötig Sorgen. Das ist alles Schwachsinn! Kein einziger Kunstliebhaber wird wegen eines Toten in der Karlsaue der documenta fernbleiben. Wissen Sie, wie viele Menschen beim Karneval in Rio jedes Jahr umgebracht werden? Schadet dem Tourismus kein bisschen!«

Interessanter Vergleich, dachte Cornelius, Kassel und Rio.

Maria de Byl schwieg und schien über Leonards Worte nachzudenken. Cornelius räusperte sich. »Haben Sie bisher einen Hinweis auf den oder die Täter? Irgendeine Spur? Zeugen vielleicht, die Henk de Byl gesehen haben?«

»Nein, aber unsere Ermittlungen laufen auf Hochtouren. Die bisherige Auswertung der Tatortspuren hat ergeben, dass der Täter vermutlich als Waldarbeiter oder Stadtgärtner unterwegs war. Schubkarre und Rechen hat er, wie es aussieht, mit zum Tatort gebracht. Die Sachen sind neu, möglicherweise kurz vor der Tat in einem Baumarkt der Stadt gekauft. Meine Leute gehen dem gerade nach. Wir glauben, dass der Täter bei der Hütte auf Henk de Byl gewartet hat, also wusste er, dass er dort vorbeikommen würde. Aber woher? Madame de Byl, warum war Ihr Mann an diesem Morgen in dem Park, und wer hatte Kenntnis davon?«

Maria schluckte hörbar ihre Tränen herunter und fasste für Leonard noch einmal zusammen, was sie am Vorabend Cornelius und Jenny erzählt hatte. »Wir sind eine kleine Firma«, schloss sie. »Nur Henk und ich und zwei weitere Mitarbeiter. Natürlich wussten wir, dass Henk auf der documenta ein Feature zum Thema zeitgenössische Kunst und Gartenarchitektur drehen wollte. Aber niemand von uns hatte eine Ahnung, wann er sich wo aufhalten würde. Und ich kann mir auch nicht vorstellen, wie sein Mörder das wissen konnte. Henk war nicht berechenbar. Er war sehr spontan, folgte seinem Instinkt, wenn er arbeitete. Es ging ihm darum, Stimmungen einzufangen, eine bestimmte Atmosphäre. Er liebte das Licht des beginnenden Tages, kurz bevor die Sonne aufgeht. Er war …«

Maria brach ab und begann wieder zu weinen. Leonard ließ sie eine Weile in Ruhe.

»Wissen Sie, ob Ihr Mann in Brüssel irgendwelche Feinde hatte?«, fragte er schließlich.

»Nein. Konkurrenten vielleicht, ein paar Neider, aber keine Feinde. Und erst recht niemand, der so etwas tun würde.«

»Kennen Sie seine Familie?«

»Er hat keine mehr. Seine Eltern sind tot, und seine einzige Schwester kam Mitte der neunziger Jahre bei einem Verkehrsunfall ums Leben.«

»Wussten Sie, dass er gestern mit Professor Teerjong verabredet war beziehungsweise was Ihr Mann von ihm wollte?«

»Nein.«

Leonard schwieg einen Augenblick, als seien ihm die Fragen ausgegangen.

»Haben Sie einen Polizeipsychologen hinzugezogen?«, mischte Cornelius sich ein.

»Haben wir. Dr. Klinge vom Kriminologischen Forschungsinstitut Niedersachsen wird die heute Morgen gegründete Sonderkommission verstärken. Bevor er in die Forschung ging, war er zehn Jahre lang als Fallanalytiker für die Frankfurter Polizei tätig. Ein guter Mann. Ist auf dem Weg von Hannover hierher.«

»Wird er mir erklären können, was passiert ist?« Marias Stimme war nur noch ein heiseres Flüstern, und Cornelius wusste, dass sie nicht mehr lange durchhalten würde.

»Wenn es jemand erklären kann, dann er.«

»Ich muss wissen, warum er es gemacht hat! Verstehen Sie das? Welches perverse Schwein bringt einen Menschen um und schneidet ihm danach die Augenlider ab? Es war doch *danach*, oder? Madre de dios, Henk hat doch nicht mehr gelebt als ... Sagen Sie mir die Wahrheit!«

»Nein«, sagte Leonard sanft. »Er war bereits tot.«

Cornelius spürte, wie Jenny, die bisher kein Wort gesagt hatte, eine Hand zu ihm herüberschob und ihre Finger in seinen Oberschenkel krallte. Hatte sie es auch gehört? Leonard hatte gelogen.

»Damit wären wir so weit durch«, fuhr der Hauptkommissar fort. »Kann ich auf Ihre Kooperation und Verschwiegenheit zählen?«

»Ja!«, sagte Jenny nach kurzem Zögern.

Maria de Byl schwieg.

»Madame, bitte!«, drängte Leonard. »Wenn eine Einbeziehung und Information der Öffentlichkeit die Ermittlungen auch nur ein winziges Stück voranbrächten, wäre ich diesen Weg längst gegangen. Documenta hin oder her. Aber so ist es nicht. Im Gegenteil. Es wäre ein schwerer Fehler ...«

»Er hat recht«, sagte Cornelius.

»Gut«, flüsterte Maria, »ich halte den Mund, und Sie finden das Schwein!«

»So ist der Deal«, erwiderte Leonard. »Wir finden das Schwein, und Sie bewahren Stillschweigen und halten sich aus den Ermittlungen heraus.«

»Was soll das jetzt?« Cornelius' Stimme klang schärfer, als er es beabsichtigt hatte.

»Das ging an Ihre Adresse! Nur für den Fall, dass Sie Lust verspüren, ein wenig Detektiv zu spielen. Ich habe inzwischen ein paar interessante Dinge über Sie erfahren. Offenbar hatten Sie schon mal mit Polizeiarbeit zu tun. Wie ich hörte, haben Sie in einigen spektakulären Fällen, in denen es um Kunstraub ging, als Berater für die Ermittlungsbehörden gearbeitet. Zum Beispiel 2003, als aus dem Kunsthistorischen Museum in Wien die Saliera von Cellini geklaut wurde. Im selben Jahr waren Sie wegen des großen Diamantenraubes außerdem in Antwerpen. Zwölf Monate später hat die norwegische Polizei Sie hinzugezogen, weil aus dem Munch-Museum in Oslo zwei Hauptwerke des Meisters verschwunden waren. Sogar mit den Amis haben Sie anscheinend zusammengearbeitet. Nicht schlecht, Herr Professor! Was sind Sie? So eine Art Kunstraub-Detektiv? Ein zweiter Clemens Toussaint?«

Cornelius spürte, wie Jenny ihre Hand zurückzog.

»Das waren Diebstähle«, sagte er kalt, »hier handelt es sich um Mord. Und Sie vergessen einen wesentlichen Punkt. Alle diese schönen Dinge geschahen, als ich noch *sehen* konnte!«

Dreizehn

»Alle diese Dinge geschahen, als ich noch sehen konnte!« Jenny äffte Cornelius' Stimme nach und zog scharf die Luft ein. »Und deshalb gehen sie mich deiner Meinung nach nichts an, oder was?«

Sie saß mit Maria auf der Rückbank eines Taxis und war so wütend, dass sie am liebsten mit den Fäusten auf seinen Schultern herumgetrommelt hätte. Cornelius, der auf dem Beifahrersitz Platz saß, schwieg beharrlich. Maria sah sie verständnislos an, was Jennys Ärger noch steigerte.

»Ein Jahr sind wir jetzt zusammen. Und du kannst mir nicht erzählen, dass du mal für die Bullen gearbeitet hast?«

Cornelius antwortete nicht.

Jenny lehnte sich frustriert zurück und sah aus dem Fenster. Das Wetter hatte sich rapide verschlechtert. Der Fahrer gab einen türkischen Fluch von sich, als von der Nachbarspur ein Lieferwagen kurz vor ihm einscherte, stellte die Scheibenwischer an und fuhr langsamer. Schon als sie vor dem Präsidium auf das Taxi warteten, hatte sich der Himmel im Minutentakt verdunkelt. Jetzt prasselte ein wolkenbruchartiger Sommerregen auf die Stadt herab, von dem im Wetterbericht auf Jennys Handy vor zwei Stunden keine Rede gewesen war. Das Taxi näherte sich einem langen Stau vor einer roten Ampel und kam zum Stehen. Jenny riss sich zusammen und wandte sich Maria zu, die reglos dasaß und in den Regen hinausstarrte. »Tut mir leid, dass ich das eben gesagt habe … ausgerechnet in dieser Situation … es ist nur einfach so, dass er mich …«

Maria schüttelte ausdruckslos den Kopf und schien Jenny nicht gehört zu haben. »Deutschland ist nicht gut für mich«, sagte sie nachdenklich. »Ich habe lange gebraucht, um das zu kapieren. Mitte der neunziger Jahre kam ich von den Philippinen in dieses Land. Mit zwanzig anderen jungen Krankenschwestern. Es war Winter, wir hatten beim Abflug in Manila nicht die geringste Vorstellung davon gehabt, wie kalt es hier sein würde, und froren erbärmlich. Ein Bus holte uns vom Frankfurter Flughafen ab und brachte uns zu einem Schwesternwohnheim in Wiesbaden. Ich erinnere mich an diese Fahrt, als wenn es gestern gewesen wäre. Wir waren regelrecht schockiert von dem Anblick, der sich uns bot. Schnee kannten wir ja nur aus Filmen. Als sauberen weißen Zuckerguss, der schöne Gegenden bedeckte, in denen schick gekleidete Menschen Ski fuhren. Was wir durch die Busfenster sahen, war eine schmutzig weißgraue Brachlandschaft, in der kahle schwarze Baumskelette standen, die uns Angst machten. Niemand von uns hatte jemals zuvor einen Baum ohne Blätter gesehen. Ich habe wirklich gedacht, das ganze Land sei kaputt. Später haben wir oft gelacht, wenn wir an diesen Winternachmittag dachten, aber irgendwie hat er unser Bild von Deutschland geprägt. Als die Verträge ausliefen, ist keine von uns hiergeblieben.«

»War denn das Leben in Brüssel so anders als hier?«

»Das Wetter war ähnlich, aber in Brüssel traf ich Henk.

Er war der entscheidende Unterschied. Eines Tages ist er dann nach Deutschland gefahren, und jetzt ist er tot.«

Jenny wusste nicht, was sie sagen sollte. Der heftige Regen ließ etwas nach, und die Autos vor ihnen setzten sich in Bewegung.

»Was geschieht jetzt?«, fragte Maria.

»In fünf Tagen wird der Leichnam zur Beisetzung freigegeben. Wir helfen dir mit den Formalitäten für die Überführung nach Brüssel.«

»Seid ihr bei der Beerdigung dabei?«

Jenny zögerte einen winzigen Augenblick.

»Ja«, sagte Cornelius. »Natürlich!«

Maria nickte. »Ich möchte ins Hotel zurück und mich hinlegen. Letzte Nacht war ich so aufgeregt, dass ich keine Minute geschlafen habe. Wir können ja später zusammen etwas essen.«

»Gut«, sagte Cornelius. »Jenny und ich sehen uns in der Zwischenzeit diesen Bergpark an, der nächstes Jahr Weltkulturerbe werden will. Liegt ja vor der Tür.«

Wie immer zuckte Jenny ein wenig zusammen, wenn Cornelius das Wort sehen gebrauchte. Dauernd verwendete er Formulierungen wie »das sehe ich anders« oder »ich sehe nicht, wie uns das weiterbringt«. Am Anfang hatte sie das als Teil seines allgegenwärtigen Zynismus aufgefasst, aber dann war ihr klar geworden, dass das Wort auch von Sehenden metaphorisch gebraucht wurde. Die Alltagssprache war am Visuellen ausgerichtet, Wissen und Verstehen wurde mit Sehen gleichgesetzt, und Cornelius sah deshalb keinen Anlass, seinen Sprachstil zu ändern.

Dennoch war dieses winzige Moment von Irritation nicht verschwunden.

»Du könntest wenigstens fragen, ob ich mit dir in diesen Bergpark will.«

»Oh, glaub mir«, sagte Cornelius leichthin, »den willst du sehen! Und ich auch!«

Vierzehn

Nachdem sie Maria im Hotel abgesetzt hatten, machten sie sich auf den Weg in den Park. Der Regen hatte endgültig aufgehört, und strahlendes Sonnenlicht bahnte sich seinen Weg durch vereinzelte dunkle Wolken. Jenny wartete auf ein Wort der Erklärung, aber Cornelius hatte offenbar auch jetzt nicht vor, über seine Vergangenheit zu sprechen. Er hakte sich bei ihr ein und schlug einen beschwingten Touristenführerton an.

»Um alle Sehenswürdigkeiten anzuschauen, ist die Zeit zu knapp, aber ich möchte, dass du einen Blick auf die Löwenburg wirfst, und dann sehen wir uns die Wasserspiele an. Wir haben Glück, sie sind nur an bestimmten Tagen in der Woche zu bestaunen, normalerweise nachmittags, aber während der documenta ist das Spektakel auf den Vormittag verlegt. Wir müssen um halb elf am Fuß des Herkulesmonuments sein. Folge einfach den Hinweisschildern.«

Jenny blieb abrupt stehen und hielt seinen Arm fest. »Mir steht nicht der Sinn nach Burgen und Wasserspielen. Ich hab gehofft, ich könnte mit dir reden. Über das, was mit Henk de Byl geschehen ist und was Leonard gesagt hat.«

Jennys Stimme war so laut, dass ein älteres Ehepaar vor ihnen sich erstaunt umdrehte. Cornelius schien der giftige Tonfall nichts auszumachen.

»Okay, vergiss die Löwenburg. Lass uns gleich zu den Wasserspielen hochgehen. Ich will dir etwas zeigen. Weil ich möchte, dass du etwas ganz Bestimmtes begreifst. Etwas, das für mich wichtig ist. Danach sprechen wir über Henk und die Dinge, die ich früher getan habe. Ist das in Ordnung für dich?«

Jenny zögerte einen Moment und stieß dann einen resignierten Seufzer aus. »Gut! Was erwartet mich da oben?«

»Ein Wunderwerk barocker Gartenbaukunst. Ausgedacht und gestaltet von dem Italiener Giovanni Francesco Guerniero und 1714 erstmals gezeigt. Ungefähr 1.200 Kubikmeter Wasser schießen vom Riesenkopfbecken unterhalb des Herkules aus über vier Stationen in die Tiefe. Das Wasser wird nur durch das natürliche Gefälle des Bergparks bewegt. Es fließt über die Kaskaden, den Steinhöfer Wasserfall, die Teufelsbrücke und das Aquädukt hinunter zum Schlossteich, wo es eine fünfzig Meter hohe Fontäne entstehen lässt. Das Ganze verläuft in Etappen. Bei jeder Station muss der Zufluss von Hand geöffnet werden. Die Besucher wandern also etwa eine Stunde mit dem Wasser mit.«

»Klingt toll«, sagte Jenny. »Das Wasser fließt also tatsächlich von oben nach unten. Wer rechnet schon mit so was?«

Cornelius schüttelte unwillig den Kopf. »Ich weiß, dass du sauer bist, aber das ist kein Grund, so borniert zu sein. Ich bin bereit, dir entgegenzukommen. Auf welcher Höhe sind wir jetzt?«

»Den Schildern nach zu urteilen, unterhalb des Steinhöfer Wasserfalls. Und das mit der Borniertheit nimmst du zurück!«

»Okay, du bist der aufgeschlossenste Mensch, den ich kenne. Zufrieden? Wir bleiben übrigens hier. Für das, was ich ausprobieren will, müssen wir nicht weiter nach oben. Was siehst du?«

»Eine ziemlich hohe Felswand.«

»Gut, können wir uns hier irgendwo hinsetzen?«

Jenny suchte zwei große Steine aus, auf denen sie sich niederließen. Das Areal um sie herum füllte sich jetzt mit zahlreichen Touristen und Wanderern, die alle zu den Felsen hinaufstarrten.

»Der Wasserfall wurde nach Karl Steinhöfer benannt. Ein talentierter Mann seiner Zeit. Brachte es im 18. Jahrhundert vom Brunnenknecht zum Inspektor der Wasserkünste. Der zerklüftete Felssturz wurde von ihm künstlich in den fast senkrechten Hang hineingebaut. Die Legende behauptet, Steinhöfer habe den Wasserfall ohne Wissen des Landgrafen …«

»Verdammt, Cornelius«, sagte Jenny, am Ende ihrer Geduld, »warum sind wir hier?«

»Ich will etwas ausprobieren. Kann sein, dass es nicht funktioniert, wegen der Leute um uns herum und der vielen Nebengeräusche.«

»Komm auf den Punkt!«

»Vor etwa zweieinhalb Jahren habe ich eine fantastische Entdeckung gemacht. Ich fand heraus, dass herabfallendes Wasser mir eine akustische Wahrnehmung der

Welt um mich herum ermöglicht. Keine Ahnung, warum das so lange gedauert hat, vielleicht hat mein Gehör die Zeit gebraucht, um sich zu entwickeln. Jedenfalls bin ich an einem verregneten Morgen im Frühherbst durch die Verandatür hinausgetreten und habe es zum ersten Mal wahrgenommen: Der Regen, der auf den Rasen vor mir prasselte, erzeugte einen gleichmäßig flächigen Klang, der sich deutlich unterschied von dem Geräusch der Tropfen auf den großen Findlingen, die sich zwischen der Terrasse und dem Rasen befinden. In den Schlehenbüschen, die die Rasenfläche säumen, bremsten die Blätter das Wasser, der Regen klang heller, das Fallen der Tropfen hatte einen anderen Rhythmus.

Du weißt, dass auf der rechten Seite der Terrasse, da, wo der Sonnenschirm steht, die Steine sich ein wenig abgesenkt haben. Wenn es regnet, entsteht sofort eine Pfütze, und dementsprechend war von dort ein munteres Plitsch-Platsch zu hören. Verstehst du, überall im Garten gab es Unterbrechungen, Verschiebungen und Verzögerungen der Regelmäßigkeit, die mir die Konturen der Dinge enthüllten. Und das Gurgeln des Wassers in der Regenrinne über mir machte die Räumlichkeit der Wahrnehmung perfekt.«

»Aber du kanntest den Garten doch schon als Sehender.«

»Stimmt, ich wohne dort seit zwölf Jahren. Natürlich weiß ich, wie die Terrasse beschaffen ist und wo die großen Steine, der Rasen und die Büsche sich befinden. Aber ich weiß das alles aus der Erinnerung. Es war etwas völlig anderes, diese Dinge wieder wahrzunehmen. Der Regen hat dafür gesorgt, dass die Welt zu mir spricht.«

»Und du meinst, das ist bei diesem Wasserfall auch so?«

»Keine Ahnung, es wird auf jeden Fall anders sein, weil eine sehr große Wassermenge herunterkommt, die mit prasselndem Regen nicht zu vergleichen ist. Das Stimmengewirr um mich herum wird meine Konzentration stören, und was entscheidend ist: Ich bin als Sehender nur einmal hier gewesen, und das ist schon Jahre her. Trotzdem finde ich es interessant und aufschlussreich. Kannst du mich näher heranbringen?«

Cornelius stand auf, Jenny hakte sich bei ihm ein, und gemeinsam gingen sie durch das Geröll näher an die Felswand heran.

»Okay, wo bleibt das Wasser?«

»Kommt jetzt.«

Jenny hörte nichts.

Cornelius' Gesicht hatte einen in sich gekehrten Ausdruck angenommen. Jenny sah von der Seite, dass er die Augen hinter den dunklen Brillengläsern schloss. Auch wenn es letztlich für ihn keinen Unterschied machen konnte, war das Senken der Lider offenbar immer noch Ausdruck seiner Konzentration. Dann kam das Wasser. Es schoss in voller Breite über die zerklüftete Felskante, teilte sich an den Seiten in kleinere Wasserfälle und ergoss sich schließlich am Fuß des Felsens in zahlreiche schmale Bachläufe.

»Mach die Augen zu«, sagte Cornelius, »und achte auf das, was du hörst und riechst.«

Jenny nickte.

Krach, dachte sie, ein einheitlich lautes Rauschen und Geschrei. Mehr nicht. Keine Gerüche. Die Touristen und Parkbesucher um sie herum begrüßten die herabstürzenden Wassermassen mit begeisterten Ausrufen. Sie wartete ein paar Minuten und öffnete dann die Augen. Cornelius hatte sich nicht von der Stelle gerührt. In seinem Gesicht spiegelte sich ein vages Bedauern. Nach weiteren fünf Minuten war das Spektakel vorbei. Er wandte sich ihr zu und zuckte mit den Achseln.

»Es war nicht so, wie ich gehofft habe. Ein beeindruckendes sinnliches Erlebnis, keine Frage. Die kühle Feuchtigkeit der Luft, der Modergeruch vom Wald her und die Geräuschkulisse waren fantastisch. Ich habe den großen Wasserfall von zwei kleinen an den Seiten unterscheiden können, aber eine räumliche Wahrnehmung war leider nicht möglich.«

»Bist du enttäuscht?«

»Vielleicht ein klein wenig, doch das ist Quatsch! Ich bin froh, dass ich hierhergekommen bin und dass du dabei warst.«

Jenny legte ihre Arme um seinen Hals und küsste ihn. Ihr Ärger war verflogen.

»Willst du noch bleiben?«

»Nein, lass uns zurückgehen.«

Sie machten sich auf den Weg in Richtung Schloss. Als Jenny eine Parkbank entdeckte, dirigierte sie Cornelius dorthin.

»Kleiner Zwischenstopp. Und eine gute Gelegenheit,

dein Wort zu halten. Was hat der Bulle mit dem Kunstraub-Detektiv gemeint?«

Cornelius setzte sich auf die Bank und schien nicht recht zu wissen, wie er anfangen sollte.

»Von 1998 bis zu dem Guatemala-Projekt 2001«, begann er schließlich, »habe ich mich beruflich hauptsächlich mit Provenienzforschung beschäftigt. Weißt du, was das ist?«

»Nicht genau.«

»Es geht dabei um die Herkunft von Kunstwerken und Kulturgütern. Idealerweise sind bei einem Exponat alle früheren Besitzverhältnisse bekannt, aber in Wirklichkeit ist das eher selten der Fall. Die Klärung der Frage, wer ein Objekt wann hatte, ist aber wichtig. Sie dient einerseits der Bestätigung der Originalität von Kunstwerken und trägt zu deren Wertsteigerung bei. Andererseits ist natürlich auch die Feststellung der Eigentumsverhältnisse ein Forschungsziel. Besonders bei Beutekunst und Raubkunst.«

»Ist das nicht das Gleiche?«

»Nein! Beutekunst sind Kulturgüter, die in Kriegen geraubt werden. So was hat es in allen Jahrhunderten gegeben. Auf diese Weise ist der Schatz des Priamos nach Moskau gekommen. Unter Raubkunst versteht man das, was die Nazis gemacht haben: Kunstsammler und andere Privatpersonen, die meisten von ihnen Juden, wurden verfolgt, erpresst, ihres Besitzes beraubt und in vielen Fällen ermordet.«

»Und was hat das jetzt alles mit deiner Arbeit für die Polizei zu tun?«

»Ich komme gleich drauf. 1998 war ein wichtiges Jahr für die Provenienzforschung, und für mich auch. Vierundvierzig Staaten haben die Washingtoner Erklärung unterzeichnet, die erstmals Regeln für das Auffinden von Raubkunst und deren Rückgabe festlegte. Und ich wurde Mitglied einer Forschungsgruppe zu diesem Thema, die mit einem üppigen Budget ausgestattet war. Der Ausdruck ›Task Force‹, der später im Zusammenhang mit dem Gurlitt-Fall geprägt wurde, war damals für Leute wie uns noch nicht üblich, aber vielleicht waren wir tatsächlich die erste.«

Cornelius gestattete sich ein kleines nostalgisches Grinsen.

»In diesem Jahr konnten wir richtig loslegen, und wenig später kam dann das Internet auf Touren. Die Kataloge sämtlicher Ausstellungen und Auktionen weltweit waren auf einmal für jedermann einsehbar. Ich hatte ein gutes Team, und wir waren ziemlich erfolgreich, zumal wir Unterstützung aus Israel bekamen. Auf der ganzen Welt gab es Museen, denen es scheißegal war, dass einzelne ihrer Exponate einmal ermordeten Juden gehört hatten. Es machte Spaß, arroganten Galeristen und Kuratoren die Beweise unter die Nase zu halten und dazu beizutragen, dass die Erben jüdischer Vorbesitzer die Bilder zurückbekamen.«

»Wer ist dieser Clemens Toussaint, den Leonard erwähnt hat?«

»Ein international sehr erfolgreicher Kunstraub-Fahnder. Arbeitet auf Erfolgsbasis. Ich kenne ihn nicht persönlich.«

»Und die Polizei ist durch die Provenienzforschung auf dich aufmerksam geworden?«

»Ja, es gab nach Kunstdiebstählen und Einbrüchen in Museen dann immer mal wieder Anfragen nach externer Beratung. Das hatte mit unserer eigentlichen Arbeit nichts zu tun, aber einige Male konnte ich helfen, weil ich mittlerweile in der Szene gut vernetzt war.«

»Wie meinst du das?«

»Ich kannte jede Menge Fälscher, Hehler, zwielichtige Sammler und dunkle Vertriebskanäle.«

Jenny lachte leise und wurde dann unvermittelt ernst.

»Und warum konntest du mir davon nichts erzählen?«

»Ich spreche mit niemandem darüber. Weil es immer noch wehtut, von einem Leben zu erzählen, das unwiderruflich verloren ist. Jede Erinnerung an meine Vergangenheit beschwört den Verlust herauf. Noch vor fünf Jahren konnte ich Dinge tun, die zwölf Monate später unmöglich waren. Ich bin nicht annähernd so hilflos, wie manche Leute denken, aber in einigen Bereichen werde ich bis an mein Lebensende auf andere Menschen angewiesen sein. Der Gedanke hat mich damals verrückt gemacht, und daran hat sich nicht viel geändert.

Es war ein voranschreitender Prozess, und natürlich wusste ich, was auf mich zukam, aber als es wirklich passierte, war ich völlig am Boden zerstört. Im Mai 2008 habe ich mich zum letzten Mal in einem Spiegel gesehen. Das, was von mir übrig war. Ein Mann, dessen Gesicht zu zerfließen begann. In einem Abstand von knapp zwei Metern konnte ich meinen Körper mehr oder weniger wahrnehmen, das äußere Gesichtsfeld war noch vorhanden, doch ich konnte meine Gesichtszüge nicht mehr identifizieren. Ich wusste, dass ich es war, aber ich erkannte mich nicht. Als am Ende des Sommers die vollständige Dunkelheit kam, fühlte ich mich körperlos wie ein Geist. Völlig verzweifelt und ohne Hoffnung auf irgendeine Art von Leben.

Beinahe zwei Jahre habe ich gebraucht, um da wieder rauszukommen. Ich konnte und wollte die neue Situation nicht akzeptieren. Es war nicht nur die verlorene Selbstständigkeit. Auch der Verlust von Bildern und Farben hat mich unendlich gequält. Seit meinem sechzehnten Lebensjahr wusste ich, dass ich später irgendetwas mit Kunst machen wollte. Schon damals hätte ich mir niemals etwas anderes vorstellen können. Ich war fasziniert vom Farbenrausch der Expressionisten, von den Brauntönen der flämischen Meister, dem Blau bei Chagall. Meine persönlichen Vorlieben änderten sich im Laufe der Jahre, aber die Leidenschaft für die Malerei hat mein ganzes Leben bestimmt. Und nun musste ich mich damit abfinden, dass ich nie wieder eines dieser Kunstwerke würde sehen können. Als ich die Endgültigkeit dieses Zustandes wirklich begriffen habe, bin ich zusammengebrochen. Drei Monate lang war ich akut suizidgefährdet und in psychologischer Behandlung.

Dann, ganz langsam, am Ende des zweiten Jahres wurde es besser. Ich hörte auf, mich wie ein Sehender zu fühlen, den jemand in die Finsternis gestoßen hatte, und lernte stattdessen als Blinder zu leben und wie einer zu denken. Ich habe einen Schlussstrich gezogen. Verstehst du das?«

Cornelius brach ab. Er hielt den Kopf ein wenig schief und schien etwas zu hören, was Jenny nicht wahrnehmen konnte. Sie rückte näher an ihn heran und küsste ihn auf sein Ohr. »Erzähl mir von den letzten beiden Jahren.«

»Ich habe viel gelernt: Braille-Schrift zum Beispiel und den Umgang mit dem Stock und zahlreichen anderen Hilfsmitteln. Mittlerweile gibt es jede Menge Apps für mein Smartphone, die die Kamera als Auge nutzen und Informationen über die visuelle Umgebung liefern. Sie können Farben und Geldscheine erkennen, mir im Restaurant die Speisekarte vorlesen und erinnern mich daran, das Licht im Zimmer auszuschalten, wenn ich weggehe.

Auch ich selbst habe mich sozusagen optimiert. Bei der Echoortung habe ich große Fortschritte gemacht, mein Gehör und mein Geruchssinn haben sich enorm verbessert, und mein Gedächtnis ist fantastisch. Als Blinder bist du dauernd damit beschäftigt, dir irgendwelche Dinge zu merken: Wie viele Stufen hat eine Treppe, wie breit ist der Bürgersteig, wie viele Schritte sind es von der Haustür bis zur Straße und dann nach rechts und wieder links bis zum Bäcker und so weiter.«

Cornelius lachte rau und tippte sich mit dem Zeigefinger an die Stirn: »Ein Blinder ohne gutes Gedächtnis ist echt aufgeschmissen! Aber bei mir ist das nicht so, und das ist der entscheidende Punkt: Ich komme ganz gut zurecht, und ich möchte nicht über früher sprechen! Kannst du das akzeptieren?«

»Habe ich eine Wahl?«

»Nein.«

Fünfzehn

Am späten Vormittag ging er zu Fuß zum alten Hafen und hatte keine Mühe, den Dutch Maritime Pub zu finden. Nach kurzem Zögern trat er ein und blickte sich um. Das Erste, was er sah, war der Pirat. Er stand lebensgroß direkt im Eingangsbereich vor einer Art Säule und zwinkerte ihm zu. Nun ja, vielleicht war es kein wirkliches Zwinkern, das rechte Auge sah beschädigt und halb geschlossen aus, sodass der Eindruck des Zwinkerns entstand, ohne dass das bärtige Gesicht im Mindesten gutmütig gewirkt hätte. Er hatte links das obligatorische Holzbein, und aus dem rechten Jackenärmel ragte statt der Hand ein Enterhaken hervor. Auf seinem Kopf saß ein Seemannshut mit Totenkopfemblem, und in einem breiten Ledergürtel, der quer über seine Brust von der rechten Schulter bis zur linken Taille geschnallt war, steckten zwei große Messer und eine Pistole. Jack Sparrow, Edward Thatch, Long John Silver, die Figur hatte von allen ein bisschen, und sie gefiel ihm.

Er winkte dem Captain zu und ging weiter in die Gaststube hinein. Die dominierende Farbe war braun. Von den einfachen Tischen und Stühlen bis zur Holzverkleidung der Wände und dem Kachelfußboden. Die Lampen spiegelten sich im Messing, das zahlreiche Gegenstände schmückte, und tauchten den Raum in ein warmes goldbraunes Licht. Von der Decke baumelten Reusen und Teile von alten Fla-

schenzügen, und an den Wänden hingen nautische Geräte, Galionsfiguren, historische Fotos vom alten Hafen und Plakate aller erdenklichen Biersorten. Der Dutch Maritime Pub war eine solide, gemütliche Hafenkneipe, in der um diese Zeit bereits reger Verkehr herrschte.

Er suchte sich einen Platz an einem Ecktisch, bestellte Milch und Croissants, was ihm einen erstaunten Blick der blonden Bedienung eintrug, und ließ seinen Blick unauffällig den Thekenbereich entlanggleiten. Außer der Kellnerin stand noch eine weitere Frau hinter dem Tresen, die unablässig Bier zapfte. Einen Mann, der dem Foto in seiner Jackentasche ähnelte, konnte er nirgendwo entdecken. Was jetzt? Der Schnüffler war ganz sicher gewesen, dass der Mann hier arbeitete. Verdammter Mist! Er würde nicht unverrichteter Dinge wieder weggehen. Als die Kellnerin seine Bestellung vor ihm absetzte, beschloss er, alles auf eine Karte zu setzen.

»Entschuldigen Sie, sprechen Sie Deutsch?«, fragte er sie.

Die junge Frau nickte und lächelte, als sie sah, dass er seine Brieftasche aus der Innentasche des Sakkos zog. Ihre blondierten Haare hatten schwarze Wurzeln, und ihre Augenbrauen waren zu dünnen Halbmonden gezupft. Sie ließ ihren Blick von seinem Gesicht zur Brieftasche und wieder zurück huschen.

»Kann ich Sie etwas fragen?«

»Ja, natuurlijk!«

Er förderte ein Foto und einen Fünfzigeuroschein zutage und hielt ihr beides hin. »Ich wollte diesen Mann treffen.

Ganz links auf dem Bild. Man sagte mir, er arbeitet hier. Kennen Sie ihn? Ich muss ihn dringend sprechen.«

Die Kellnerin ließ den Schein in ihrer Jeans verschwinden, blickte kurz auf das Foto und nickte. »Das ist Ruud. Ruud van Bouveret. Er ist heute krank.«

»Könnten Sie mir seine Adresse geben? Dann würde ich ihn besuchen. Es ist wirklich wichtig.«

»Was wollen Sie denn von ihm?« Die Frau sah ihn jetzt ein wenig misstrauisch an, und er wusste, dass sie sich sein Gesicht merken würde. Nicht zu ändern.

»Ich habe wichtige Informationen für ihn. Von einem gemeinsamen engen Freund, den er schon lange kennt.«

»Ach so …«

Über das Gesicht der Frau glitt ein etwas besorgtes Lächeln. »Aber Sie wissen, dass er einen festen Partner hat, oder? Die beiden wollen heiraten. Keine Chance für Sie …«

»Wie bitte?«

Sie machte eine ungeduldige Bewegung mit der Hand.

»Wat is homoseksueel in het Duits? Wie sagt man auf Deutsch … schwul! Ruud ist schwul. Das müssten Sie eigentlich wissen, wenn Sie befreundet sind.«

Was für ein blödes Miststück! Er riss sich zusammen. »Klar weiß ich das. Aber mir ist völlig egal, mit wem er schläft. Es geht um etwas Geschäftliches. Also, sagen Sie mir jetzt, wo er wohnt? Oder wollen Sie noch mehr Geld?«

»Nein, ist schon okay!« Sie schüttelte den Kopf und schien jetzt ein wenig verlegen. »Er wohnt op de Kaap. Wissen Sie, wo das ist?«

»Nein.«

»Der Stadtteil heißt eigentlich Katendrecht, eine Halbinsel zwischen Maashaven und Rijnhaven. Die Adresse ist Deliplein 8. Sie nehmen am besten ein Taxi.«

»Können Sie mir eins rufen?«

»Ja.«

»Dank u wel!«

»Alsjeblieft!« Sie drehte sich auf dem Absatz um und rauschte davon. Er sah sie mit ihrer Kollegin tuscheln und dann nach einem Telefon greifen. Ohne Appetit schlang er das Croissant hinunter, trank die Milch und legte einen Zehneuroschein auf den Tisch. Dann verließ er grußlos den Pub, stieg wenige Minuten später in ein Taxi und nannte dem schweigsamen indischen Fahrer Deliplein 2 als Adresse. Als der Wagen wendete, sah er die blonde Kellnerin am Fenster stehen und ihm nachstarren. Sie würde ihn beschreiben und identifizieren als jenen Mann, der kurz vor van Bouverets Tod nach ihm gefragt hatte. Gab es in dem Pub zu allem Überfluss auch noch eine Überwachungskamera? Egal, er würde den Plan nicht ändern oder aufgeben. Seine Fingerabdrücke und DNA waren nirgendwo registriert. Abgesehen davon hatte er auch nicht die Absicht, Spuren dieser Art zu hinterlassen. Es gab keinerlei ersichtlichen Zusammenhang zwischen van Bouveret und ihm, und schon gar kein Motiv für einen Mord. Falls er jemals polizeilich vernommen wurde, würde er den Besuch in der Hafenkneipe einräumen und einfach behaupten, niemand habe auf sein Klingeln an der Haustür reagiert, und er sei wieder gegangen, ohne van Bouveret getroffen zu

haben. Was er von ihm gewollt hatte? Da würde ihm etwas einfallen, wenn es so weit war.

Er hatte der Kellnerin nicht die Wahrheit gesagt, denn er wusste ziemlich genau, wo de Kaap lag. Kurz nach der Jahrtausendwende war er im Auftrag seines Onkels häufig geschäftlich in Rotterdam gewesen, unter anderem auch in Katendrecht. Mittlerweile war der Stadtteil allerdings nicht wiederzuerkennen. Die Halbinsel, die lange Zeit als ewiger sozialer Brennpunkt der Stadt galt, hatte sich in den letzten Jahren durch zahlreiche Fördermaßnahmen zu einer schicken Mittelstandsgegend entwickelt, die sogar von Touristen besucht wurde. Die Nutten und Dealer waren weitergezogen.

Er bat den Taxifahrer, ihn am Anfang des Delipleins rauszulassen, und ging den Weg bis zu der langgestreckten Wohnanlage mit der schmucken rotweißen Klinkerfassade, die den Straßenzug dominierte, zu Fuß. Alles wirkte neu und gerade erst fertiggestellt. In vielen Fenstern sah er Schilder, die verkündeten, dass hier noch Eigentumswohnungen zu haben waren. Er fand die Hausnummer 8 und den Namen auf den Klingelknöpfen. Ruud van Bouveret wohnte im dritten Stock. Als er klingelte, sprang die Haustür mit einem melodischen Summen auf, und er machte sich auf den Weg nach oben. Er hatte keinen genauen Plan, aber den hatte er bei Henk de Byl auch nicht gehabt. Die Dinge würden sich ergeben. Auf der letzten Treppenstufe fiel sein Blick auf die Wohnungstür, die einen Spalt geöffnet war. Alles bestens. Aus einer Seitentasche seines Sakkos angelte er ein Paar Latexhandschuhe und zog sie über. Mit einer schnellen Armbewegung prüfte er den Sitz des Stiletts an seinem rechten Handgelenk und vergewisserte sich, dass die Schere an ihrem Platz war. Dann ging er auf die Tür zu und klopfte.

Sechzehn

Sie trafen Maria in der Lobby des Hotels. Sie hatte ihr Make-up erneuert und machte einen gefassten Eindruck.

»Konntest du schlafen?«, fragte Jenny.

»Eine halbe Stunde. Hat nicht viel genutzt. Meine Gedanken kreisen und kreisen, ich kann nicht aufhören, an Henk zu denken. Daran, was er empfunden haben muss, als er starb. Ich hab gegrübelt, was ich jetzt als Nächstes tue, wie ich ohne Henk zurechtkommen soll und so weiter und so weiter… Also bin ich aufgestanden und habe angefangen zu telefonieren.«

Maria schüttelte resigniert den Kopf, nestelte ein Papiertaschentuch aus ihrer Handtasche und putzte sich die Nase. »Ich habe in der Pathologie angerufen und mir noch einmal bestätigen lassen, dass sie Henks Leichnam tatsächlich in fünf Tagen freigeben. Anschließend habe ich mit einem Bestattungsunternehmen in Brüssel gesprochen, das sich um die Überführung und die Trauerfeier kümmern wird. Henks Urne wird auf dem Cimetière d'Ixelles beigesetzt. Er hat mir immer gesagt, er wolle eingeäschert werden, und etwas anderes als einen Platz in einer Urnenwand kann ich ohnehin nicht bezahlen.«

»Du hättest das nicht alles alleine machen müssen«, sagte Cornelius. »Wir wollten dir helfen. Brauchst du Geld?«

»Nein, ich werde sehen, was man von unserer Minifirma verkaufen kann, und dann wieder als Krankenschwester arbeiten.«

»In Belgien?«

»Jedenfalls nicht in Deutschland!«

»Wann fliegst du nach Brüssel zurück?«

»Um Viertel vor acht heute Abend. Mein Zug nach Frankfurt geht um halb drei. Bringt ihr mich zum Bahnhof?«

»Natürlich«, sagte Cornelius, »aber vorher essen wir etwas. Wir haben reichlich Zeit. Das Restaurant hier im Hotel ist gar nicht mal so übel.«

»Ich kann nichts essen.«

»Doch«, sagte Cornelius. »Kannst du.«

Siebzehn

Als niemand antwortete, stieß er die Tür auf, trat über die Schwelle und erstarrte. Etwa einen Meter hinter der Tür stand Ruud van Bouveret. Er war groß und muskulös, viel athletischer, als das Foto des Schnüfflers es hatte vermuten lassen. Auch sein Haar war kürzer und das Gesicht schmaler als auf dem Bild, aber er war es. In seiner rechten Hand hielt er eine schwarz glänzende Pistole, mit der er jetzt zu einer einladenden Bewegung ausholte.

»Kommen Sie rein und schließen Sie die Tür hinter sich.«

Er gehorchte und machte einen Schritt in den Raum hinein. Van Bouveret richtete die Waffe auf ihn und schüttelte warnend den Kopf. »Das ist nahe genug. Sie haben zwanzig Sekunden, um mir zu erzählen, was Sie von mir wollen.«

Er stoppte sofort. Seine Gedanken überschlugen sich, und er versuchte gegen die aufkommende Panik anzukämpfen. Jemand hatte den Holländer gewarnt. Das Miststück von Kellnerin. Er hätte es wissen müssen, so misstrauisch, wie sie ihn angestarrt hatte. Vielleicht sollte er den Plan aufgeben … zumindest für heute. Aber das kam nicht infrage. So nahe komme ich nie wieder an ihn heran, dachte er, jetzt, wo er mein Gesicht kennt. Und er wird nicht schießen. Wenn er in dieser Wohnung einen Schuss abfeuert, ist in fünf Minuten die Polizei da. Wie will er die Leiche erklären? Ich bin nicht gewaltsam eingedrungen, sondern habe geklingelt. Das Schwein hat mich hereingebeten, ganz normal, es muss ihm klar sein, dass das nicht nach Notwehr aussieht.

Wenn die Bullen das Messer finden, schon.

Er musste sich zusammenreißen, die Situation …

»Tien seconden.«

… irgendwie entschärfen.

»Krijg de tyfus!«, sagte van Bouveret, der es offenbar satthatte, Deutsch zu sprechen, und die Waffe anhob.

»Warten Sie! Das ist ein Missverständnis.« Seine Stimme klang hohl und blechern und schien einen merkwürdigen Nachhall in seinem Kopf zu hinterlassen. »Ich komme von Henk. Er schickt mich. Henk de Byl, den kennen Sie doch. Als ich ihm erzählt habe, dass ich nach Rotterdam fahre, hat er gesagt, ich soll in den Dutch Maritime Pub gehen und Sie warnen. Er hat Drohungen bekommen, Drohungen, die er ernst nimmt. Wegen einer Sache von früher. Ich …«

Großer Gott, dachte er, was für eine schwachsinnige Lüge, wenn ich in de Byls Auftrag käme, hätte ich nicht im Pub nach der Adresse fragen müssen! Sein Gegenüber schien dennoch einen Augenblick verblüfft zu sein und ließ die Pistole sinken.

Wie dumm!

Er wirbelte herum, ließ sein rechtes Bein hervorschnellen und erwischte mit einem harten Tritt van Bouverets Hand mit der Waffe, die nach links in den Raum hinein flog. Sofort setzte er nach, schnappte nach der Kehle des Niederländers und lief in eine ansatzlose rechte Gerade hinein, die ungehindert und mit furchtbarer Gewalt seine linke Augen-

höhle traf. Er taumelte zurück und hatte Mühe, auf den Beinen zu bleiben. Blut quoll aus der aufgeplatzten Braue und nahm ihm die Sicht. Wie durch einen Schleier registrierte er, dass van Bouveret eine professionelle Boxstellung eingenommen hatte und mit erhobenen Fäusten auf ihn zutänzelte. Was um Gottes willen geschah hier?

Er wich weiter zurück, bis er die Wohnungstür im Rücken spürte, und hob ebenfalls die Fäuste. Van Bouveret rückte nach, deutete scheinbar spielerisch eine Links-Rechts-Kombination an und erwischte ihn dann unterhalb der Rippen mit einem wuchtigen linken Leberhaken, der einen grellen Schmerz in seinen Eingeweiden entzündete und alle Luft aus ihm herauspresste. Seine Beine gaben nach, das Zimmer schien zur Seite zu kippen, und van Bouverets große Gestalt verschwamm vor seinen Augen. Dann wurde er hochgerissen und herumgedreht. Ein muskulöser Unterarm legte sich um seinen Hals und drückte auf seinen Kehlkopf.

»Wer bist du? Wat ben jij voor een klootzak?«

Die zischende Stimme war direkt an seinem Ohr und schien dennoch von weit weg zu kommen. Schwärze umgab ihn, er schien zu fallen, raste direkt auf einen Acker zu, auf dem er schon einmal gelegen hatte, und spürte wieder den kalten Gewehrlauf in seinem Genick. Dann wurde der Druck auf den Hals etwas gelockert, Atemluft schoss durch seine Kehle, füllte die Lungen und brachte ihn zurück an die Oberfläche. Und sie brachte die Wut zurück.

Du willst wissen, wer ich bin, dachte er. Ich bin der Klootzak, der dem Ganzen ein Ende macht.

Mit einer routinierten Drehbewegung ließ er das Mes-

ser an seinem rechten Handgelenk in die Hand gleiten und stach es in den Unterarm, der seinen Hals umklammert hielt. Sofort wurde er losgelassen. Er fuhr herum und stieß mit letzter Kraft das Stilett in van Bouverets Brust. Dieser begann zu schwanken, starrte ihn verwundert an und fiel auf die Knie.

Das war knapp gewesen. Er blickte zu van Bouveret hinunter und genoss den Anblick. Das Adrenalin zirkulierte durch seinen Kreislauf und verursachte eine leichte Übelkeit. Dann ließ das Rauschen in seinem Kopf und mit ihm das Gefühl des Triumphes nach, und er begriff, was für einen furchtbaren Fehler er begangen hatte. Er ging in die Hocke und sah dem Niederländer in die Augen.

»Wo ist Marten Rykers?«

»Val dood«, sagte van Bouveret. Sein Blick wurde ausdruckslos. Dann kippte er im Zeitlupentempo nach vorn und schlug mit dem Gesicht direkt vor ihm auf dem Parkettfußboden auf.

Was jetzt? Seine Hand fuhr in den Hemdkragen des Holländers und suchte nach der Halsschlagader. Kein Puls.

Und definitiv keine Auskünfte mehr.

»Sie müssen ihm gut zureden«, hatte der Privatdetektiv damals gesagt, »können Sie das?«

Ja, dachte er bitter, ich habe ihm verdammt gut zugeredet. Aber es war nicht seine Schuld gewesen. Wie hätte er wissen sollen, dass dieser schwule Kellner nicht nur eine Pistole besaß, sondern sich auch noch als kampferfahrener Boxer entpuppte, gegen den er ohne das Messer niemals eine Chance gehabt hätte.

Nur mühsam kam er aus der Hocke wieder hoch. Der Schmerz unterhalb der rechten Rippenbögen war so stark, dass er ins Taumeln geriet. Sein Kopf dröhnte wie eine Basstrommel, und aus der geplatzten Braue lief immer noch Blut in sein Auge. Er tupfte es mit einem Taschentuch ab, schwankte dann zu dem Sofa an der Wand und setzte sich. Van Bouverets Appartement war nicht sehr groß. Es bestand aus einem großen Raum mit Küchenzeile, der offensichtlich sowohl als Wohn- als auch als Schlafzimmer diente, und einem kleinen Badezimmer, dessen Tür offen stand. Alles mit skandinavischen Kiefermöbeln und hellen Teppichen gemütlich und zweckmäßig eingerichtet.

Er blieb ein paar Minuten sitzen und versuchte, ruhig und gleichmäßig zu atmen. Dann stand er auf und ging, vorsichtig einen Fuß vor den anderen setzend, ins Bad. Der Schmerz in seinen Eingeweiden war immer noch heftig, aber gefährlicher für ihn war die auffällige Kopfverletzung. Vor dem Spiegel presste er ein mit kaltem Wasser getränktes Handtuch so lange auf die Platzwunde, bis die Blutung aufhörte, und wusch sich anschließend gründlich das Gesicht. In einem Wandschränkchen fand er einen Streifen Heftpflaster. Es würde auf der Augenbraue nicht lange kleben bleiben, aber ihm zumindest helfen, aus dem Haus zu verschwinden, ohne größeres Aufsehen zu erregen. Die bereits fortgeschrittene Schwellung und Verfärbung der Augenhöhle konnte er hinter der Sonnenbrille verbergen, und der ziehende Schmerz im Unterbauch ließ jetzt etwas nach. Genau genommen waren seine Verletzungen nicht schwer. Er war als Jugendlicher dauernd in irgendwelche Prügeleien verwickelt gewesen und mehr als einmal mit wesentlich schlimmeren Blessuren nach Hause gekommen.

Ungeheuerlich war, dass das Schwein ihn überhaupt hatte schlagen können. Und dann einfach gestorben war, ohne zu verraten, was er wissen musste.

Er ging zurück ins Wohnzimmer und betrachtete den leblosen Körper auf dem Boden. Zitternd vor Wut tastete seine Hand nach der Nagelschere in der Tasche. Dann drehte er die Leiche auf den Rücken.

Achtzehn

Als Jenny und Cornelius auf dem Flughafen Brüssel-Zaventem landeten, hatte der Sommer in Belgien gerade eine Auszeit genommen. Schon während des Fluges hatten heftige Gewitter für unschöne Turbulenzen gesorgt. Unmittelbar nach dem Aufsetzen der Lufthansa-Maschine begann es wie aus Kübeln zu schütten, und die Temperaturen fielen innerhalb weniger Stunden um acht Grad. Laut Wetterbericht wurde der gesamte Großraum Brüssel von orkanartigen Böen und Starkregen heimgesucht.

Während sie in Marias altem Toyota die mehr als zehn Kilometer lange Strecke von Zaventem in die Brüsseler Innenstadt hinter sich brachten, starrte Jenny trübsinnig aus dem Fenster und hing ihren Gedanken nach. Eine hektische Woche lag hinter ihr. Nachdem sie vor sechs Tagen Maria de Byl zum Bahnhof gebracht hatten, war sie am späten Nachmittag mit Cornelius durch die Karlsaue gewandert und hatte sich die dort ausgestellten Installationen und Kunstwerke angesehen. Besonders Guiseppe Penones »Idee di Pietra«, ein täuschend echt wirkender künstlicher Baum, mit einem Felsbrocken in der kargen Krone, gefiel ihr, und natürlich waren sie auch zu Fiona Halls »Jagdhütte« gegangen. Cornelius hatte darauf bestanden, sich alles genau beschreiben zu lassen, aber der Waldboden hinter der Hütte wies keinerlei Spuren oder

Hinweise mehr auf, die auf einen Tatort hätten schließen lassen.

Am nächsten Morgen waren sie nach Frankfurt zurückgekehrt, und Jenny war sofort mit Arbeit überschüttet worden. Jeden Tag hatte sie zwölf Stunden in der Redaktion verbracht, und als sie ihren Ressortleiter um zwei Tage Urlaub für eine Beerdigung im Ausland bat, hatte dieser hörbar mit den Zähnen geknirscht. Cornelius war an ihren gemeinsamen Abenden in sich gekehrt und schweigsam gewesen, und obwohl sie Henk de Byl niemals persönlich begegnet war, hatte dessen gewaltsamer Tod auch sie auf merkwürdige Weise aus der Bahn geworfen. Vielleicht war es möglich, mit der Beisetzung dieses Kapitel irgendwie zu einem Abschluss zu bringen. Ihr Blick fiel auf den dunklen Hinterkopf Maria de Byls, die den Wagen geschickt durch den wie immer chaotisch rücksichtslosen Brüsseler Verkehr steuerte. Für sie würde es keinen Abschluss geben. Weder heute noch in Zukunft.

Maria hatte sich verändert. Sie wirkte immer noch auf eine stolze Art traurig und verzweifelt, aber zu dieser Trauer hatte sich ein bitterer und enttäuschter Zug gesellt, der Jenny schon am Flughafen aufgefallen war. Irgendetwas war geschehen.

Sie fanden einen Parkplatz in der Rue du Trône und brauchten zu Fuß nur wenige Minuten zu dem Mietshaus aus den siebziger Jahren, in dem Maria wohnte. Trotzdem wurden sie auf der kurzen Strecke völlig durchnässt. Im vierten Stock betraten sie eine große Wohnung, die mit einem gemütlichen Sammelsurium von Möbeln aus allen möglichen Stilrichtungen eingerichtet war. Maria deutete auf die Badezimmertür: »Ihr könnt euch schon mal abtrocknen oder umziehen. Bis zur Trauerfeier haben wir noch mehr als drei Stunden Zeit. Ich ziehe mir auch rasch etwas anderes an und koche dann Kaffee. Möchte jemand etwas Stärkeres?«

»Nein, danke. Ich muss nur raus aus den Klamotten«, sagte Jenny und schob Cornelius vor sich her ins Badezimmer. Als sie ein paar Minuten später in trockenen Sachen auf einem grünen Ecksofa Platz nahmen und Maria zwei Becher mit dampfendem Kaffee vor ihnen abstellte, hatte sich Jennys Stimmung bereits etwas gebessert. Was ihr allerdings zu denken gab, war der große Cognacschwenker in Marias Hand, der mindestens bis zur Hälfte gefüllt war. Cornelius schnüffelte ein wenig, sagte aber nichts. Maria setzte sich in einen Sessel und starrte in ihr Glas.

»Cornelius, ich muss dich etwas fragen«, sagte sie schließlich.

»Bitte sehr.«

»Wann hast du Henk kennengelernt?«

»Anfang 2001.«

»Wohnte er da schon in Brüssel?«

»Ja, aber nicht hier, sondern in Anderlecht.«

Maria nickte nachdenklich. »In diese Wohnung sind wir im Jahr 2006 eingezogen. Ein Jahr, nachdem wir uns kennengelernt hatten.«

»Worauf willst du hinaus?«

»War Henk deiner Meinung nach Belgier?«

»Klar, er hat mal erwähnt, er sei in der Nähe von Antwerpen geboren. Einen belgischen Pass hatte er auch.«

»Er hat gelogen«, sagte Maria. »Als ich aus Kassel zurückkam, habe ich seinen Schreibtisch nach einigen notwendigen Unterlagen für die Einäscherung und die Beisetzung durchsucht. Dabei habe ich das hier gefunden.«

Maria öffnete einen großen Briefumschlag und nahm ein Blatt Papier im DinA-4 Format heraus. Einen Augenblick sah es so aus, als wolle sie es Cornelius geben, dann schüttelte sie irritiert den Kopf und reichte den Bogen zu Jenny weiter.

»Was ist das?«, fragte Cornelius.

»Augenblick.«

Jenny starrte verwundert auf das Blatt in ihrer Hand. Es war nicht gerade vergilbt, aber erkennbar alt. Offenbar etwas Amtliches. Oben rechts befand sich ein Wappen: Zwei im Profil auf den Hinterpfoten stehende goldene Löwen flankierten einen Schild, auf dem eine Krone platziert war. Darunter stand in dicken Lettern das Wort UTRECHT. Die Überschrift des Dokuments lautete GEBOORTEAKTE.

»Ich kann kein Holländisch«, sagte Jenny, »aber ich denke mal, das ist eine Geburtsurkunde.«

»Stimmt!« Marias Stimme klang rau und verbittert, und ihr niederländisch-spanischer Akzent trat stärker hervor. »Die Urkunde belegt, dass Henk am 2. April 1974 als Sohn von Marijke und Johann de Byl in Utrecht geboren wurde. Und er ist auch dort zur Schule gegangen.«

Sie griff erneut in den Umschlag, zog weitere Blätter

heraus und schob sie über den Tisch in Jennys Richtung. Dann nahm sie einen großen Schluck aus ihrem Cognacglas. Jenny betrachtete die Papiere auf dem Tisch, ohne sie anzufassen. Es handelte sich um Schulzeugnisse. Allesamt vom Utrechts Stedelijk Gymnasium.

»Was habt ihr da?«, wollte Cornelius wissen.

»Zeugnisse von einem Staatlichen Gymnasium in Utrecht.«

Cornelius schüttelte ungläubig den Kopf und drehte ihn dann in Marias Richtung. »Das ist alles völlig absurd. Warum sollte sich ein Holländer als Belgier ausgeben?«

»Moment, er war Belgier, schließlich hatte er einen belgischen Pass«, erwiderte Jenny.

»Okay, ich stelle die Frage anders. Warum sollte ein Niederländer die belgische Staatsbürgerschaft beantragen und anschließend seine niederländischen Wurzeln konsequent verheimlichen?«

»Vielleicht wollte er irgendwie untertauchen.«

»Na ja, im nächstgelegenen Nachbarland unter seinem richtigen Namen die Einbürgerung zu beantragen, hat wohl mit Untertauchen nicht viel zu tun.«

»So oder so, er hat mich angelogen«, sagte Maria bitter. »Zumindest, was seine Herkunft angeht. Es ist doch nicht egal, woher ein Mensch stammt. Oder was er früher gemacht hat. Als wir uns 2005 kennenlernten, hat er gesagt, er sei ein Fotograf und Filmemacher aus Antwerpen. Der Beruf stimmte, aber der Geburtsort war gelogen. Und er hat behauptet, keine Familie mehr zu haben. Seine Eltern seien früh verstorben und seine einzige Schwester 1995 bei einem Autounfall ums Leben gekommen. Auch in diesem Punkt hat er die Wahrheit gesagt.«

»Konntest du das nachprüfen?«, wollte Cornelius wissen.

»Ein Freund von mir, der besser Niederländisch spricht als ich und sich mit der Bürokratie auskennt, ist nach Utrecht gefahren und hat mit den zuständigen Behörden gesprochen. Die Geburtsurkunde ist korrekt. Johann und Marijke de Byl sind im Abstand von drei Jahren Ende der achtziger Jahre gestorben, und Henks Schwester Judith verlor ihr Leben bei einer Massenkarambolage auf dem Amsterdam Ring. Alles aktenkundig.«

Maria kramte ein Taschentuch aus der Hosentasche und schniefte hinein. Dann nahm sie einen großen Schluck aus ihrem Glas.

»Was trinkst du da?«, fragte Cornelius.

»Vieille Prune, ein Pflaumenbrand. Henks Lieblingsmarke.«

»Ich will auch was.«

»Ich auch«, sagte Jenny.

Maria holte zwei Gläser, schenkte großzügig ein und stellte einen der Schwenker vor Cornelius ab, der das hochprozentige Aroma inhalierte und zielsicher nach dem Glas griff. Jenny beobachtete ihn und musste unwillkürlich grinsen.

»Immer der Nase nach.«

Cornelius nickte. »Der Mensch besitzt rund dreihundertfünfzig Riechrezeptoren. Hierfür brauche ich nur ein paar davon.«

Er nahm einen kleinen Schluck, atmete tief durch und lächelte verträumt.

»Ist das ein Gatinel?«

Jenny warf einen Blick auf die Flasche. »Ja, Jacques Gatinel steht drauf. Warum fragst du?«

»Probiere selbst, aber vorsichtig. Es ist der beste Vieille Prune der Welt. Aus einer kleinen Destillerie im Perigord. Sechsundvierzig Prozent Alkohol, zwölf Kilo handverlesener Pflaumen pro Flasche und ein Aroma, das von hier bis nach Frankreich reicht.«

Cornelius hob sein Glas an und wandte sich Maria zu.

»Diese Papiere bedeuten nichts, verstehst du? Rein gar nichts! Du musst aufhören, dich damit verrückt zu machen, und zwar jetzt gleich! Ich weiß nicht, was Henk bewogen hat, nach Belgien überzusiedeln, und ich weiß auch nicht, warum er dir nichts davon erzählt hat. Aber ich weiß, dass beides nichts mit dir zu tun hat. Es war lange, bevor er dich traf, und es ist jetzt völlig belanglos. Hat er dich jemals belogen oder betrogen, während ihr zusammen wart? Ich kann es mir nicht vorstellen. Henk war einer der aufrichtigsten und mutigsten Menschen, die ich kannte, und seine Nationalität interessiert mich einen Dreck. Ich möchte mit diesem fantastischen Zeug auf ihn anstoßen – und darauf, dass sein Mörder in der Hölle schmort. Wie sagt man ›Prost‹ auf den Philippinen?«

Jenny blickte zu Maria hinüber, die wieder Tränen in den Augen hatte, mehrfach schluckte und schließlich ebenfalls ihr Glas hob. »Tagay!«

Cornelius nickte und trank einen winzigen Schluck. »Tagay!«

»Hast du sonst noch irgendetwas gefunden?«, fragte Jenny.

Maria schien einen Augenblick zu zögern, griff dann nach dem Umschlag und schüttelte den restlichen Inhalt vor Jenny auf den Tisch. »Nur noch dieses Foto. Henk mit ein paar Freunden.«

Jenny betrachtete die Fotografie. Sie zeigte drei junge Männer Anfang zwanzig. Aufgenommen vor einer Häuserfassade in irgendeiner Großstadt.

»Henk ist der in der Mitte«, sagte Maria.

Jenny sah einen hochgewachsenen jungen Mann mit hellblonden Haaren und einem langen knochigen Gesicht, der unbekümmert in die Kamera lachte. Er wurde flankiert von einem großen, athletisch wirkenden Burschen, der ihn noch um ein paar Zentimeter überragte, und einem kleinen, mageren Typ mit einer altmodischen Hornbrille. Beide hatten ihre Arme um Henks Schultern gelegt und waren offenbar bester Stimmung.

»Wie alt war Henk da?«

Maria zuckte mit den Achseln. »Das weiß ich nicht genau. Ich schätze, das Bild ist mindestens fünfzehn Jahre alt, wahrscheinlich sogar älter.«

»Weißt du, wer es aufgenommen hat und wer die anderen beiden Jungs sind?«

»Keine Ahnung. Freunde, nehme ich an.«

»Niederländische Freunde?«

»Woher soll ich das wissen?«

»Er hat das Foto bei den niederländischen Dokumenten aufbewahrt. Vielleicht ein Hinweis darauf, dass es zu diesem Teil seiner Vergangenheit gehört.«

»Spielt das jetzt noch irgendeine Rolle?«

»Möglicherweise. Du hast selbst gesagt, Henk hatte hier in Brüssel keine Feinde. Vielleicht hat der Feind, der ihn umgebracht hat, etwas mit seiner Vergangenheit zu tun.«

Jenny sah zu Cornelius hinüber, der nachdenklich nickte. Dann zog sie ihr Handy aus der Tasche, beugte sich zu dem Bild hinunter und fotografierte es.

Neunzehn

Von seinem Platz auf der Empore aus ließ er den Blick über die Trauergemeinde schweifen. Die Kapelle war bis auf den letzten Platz besetzt. Erstaunlich, wie viele Freunde und Bekannte der Bastard gehabt hatte. Beinahe hundert Menschen waren gekommen. Er sah sowohl elegant gekleidete Damen mit extravaganten Kopfbedeckungen und Männer in schwarzen Anzügen als auch biedere Hausfrauen, langhaarige Filmstudenten und tätowierte Künstler, von denen viele ihre Kinder mitgebracht hatten.

Die schwarz gekleidete zierliche Frau in der ersten Reihe musste die Witwe sein. Sie wurde links und rechts eingerahmt von einem Pärchen, das sofort seine Aufmerksamkeit erregte. Der Mann an ihrer rechten Seite mochte etwa Ende vierzig sein. Er war mittelgroß, hatte volles rötlich-blondes Haar und ein gut geschnittenes Gesicht mit einem Dreitagebart. Bekleidet war er mit einem leicht abgetragenen, aber offensichtlich teuren Anzug aus englischem Tweed. Und er schien blind zu sein. Seine Augen waren hinter einer dunklen Stevie-Wonder-Brille verborgen, die in einem merkwürdigen Kontrast zu dem Country-Style-Anzug mit den Lederflicken an den Ellenbogen stand. Auf seinen Knien lag ein zusammengeschobener Teleskopstock. Die Frau links neben der Witwe war eine hübsche Blondine in den Dreißigern mit halblangen Haaren, einem üppigen Mund und energischem Kinn. Sie trug ein Nadelstreifen-Kostüm und hochhackige Schuhe, in denen sie sich nicht recht wohlzufühlen schien. Ihre Augenfarbe konnte er nicht erkennen. Sowohl sie als auch ihr blinder Partner schienen der Witwe nahezustehen, hielten abwechselnd ihre Hand und flüsterten ihr offenbar tröstende Worte zu.

Er zog das Foto, das er der Kellnerin in der Hafenkneipe gezeigt hatte, aus der Jackentasche, schaute darauf und ließ dann den Blick über die Reihen der Trauergäste gleiten. Das Schwein war nicht dabei.

Es war nur eine vage Idee gewesen. Sie war ihm gekommen, als er verzweifelt und wütend aus seinem Hotel am Wilhelmina-Pier ausgecheckt hatte und wusste, dass er jede Chance, Marten Rykers zu finden, vertan hatte. Im Taxi auf dem Weg zum Bahnhof Rotterdam Centraal war der Gedanke in seinem Kopf aufgetaucht und hatte nach und nach Konturen angenommen. Die Männer auf seiner Liste waren damals gute Freunde gewesen und es bis heute geblieben. Es war durchaus möglich, dass Marten Rykers vom Tod des Filmemachers gehört hatte und zur Beisetzung nach Brüssel kam. Je länger er darüber nachdachte, desto überzeugter war er davon. Also hatte er eine Fahrkarte nach Brüssel gekauft, sich in einer kleinen Pension im Marollen-Viertel ein Zimmer genommen und versucht herauszufinden, wo Henk de Byl seine letzte Ruhe finden sollte.

Es gab viele Friedhöfe in Brüssel, aber schon beim dritten Anruf hatte er Glück gehabt. Eine freundliche Angestellte hatte in ihrem Computer nachgesehen und in tadellosem Englisch mitgeteilt, dass Meneer de Byl am 17. Juni um 16.30 Uhr auf dem Cimetière d'Ixelles beerdigt werden würde. Eine Trauerfeier in der Kapelle mit anschließender Bestattung der Urne. So weit, so gut. Die Tage bis zu dem entscheidenden Datum hatte er mit langen Spaziergängen und Museumsbesuchen verbracht und war dann pünktlich zur Stelle gewesen. Nur Marten Rykers war nicht erschienen. Theoretisch war es möglich, dass er erst bei der Beisetzung der Urne auftauchte, aber warum hätte er die Trauerfeier und den Kontakt mit der Witwe meiden sollen?

Er ließ das Foto zurück in die Jackentasche gleiten und versuchte die Wut, die ihn zu überwältigen drohte, niederzukämpfen. Unter ihm, in der Kapelle, trat jetzt ein Geistlicher in schmucklosem schwarzem Talar an ein Pult und hielt eine kurze Trauerrede.

Anschließend sang die Gemeinde einen Choral, und danach zog die Witwe den blinden Mann vom Stuhl hoch und führte ihn an das Rednerpult. Sie nahm das Mikrofon aus der Halterung, räusperte sich und sprach dann mit gefasster Stimme. »Liebe Freunde! Professor Cornelius Teerjong, jarenlange vriend en compagnon van mijn echtgenoot, zal nog het woord tot u richten.«

Sie trat zurück, schob den Blinden hinter das Pult und legte das Mikrofon in seine Hand. Der überzeugte sich von dessen Funktionsfähigkeit, indem er kurz hineinpustete, und begann dann routiniert zu sprechen:

»Meine Damen und Herren, sehr geehrte Trauergäste! Meine Freundin Maria de Byl hat mich gebeten, ein paar Worte zum Tod von Henk de Byl zu sagen, der uns auf so unfassbar tragische Weise genommen wurde.

Erlauben Sie mir, dies auf Deutsch zu tun, denn mein Niederländisch ist ein wenig eingerostet. Ich verspreche Ihnen: Ich werde mich kurz fassen, was Henk selbst am allermeisten zu schätzen gewusst hätte.

Mein Vorredner hat den Menschen Henk de Byl bereits auf wunderbare Art gewürdigt. Ich kann und will dies nicht wiederholen oder ausschmücken. Aber ich möchte noch etwas sagen über den Freund, der Henk war, und das kann ich auf eine einfache Formel bringen:

Wir waren sehr lange befreundet, ich habe ihm vertraut, und er hat mir zweimal das Leben gerettet. Nicht durch irgendwelche heroischen Taten, sondern dadurch, dass er ruhig blieb und die Nerven behielt. Einfach dadurch, dass er so war, wie er war. Ein nüchterner, methodischer, ganz und gar unaufgeregter Mann, der dennoch zu tiefen Gefühlen fähig war.

Das zeichnete auch seine Kunst aus.

Vielleicht gibt es unter Ihnen Liebhaber der Musik von J.J. Cale. Henk schätzte sie sehr und hätte den Mann gerne einmal kennengelernt. J.J. Cale hat zeit seines Lebens so gespielt, wie Henk seine Filme drehte. Cool, lässig und mit einer manchmal provozierenden Langsamkeit, die einen immer in ihren Bann zog.

Er war auf seine ruhige, teilnehmende Art ein exzellenter Beobachter. Besonders von Landschaften. Heutzutage gibt es den Trend, auch Dokumentarfilme immer mehr zu beschleunigen, ihnen durch Animation und Reenactment einen besonderen Thrill zu verpassen. Das war nichts für Henk. Schauen Sie seine Filme über Andalusien und die schottischen Highlands an. Sie werden Ihnen gefallen. Langsame Kamerafahrten und Bilder von erlesener Schönheit. Bilder, die uns erhalten bleiben und die wir nicht vergessen werden.

Leb wohl, mein Freund.«

Während er beobachtete, wie die Frau in Schwarz den blinden Mann zurück an seinen Platz führte, begann er wie verrückt mit dem Handy zu fotografieren. Hauptsächlich den Blinden und dessen Freundin. Ich habe einen ganz anderen Henk de Byl kennengelernt, dachte er, einen, der dir glatt entgangen ist. Inmitten der lautlosen Fotoserie registrierte das stumm geschaltete Handy den Eingang einer SMS. Sie war von Nesrin und änderte alles: Schlechte Nachricht. Ich war heute beim Arzt. Du musst sofort kommen.

ZWEITER TEIL

»Die beiden wichtigsten Tage deines Lebens sind der Tag, an dem du geboren wurdest, und der Tag, an dem du herausfindest, warum.«

Mark Twain

Sommer 2015

Zwanzig

»Gestatten Sie mir noch eine abschließende Bemerkung: Am Beispiel des Kunsthändlers, Verlegers und Galeristen Paul Cassirer zeigt sich sehr schön, wie im Zusammenhang mit dem Kunsthandel auch das Feuilleton eine bedeutende Rolle für die Provenienzforschung spielen kann.«

Cornelius hörte seinen Assistenten mit Laptop und Beamer hantieren und wusste, dass an der Wand hinter ihm nun das Foto Cassirers und dessen biografische Daten zu sehen waren. Die studentischen Zuhörer vor ihm produzierten die übliche Geräuschkulisse: Hüsteln, Füßescharren, leises Flüstern in den hinteren Reihen. Als er noch sehen konnte, hatte ihn das nie gestört. Seit ein paar Jahren ging es ihm zunehmend auf die Nerven.

»Paul Cassirer«, fuhr er fort, »geboren 1871 in Görlitz, gestorben 1926 in Berlin, war einer der wichtigsten Wegbereiter des Impressionismus und der Moderne zu Beginn des 20. Jahrhunderts. In seinem Berliner Kunstsalon an der Viktoriastraße konnte das staunende und nicht selten empörte Publikum erstmals Bilder von Claude Monet, Edouard Manet, Paul Cézanne und Vincent van Gogh sehen. Seine große Matisse-Ausstellung im Jahr 1908 erregte weit über die Grenzen Berlins hinaus Aufsehen in der Künstlerschaft und dem Feuilleton, das zu dieser Zeit erheblich mehr Macht und Einfluss besaß als heute. Wenn Sie die kritischen Zeitungsberichte von damals aufmerksam lesen, werden Sie feststellen, wie detailliert und akribisch oft jedes einzelne Bild dieser Ausstellungen besprochen wurde, und natürlich war auch immer von institutionellen und privaten Sammlern und Besitzern die Rede. Von Cassirers Firmenarchiv sind leider nur noch Fragmente erhalten, die Verkaufsbücher mit wichtigen Hinweisen auf den Kundenstamm sind nur bis zum Jahr 1910 überliefert, aber dort, wo die Archive nicht weiterhelfen, liefert Ihnen unter Umständen das Feuilleton wichtige Erkenntnisse für die Provenienzforschung.«

Cornelius trank einen Schluck Wasser und überlegte, ob er etwas vergessen hatte. »Von meiner Seite war es das für heute. Gibt es irgendwelche Fragen?«

»Stimmt es, dass Paul Cassirer sich umgebracht hat?« Eine junge, weibliche Stimme direkt vor ihm in der ersten Reihe, zögerlich und etwas schüchtern. Er bemühte sich, möglichst genau in ihre Richtung zu antworten.

»Ja, das ist richtig. Er nahm sich das Leben, nachdem seine Frau, die Schauspielerin Tilla Durieux, die Scheidung eingereicht hatte. Ihre Frage steht durchaus in einem gewissen Zusammenhang mit unserem Thema. Tilla Durieux wurde 1910 von Oskar Kokoschka porträtiert. Das Gemälde hing von 1946 bis 2013 im Kölner Museum Ludwig und musste dann an die Erben des jüdischen Kunstsammlers Flechtheim zurückgegeben werden, nachdem eine Kommission es als Nazi-Raubkunst eingestuft hatte. Noch weitere Fragen?«

Offenbar gab es keine.

»Okay, dann schließe ich für heute. Wir sehen uns in der nächsten Woche und sprechen darüber, wie es die Provenienzforschung nach Hollywood schaffte. Schauen Sie sich in der Zwischenzeit den Film *Monuments Men* mit George Clooney an. Vielen Dank für Ihre Aufmerksamkeit.«

Er wartete den verhaltenen Beifall der Studenten ab und lehnte sich erleichtert zurück. Wie immer hatte er völlig frei gesprochen und über neunzig Minuten nicht einen einzigen Hänger gehabt. Die Vorlesungen waren der Teil seiner beruflichen Arbeit, bei dem ihm die Blindheit am wenigsten hinderlich war, aber sie machten ihm schon lange keinen Spaß mehr, denn außer dieser Lehrtätigkeit war ihm nicht viel geblieben. »Was wollen Sie sonst tun?«, hatte der damalige Rektor der Städelschule gefragt, als sie nach der völligen Erblindung über seine berufliche Zukunft gesprochen hatten. »Als Ausstellungsleiter oder Kurator können Sie nicht arbeiten, bildende Kunst und Blindheit vertragen sich nicht. Irgendeine Forschungstätigkeit kann ich mir auch nicht vorstellen. Als Kunsthistoriker allerdings sehe ich keine Probleme. Um Ihr exorbitantes Wissen unter die Leute zu bringen, brauchen Sie Ihre Augen nicht. Für den Medieneinsatz bei den Vorlesungen stellen wir Ihnen einen Assistenten.«

Also hatte er sich in das Unausweichliche gefügt und sich schließlich daran gewöhnt. Der Gedanke hatte einen bitteren Beigeschmack, und Cornelius wusste, warum. Er hatte sich auf verlorenem Posten häuslich eingerichtet.

Während sich der Hörsaal unter lautem Rufen, Lachen und Stühlerücken leerte, vibrierte sein Handy in der Hosentasche. Er zog es heraus und betätigte den Screen Reader. Eine samtene Frauenstimme sagte: Mathilde ruft an!

Seine Sekretärin.

»Sie haben Besuch. In Ihrem Büro. Ein Herr Leonard.«

»Aus Kassel?«

»Nein, aus Den Haag.«

»Ein Niederländer?«

»Er spricht völlig akzentfreies Deutsch.«

»Klingt er wie ein Bulle?«

»Keine Ahnung, wie Polizisten klingen. Er hört sich sehr nett an. Mein Gott, was soll die Fragerei?«

»Ich bin in fünf Minuten da.«

Cornelius hastete durch die vertrauten Flure des Instituts und überlegte, wie viele Leonards er kannte. Als er sein Büro betrat, wurde ein Stuhl zurückgeschoben, und er hörte tatsächlich die Stimme, mit der er gerechnet hatte.

»Guten Tag, Professor …«

Hauptkommissar Max Leonard klang noch genauso wie vor drei Jahren. Die Stimme eines Menschen änderte sich nicht so schnell wie sein Aussehen. Manchmal tat sie es nie. Cornelius umrundete den Schreibtisch und tastete zielsicher nach seinem Drehstuhl.

»Bitte behalten Sie doch Platz. Schön, Sie nach so langer Zeit noch einmal zu treffen. Darf ich Ihnen etwas anbieten? Tee, Kaffee, Wasser?«

»Nein, vielen Dank. Ich bin auf dem Weg nach Wiesbaden und wollte nur kurz mit Ihnen sprechen.«

»Meine Sekretärin sagte, Sie kämen aus Den Haag. Haben Sie den Job gewechselt?«

»Nicht ganz. Etwa ein Jahr nach dem Mord an Ihrem Freund bin ich zum Bundeskriminalamt versetzt worden, und vor sieben Monaten hat man mich als Verbindungsbeamten des BKA zu Europol nach Den Haag geschickt. Ich spreche Englisch, Französisch und Niederländisch. Okay, Niederländisch nicht besonders gut, aber es hat ihnen gereicht.«

Cornelius pfiff leise durch die Zähne. »Von Kassel nach Den Haag. Klingt wie eine Verbesserung.«

»Durchaus. Aber Sie haben es ja auch ganz nett hier. Schönes Büro.«

»Wie wäre es, wenn wir das Vorgeplänkel abkürzen. Sind Sie gekommen, um mir zu erzählen, wer Henk de Byl umgebracht hat?«

Wenn Leonard von dem brüsken Themenwechsel irritiert war, ließ er es sich nicht anmerken. Er beugte sich vor und schien sich um einen besonders verbindlichen Tonfall zu bemühen. »Das weiß ich leider nicht. Aber ich habe trotzdem ein paar interessante Informationen in dieser Angelegenheit, die ich gerne mit Ihnen besprechen würde.«

Cornelius zuckte ein wenig zusammen und konzentrierte sich auf sein Gegenüber. Er wusste fast immer, wann seine Gesprächspartner ihn ansahen. Ihre Stimmen klangen anders, wenn sie direkt auf ihn gerichtet waren, und obwohl Gesichter kaum noch eine Rolle für ihn spielten, bemühte er sich, in deren Richtung zu sprechen. Er tat es, um zu signalisieren, dass er zuhörte. Das Bedürfnis, von Angesicht zu Angesicht mit jemandem zu sprechen, hatte er nicht mehr.

»Sie machen mich neugierig!«

Leonard räusperte sich. »Wir haben damals alles versucht, was in unserer Macht stand, um den Fall aufzuklären. Es gelang uns zum Beispiel, den Baumarkt zu finden, in dem die Karre und der Rechen gekauft worden waren, aber das sind Massenartikel, und niemand konnte sich an den Käufer erinnern. Das gesamte Gelände um den Tatort herum wurde akribisch nach Spuren abgesucht. Wir haben versucht, Zeugen zu finden, die an diesem Morgen vielleicht in der Karlsaue unterwegs waren. Alles vergeblich.«

»Was war mit diesem Fallanalytiker, den Sie aus Hannover kommen ließen? Den Namen hab ich vergessen.«

»Dr. Klinge. Der Mann war leider ein Reinfall. Hat überhaupt nichts gebracht. Er ist Spezialist für Serientäter, aber es gab ja keine Serie. Er hatte ein paar psychologische Theorien über Verstümmelungen im Zusammenhang mit kindlichem Missbrauch im Gepäck, auf denen er dauernd herumritt. Mit der Ermordung von Henk de Byl hatte das alles nichts zu tun.«

»Okay, aber irgendwelche neuen Aspekte müssen sich doch ergeben haben, sonst wären Sie heute nicht gekommen.«

»In der Tat. Vor einer Woche hatte ich so eine Art

Stammtischtreffen mit ein paar Kollegen von Europol und einigen niederländischen Beamten in Rotterdam, was ja nur zwanzig Kilometer von Den Haag entfernt ist. Es gibt viele nette Kneipen in Rotterdam, die Holländer sind sehr locker, und wir waren alle nicht im Dienst … Kurz und gut, es wurde reichlich Bier getrunken an diesem Abend, und irgendwann drehten sich die Gespräche dann um sogenannte Cold Cases. Jeder Polizist kennt und hasst sie. Fälle, die niemals aufgeklärt wurden und die irgendwann nicht mehr Gegenstand aktueller Ermittlungen sind, weil alle Spuren im Sande verliefen. Die Akten sind nicht geschlossen, aber es ist einfach so, dass niemand mehr eine Idee hat, was man noch machen könnte. Beinahe jeder am Tisch hatte schon mal so einen Fall gehabt, und irgendwann vor Mitternacht erzählte dann ein Kollege aus Rotterdam von einer Leiche, die an einem Junitag des Jahres 2012 in einer Wohnung im Stadtteil Katendrecht gefunden wurde. Es handelte sich um den neununddreißig Jahre alten Kellner Ruud van Bouveret. Er starb durch einen Stich in die Brust. Mit einer stilettartigen Klinge, lang und schmal, aber der entscheidende Punkt war folgender: Seine Augenlider waren abgetrennt!«

Cornelius spürte, wie sein Mund trocken wurde und das Blut in seinen Schläfen rauschte. Es gab einen Anhaltspunkt, einen Hinweis, vielleicht sogar eine Spur, die nach Rotterdam führte. Ein zweites Opfer mit dem gleichen, absolut ungewöhnlichen Tatmerkmal. Und diese verdammten Idioten …

»Wann genau wurde der Tote gefunden?«

»Am Abend des 10. Juni 2012. Die niederländischen Pathologen schätzten, dass er zwischen elf und fünfzehn Uhr an diesem Tag verstarb. Am Tatort wurden winzige Blutspuren entdeckt, die definitiv nicht vom Opfer stammten. Die Kollegen halten es für wahrscheinlich, dass es sich um Blut des Täters handelt, zumal es gewisse Anzeichen für einen Kampf gab. Verschobenes Mobiliar zum Beispiel, und Prellungen an den Fingerknöcheln des Opfers. Gestützt wird diese Theorie auch dadurch, dass Ruud van Bouveret seit zwanzig Jahren in einem Box-Club trainierte. Der Mann war ein ziemlicher Brocken. Sein Freund, der ihn gefunden hat, konnte sich beim besten Willen nicht vorstellen, dass er sich ganz ohne Gegenwehr umbringen ließ.«

»Henk de Byl wurde in den frühen Morgenstunden des 9. Juni ermordet und barbarisch verstümmelt. Ungefähr 36 Stunden später kommt es in einem Nachbarland zu einem Mord mit ähnlich grausamen Tatumständen, und keiner weiß vom anderen? Es braucht drei Jahre und ein Besäufnis unter Bullen, bis diese Information ausgetauscht wird? Das ist ja wohl ein absurder Witz!«

Cornelius versuchte sich zusammenzureißen, aber seine scheinbar ruhige Stimme war mit einer eisigen Wut unterlegt, die Leonard zurückweichen ließ. Er schien von weiter weg zu antworten, klang allerdings nicht besonders defensiv.

»Jetzt bleiben Sie mal auf dem Teppich. Bei der Polizei arbeiten auch nur Menschen, und das bedeutet, dass ein kleiner Teil von ihnen Mist baut. So, wie in anderen Bereichen der Gesellschaft auch. Von der Schleyer-Entführung in den Siebzigern bis zu den NSU-Morden vor ein paar Jahren: Pleiten, Pech und Pannen am laufenden Meter, und trotzdem haben wir bei Mord eine Aufklärungsrate, die sich sehen lassen kann. In Sachen Informationsaustausch hat sich mittlerweile auch eine Menge getan. Die europäischen Staaten haben vereinbart, sich gegenseitig den Zugriff auf ihre polizeilichen Datenbanken und einiges mehr zu gestatten, und es gibt einen speziellen deutsch-niederländischen Polizei- und Justizvertrag, der die grenzüberschreitende Zusammenarbeit regelt. Ich habe vor drei Jahren angeordnet, dass der Fall de Byl und die besonderen Tatumstände in die entsprechenden Datenbanken unserer europäischen Nachbarn eingespeist werden, und soweit ich es bis jetzt übersehe, ist das auch geschehen. Aber offensichtlich hat in Holland niemand hineingeschaut.«

»Hat die deutsche Polizei denn geprüft, ob es irgendwo in Europa ähnlich gelagerte Fälle gab?«

»Das kläre ich gerade. Aber Sie müssen eines berücksichtigen: Wir haben vor allem mit den belgischen Kollegen kommuniziert. Henk de Byl war Belgier. Die Niederlande hatte niemand auf dem Schirm.«

»Scheiße!«, sagte Cornelius. Er hatte das Gefühl, dass ihm am ganzen Körper gleichzeitig der Schweiß ausbrach. »Henk war kein Belgier, sondern ein Holländer, der die belgische Staatsbürgerschaft besaß. Er ist in Utrecht geboren und aufgewachsen und hat sich Ende der Neunziger in Belgien niedergelassen.«

Leonard gab ein überraschtes Schnauben von sich. »Seit wann wissen Sie das?«

»Ich habe vor drei Jahren zufällig davon erfahren. Als Maria de Byl bei der Vorbereitung der Beisetzung im Schreibtisch ihres Mannes entsprechende Dokumente fand. Natürlich haben wir uns gewundert, und Maria war stinksauer, weil er ihr seine tatsächliche Herkunft verschwiegen hatte, aber da wir ja von dem toten Holländer gar nichts wussten, haben wir der Sache auch keine große Bedeutung beigemessen. Jetzt allerdings …«

»… haben wir eine Verbindung zwischen den beiden Opfern«, ergänzte Leonard. »Und ich glaube nicht, dass die Nationalität und die abgeschnittenen Augenlider die einzigen Gemeinsamkeiten sind. Die Kollegen in Kassel und Rotterdam sind seit zwei Tagen dabei, ihre Ergebnisse auszutauschen und zu vergleichen. Die Pathologen sind noch nicht ganz fertig, aber mir wurde gesagt, beide Opfer seien höchstwahrscheinlich mit der gleichen Art von Messer erstochen worden. Einem Stilett mit einer langen, schmalen Klinge, nicht besonders scharf, sondern vor allem spitz. Eine reine Stichwaffe, sehr gut geeignet, verdeckt getragen zu werden.«

»Wo?«

»Am Fuß- oder Handgelenk zum Beispiel oder im Revers eines Sakkos. Es gibt spezielle Halfter dafür, die so konstruiert sind, dass man die Waffe sehr schnell ziehen kann.«

Cornelius lauschte Leonards Worten und versuchte gleichzeitig, sich an eine Szene zu erinnern, die sich vor drei Jahren in Brüssel abgespielt hatte. In Maria de Byls Wohnzimmer. Hast du noch etwas anderes gefunden, hatte Jenny Maria gefragt. *Nur noch dieses Foto. Henk mit ein paar Freunden.* Jenny hatte das Bild …

»Ich glaube, ich habe etwas für Sie.« Cornelius holte sein Handy heraus, aktivierte die Sprachsteuerung und sagte: »Jenny. Redaktion.«

Wenige Augenblicke später hörte er ihre Stimme. »Hey, das ist ja eine Überraschung. Seit wir zusammen sind, hast du nur zweimal hier angerufen.«

»Ich hatte ja keine Ahnung, dass du mitzählst. Wie läuft's bei dir?«

»Oh, großartig. Das reinste Tollhaus hier. Der Herausgeber der Zeitung hat wieder versucht, die Redakteure zu gängeln, weil angeblich das Anzeigengeschäft rückläufig ist. Der Feuilletonchef ist bei einem Bordellbesuch fotografiert worden, und gleich zwei der Sekretärinnen haben sich am Wochenende von ihren Typen getrennt. Das wird jetzt alles durchgehechelt. Du weiß schon: Dann hat er gesagt, und da habe ich gesagt, und daraufhin er so … schnatterschnatterschnatter!«

»Ich hol dich da raus, Süße. In dreißig Minuten komme ich vorbei, und wir fahren zum nächsten Baggersee!«

Jenny lachte hell. »Ein verlockendes Angebot! Aber du bleibst schön, wo du bist. Weshalb rufst du an?«

»Als wir vor drei Jahren in Brüssel waren, hat Maria dir ein Foto von Henk mit zwei seiner Freunde gezeigt. Du hast das Bild mit dem Handy fotografiert. Erinnerst du dich daran?«

»Klar!«

»Hast du das Foto noch?«

»Vermutlich. Soll ich es dir schicken?«

»Nicht an mich. Schick es an …« Er hielt das Handy in Leonards Richtung und wartete auf eine Reaktion des Polizisten. Leonard gab seine E-Mail-Adresse weiter.

»Okay, hab ich! Wer ist da bei dir? Der Polizist aus Kassel?«

»Genau der! Und er hat interessante Neuigkeiten. Such bitte das Bild und schick es ihm!«

»Komm, spann mich nicht auf die Folter. Was hat er gesagt?«

»Ich ruf dich gleich zurück. Beeil dich mit dem Foto.«

Bevor Jenny weiterfragen konnte, beendete Cornelius das Gespräch und legte das Handy auf den Tisch. Er hörte sein Gegenüber in einer Tasche kramen, dann ertönte das Betriebsgeräusch eines hochfahrenden Tablets.

»Ich wäre so weit!«

»Sie wissen, wie der Tote in Rotterdam aussah?«, wollte Cornelius wissen.

»Nur als Leiche.«

»Immerhin.«

»Ja, immerhin«, sagte Leonard trocken. »Sie denken, dass die beiden Opfer sich kannten und dass das Foto es beweist, oder?«

»Ich würde drauf wetten!«

Leonard schwieg eine Weile.

»Ich hasse diesen Fall«, sagte er schließlich. »Er ist wie Scheiße am Schuh. Drei Jahre vergehen, ich wechsle die

Stelle, ziehe nach Wiesbaden und Den Haag und bin ihn immer noch nicht los.«

Cornelius grinste in Leonards Richtung. »Ich denke, das wollen Sie gar nicht. Weil es nämlich seit drei Jahren an Ihnen frisst, dass Sie das Schwein, das Ihnen die schlimmste Leiche Ihrer Laufbahn vor die Füße legte, nicht festnageln konnten. Und wissen Sie, was ich noch glaube? Dass Sie von ganz oben dazu gezwungen wurden, den Fall auf Sparflamme zu kochen und die Öffentlichkeit rauszuhalten, hat Sie derart angekotzt, dass Sie in Kassel alles hingeworfen und sich beim BKA beworben haben.«

»Woher, zum Teufel, wollen Sie das wissen? Wir haben überhaupt nichts vertuscht!«

»Ach, kommen Sie! Mag sein, dass *vertuschen* nicht der richtige Ausdruck ist, aber es ist eben auch sehr sparsam berichtet worden. Von einem toten Touristen in der Karlsaue war in den Medien die Rede, der unter ungeklärten Umständen ums Leben kam. Später wurde dann nachgeschoben, dass offenbar eine Gewalttat im Spiel war. Die Sache mit den Augenlidern kam nie zur Sprache, aber das hatten Sie ja mit Maria de Byl schon geklärt. Es wurde auch nirgendwo groß darauf herumgeritten, dass die Karlsaue zum Ausstellungsgelände gehörte. Keine Artikel in den Boulevardzeitungen mit der Überschrift: WER IST DER DOCUMENTA-KILLER? Nichts, aber auch rein gar nichts in der Art! Wer auch immer für diese Art von PR zuständig war: Er hat ganze Arbeit geleistet!«

Cornelius hörte den Polizisten Luft holen, um zu einer Antwort anzusetzen, aber in diesem Augenblick meldete das Tablet den Eingang einer E-Mail. Leonard brauchte keine drei Sekunden, um das Foto aufzurufen.

»Sie haben recht! Das ist der Mann!«

»Sind Sie sicher?«

»Absolut! Auf dem Bild ist er zwanzig Jahre jünger und erheblich lebendiger, aber er ist es. Ruud van Bouveret.«

»Kennen Sie den dritten Mann auf dem Foto?«

»Nein, wie sollte ich.«

»Was denken Sie, wie die Männer zueinander standen? Wie ist die Atmosphäre zwischen ihnen?«

»Gut, würde ich sagen. Henk de Byl steht in der Mitte, rechts von ihm Ruud van Bouveret und an seiner linken Seite ein unbekannter junger Mann Anfang zwanzig. Er ist kleiner und magerer als die anderen beiden und trägt eine altmodische Nerdbrille. Sein Haar ist dunkel. Er und van Bouveret haben ihre Arme um Henks Schultern gelegt, und alle grinsen in die Kamera. Gute Freunde, die sehr vertraut miteinander sind.«

Cornelius ertappte sich dabei, dass seine Gedanken wieder abschweiften, während er Leonard zuhörte, und riss sich zusammen.

»Okay, wir haben zwei Opfer mit der gleichen Nationalität, die sich nicht nur kannten, sondern befreundet waren. Beide wurden vor drei Jahren sehr kurz hintereinander ermordet, und beiden wurden die Augenlider abgeschnitten. Bei van Bouveret post mortem?«

»Ja, er war schon tot.«

»Henk hat noch gelebt, als der Mörder ihn verstümmelte, oder?«

»Er war vermutlich nicht mehr bei Bewusstsein, haben die Pathologen gesagt, aber es stimmt: Tot war er nicht. Woher wissen Sie das?«

»Ich habe es damals in Ihrer Stimme gehört.«

Leonard antwortete nicht und fing offenbar an, seine Sachen zusammenzupacken.

»Sie wollen gehen?«

»Ich muss meine Kollegen in Kassel und Wiesbaden informieren und das Foto nach Rotterdam mailen. Dann fliege ich mit der nächsten Maschine nach Den Haag. Vielen Dank für die Hilfe. Ich werde Sie auf dem Laufenden halten. Machen Sie es gut.«

Er stand auf, schob den Stuhl geräuschvoll zurück und war schon halb aus der Tür, als Cornelius' Stimme ihn zurückhielt.

»Leonard?!«

»Ja?«

»Sie müssen die Person suchen, die das Foto gemacht hat. Und finden Sie den dritten Mann. Wenn es geht, lebend!«

»Das ist ein fantastischer Einfall, Herr Professor. Darauf wäre ich in hundert Jahren nicht gekommen.«

Einundzwanzig

Nachdem Leonard gegangen war, versuchte Cornelius Jenny zu erreichen, doch eine schnippische Sekretärin teilte ihm mit, Frau Urban sei »im Haus unterwegs« und könne ihn frühestens in dreißig Minuten zurückrufen.

Enttäuscht trennte er die Verbindung und dachte darüber nach, was der Hauptkommissar über den Fallanalytiker aus Hannover erzählt hatte. *Ein Reinfall. Hat überhaupt nichts gebracht. Er ist Spezialist für Serienmorde, aber es gab ja keine Serie.*

Damals nicht.

Und heute? Waren zwei Mordfälle mit ähnlichen Tatmerkmalen eine Serie?

Er holte sein Handy heraus und verlangte die Auskunft: »Ich brauche eine Nummer in Hannover. Das Kriminologische Forschungsinstitut Niedersachsen. Wenn Sie mich gleich verbinden könnten?«

Wenige Augenblicke später hörte er eine junge Frauenstimme:

»KFN Hannover. Was kann ich für Sie tun?«

»Hier ist Professor Teerjong, ich hätte gern mit Dr. Klinge gesprochen.«

»Tut mir leid. Dr. Klinge arbeitet nicht mehr hier.«

»Können Sie mir sagen, wo ich ihn erreichen kann?«

»Nein. Er ist letztes Jahr in den Ruhestand gegangen.

Keine Ahnung, wo er steckt. Er wollte viel reisen. Wollen Sie ihn privat oder beruflich sprechen?«

»Privat!«

»Es gibt hier in meiner Liste eine alte Handy-Nummer, die er nicht hat löschen lassen. Vielleicht stimmt die noch, haben Sie etwas zum Schreiben?«

»Ich habe ein gutes Gedächtnis. Schießen Sie los.«

Die Sekretärin gab die Nummer durch, wünschte noch einen schönen Tag und legte auf. Cornelius rechnete nicht wirklich damit, aber nur Sekunden, nachdem er gewählt hatte, meldete sich eine gut gelaunte Männerstimme.

»Klinge?!«

Cornelius verstand den Namen nur mit Mühe. Die Verbindung war schlecht, und im Hintergrund hörte er lärmende Kinder.

»Hallo? Mein Name ist Teerjong. Ich unterrichte Kunstgeschichte an der Städelschule in Frankfurt. Kann ich Sie einen Augenblick sprechen?«

»Woher haben Sie diese Nummer?«

»Von einer Sekretärin am KFN in Hannover.«

»Ach, verdammt, irgendwas vergisst man immer!«, sagte Klinge verdrossen, fand dann aber zu einem verbindlichen Ton zurück: »Worum geht es denn?«

»Um einen Mordfall, mit dem Sie sich vor drei Jahren beschäftigt haben.«

»Was hat ein Kunsthistoriker mit Mordermittlungen zu tun?«

»Wenn Sie mir zehn Minuten Ihrer Zeit opfern, erkläre ich es Ihnen.«

Dr. Klinge zögerte nur kurz. »Okay, warten Sie, ich gehe in ein anderes Zimmer.« Einen Moment später war er wieder dran. »Entschuldigen Sie den Krach. Ich bin in Dänemark, bei meinen Enkelkindern. Die machen mir viel Spaß, aber manchmal kann ich ein wenig Ruhe gut gebrauchen.«

»Wo in Dänemark sind Sie?«

»Jütländische Westküste. In der Nähe von Esbjerg.«

»Schöne Gegend.«

»Stimmt, aber deswegen haben Sie ja wohl nicht angerufen. Also, was wollen Sie von mir?«

»Sie wurden im Sommer 2012 nach Kassel geschickt, um der Polizei dort bei der Aufklärung eines sehr bizarren Verbrechens zu helfen.«

»Richtig!«, sagte Klinge. »Der documenta-Mord!«

»Ich vermute, Sie erinnern sich noch ganz gut an den Fall.«

Klinge schwieg und schien nachzudenken. »Großer Gott«, sagte er schließlich, »es ist eine weitere Leiche aufgetaucht, stimmt's? Nach verdammten drei Jahren. Ich fasse es nicht.« Er klang jetzt dumpf und betroffen, nicht mehr wie der muntere Großvater im Ruhestand. »Was haben Sie mit der ganzen Sache zu schaffen?«

»Der Tote in der Karlsaue war ein Freund von mir. Vor einer halben Stunde hatte ich Besuch von dem Kriminalbeamten, der die polizeilichen Ermittlungen damals leitete: Hauptkommissar Leonard, mittlerweile Verbindungsbeamter des BKA bei Europol. Er hat mir eine haarsträubende Geschichte erzählt. Sie haben recht, es ist eine weitere Leiche aufgetaucht. Aber anders, als Sie vielleicht denken. Es handelt sich um einen Mann, der in Rotterdam ermordet wurde, und zwar bereits vor drei Jahren. Er wurde in seinem Appartement erstochen, etwa sechsunddreißig Stunden nach Henk de Byl. Niemand hat einen Zusammenhang zwischen den Morden hergestellt. Aus irgendeinem Grund hat der Informationsaustausch zwischen der deutschen Polizei und den niederländischen Behörden nicht geklappt. Genau wie Henk de Byl wurden auch dem Toten in Rotterdam die Augenlider abgeschnitten, und die Experten beider Länder sind sich nun einig, dass die Opfer höchstwahrscheinlich mit der gleichen Art von Messer getötet wurden. Es hat sich außerdem herausgestellt, dass de Byl eigentlich Holländer war, woraus sich eine weitere Verbindung zwischen den Fällen ergibt. Also: Wenn Sie vor drei Jahren von einer Mordserie ausgegangen sind, lagen Sie verdammt richtig.«

Dr. Klinge ließ sich wieder Zeit mit seiner Antwort und schien schwer zu atmen. Die Erinnerung an den Fall machte ihm offenkundig zu schaffen. »Ich hatte mit dieser Art von Arbeit abgeschlossen. Schon lange, bevor ich nach Kassel geschickt wurde. Zehn Jahre war ich Fallanalytiker in Frankfurt gewesen. Davor hatte ich zwei Jahre im spanischsprachigen Teil von Los Angeles gearbeitet. Ein Austauschprogramm des BKA mit dem FBI. In diesen zwölf Jahren habe ich so viel Grausamkeit und abartigen Mist gesehen, dass ich schließlich nicht mehr schlafen konnte. Ich konnte diesen mentalen Schutzschild nicht mehr aufbauen, den man braucht, um sich die Toten vom Hals zu halten. So sehr ich mich auch bemühte, jede geschundene Leiche nur als *una cosa de muerte* zu betrachten, es ging nicht mehr. Ich sah sie als die Töchter, Mütter, Väter und Söhne, die sie gewesen waren, bevor man ihnen das antat – und damit war ich raus! Ich ging nach Hannover, weg vom Profiling und den Toten, und widmete mich der trockenen Wissenschaft. Bis dieser verdammte Anruf kam …«

Dr. Klinge war dabei, sich in Rage zu reden, und Cornelius beschloss, ihn noch ein wenig anzustacheln, bevor dem ehemaligen Fallanalytiker möglicherweise einfiel, dass die Verschwiegenheitspflicht eines Polizeibeamten mit dem Erreichen der Pensionsgrenze nicht zwangsläufig endete.

»Hauptkommissar Leonard hat so getan, als seien Sie keine große Hilfe gewesen.«

»Man kann nur hilfreich sein, wenn sich jemand helfen lassen will!«, schnaubte Klinge.

»Wie meinen Sie das?«

»Ich meine die Art, wie die Ermittlungen geführt wurden. Formal korrekt, engagiert und sachkundig, und dennoch hatte man das Gefühl, dass der letzte Biss fehlte. Es gab in der Vergangenheit viele Beispiele für diese Art von Polizeiarbeit, denken Sie bloß an den Anschlag auf das Münchner Oktoberfest. Oder daran, wie die Polizei von Antwerpen den Fall Dutroux versaute. Na ja, im Vergleich zu den Belgiern war die Kasseler Polizei ein Muster an Gewissenhaftigkeit, und trotzdem haben sie es irgendwie geschafft, den Ball flach zu halten.«

»Wegen der documenta?«

»Mag sein. Sie kommen doch nicht etwa auf die Idee, mich irgendwo zu zitieren?«

»Keine Sorge! Konnten Sie denn unter den Bedingungen, die Sie vorfanden, überhaupt ein Profil erstellen?«

»Nur grob. Das Abschneiden der Augenlider war ein sehr brutales und bizarres Tatmerkmal. Ich war mir sicher, dass der Hass, die extrem starke Emotion, die dieser Handlung zugrunde lag, sich nicht auf ein Opfer beschränkte. Also habe ich Leonard in den Ohren gelegen, dass er nach weiteren Leichen suchen müsse, aber davon wollte er natürlich nichts hören. Ein Serienmörder auf der documenta war so ziemlich das Letzte, was er sich vorstellen mochte. Und zu seiner Erleichterung gab es ja auch kein weiteres Opfer ohne Augenlider. Jedenfalls keines, von dem er wusste.«

»Leonard hat angedeutet, Sie hätten vor drei Jahren eine Theorie über Verstümmlungen im Zusammenhang mit kindlichem Missbrauch gehabt, mit der er nichts anfangen konnte.«

»Ich habe darüber nachgedacht, was das Abschneiden der Augenlider bedeutete. Praktisch und symbolisch. Die Antwort ist ziemlich naheliegend.«

»Finden Sie?«

»Rein funktionell betrachtet, kann ein Mensch ohne Lider seine Augen nicht mehr schließen. Auf einer metaphorischen Ebene könnte es bedeuten, dass er sie nicht mehr vor etwas verschließen kann.«

»Und was hat das mit kindlichem Missbrauch zu tun?«

»Der Gedanke kam mir, weil ich 1998 in Los Angeles

an der Aufklärung einer Mordserie beteiligt war, bei der vier Opfern die Augenlider abgetrennt worden waren. Die Morde fanden im hispanischen Mittelstandsmilieu statt und erregten viel Aufsehen, weil eine Frau als Täterin überführt wurde: Luisa Manceras, eine etwa vierzigjährige Lehrerin, die als Kind von ihrem Stiefvater jahrelang vergewaltigt worden war und fünfundzwanzig Jahre später die Menschen tötete, die ihrer Meinung nach von dem Missbrauch gewusst und absichtlich weggesehen hatten. Sie begann mit ihrer Mutter, und als die Polizei sie fasste, standen noch sieben weitere Personen auf ihrer Liste.«

»Was ist aus ihr geworden?«

»Die Ärzte attestierten ihr eine schwere Psychose, die sie vor der Todeszelle bewahrte. Im Jahr 2006 ist sie im Napa State Hospital gestorben.«

»Haben Sie vor drei Jahren Max Leonard von diesem Fall erzählt?«

»Natürlich! Es hat ihn aber nicht interessiert. Auch meine Theorie bezüglich der abgeschnittenen Lider fand er nicht überzeugend.«

»Kann sein, dass er seine Meinung ändert, jetzt, da es eine zweite Leiche gibt. Bei seinem Besuch bei mir hat sich angedeutet, dass man möglicherweise sogar von einem dritten Opfer ausgehen muss, das entweder schon tot ist oder in unmittelbarer Lebensgefahr schwebt.«

»Weiß man schon, um wen es sich handelt?«

»Nein, die Identität ist noch nicht geklärt, aber das dürfte nur eine Frage der Zeit sein. Leonard nimmt aufgrund eines Fotos an, dass er ein Freund der ersten beiden Opfer ist. Die holländische Polizei versucht gerade herauszufinden, in welchem Verhältnis die Männer genau zueinander standen.«

»Sie sagten, der Tote in der Karlsaue sei ein Freund von Ihnen gewesen. Kannten Sie ihn gut?«

»Ich habe ihn 2001 kennengelernt. Er hat für mich gearbeitet, und wir waren locker befreundet, aber mittlerweile ist mir klar geworden, wie wenig ich eigentlich von ihm wusste.«

»Halten Sie es für denkbar, dass er in ein schweres Sexualverbrechen verwickelt war?«

Cornelius griff nach der Mineralwasserflasche auf seinem Schreibtisch, trank einen Schluck und räusperte sich. »Vor drei Jahren hätte ich Ihre Frage kategorisch verneint. Aber heute …? Ich habe Henk de Byl offenbar nicht annähernd so gut gekannt, wie ich dachte!«

»Würden Sie mich noch einmal anrufen, wenn Sie Näheres wissen?«

»Mache ich! Besuchen Sie mich doch, wenn Sie wieder in Deutschland sind.«

»Das wird so schnell nicht gehen. Ich fliege morgen nach Norwegen und werde von Tromsø aus an einer Schiffsreise ins Nordpolarmeer teilnehmen.«

»Sind Sie auf dem Schiff telefonisch erreichbar?«

»Versuchen Sie es«, sagte Klinge und legte auf.

Cornelius hielt den Kopf ein wenig schief und lauschte dem Echo der Stimme in seinem Kopf. *Halten Sie es für denkbar, dass Henk de Byl in ein schweres Sexualverbrechen verwickelt war?*

Ihm wurde erst jetzt bewusst, wie sehr diese Frage ihn getroffen hatte. Doch dieser Dr. Klinge schien ein ziemlich brillanter Analytiker zu sein. Cornelius spürte eine leichte Übelkeit und trank noch einen Schluck von dem abgestandenen Mineralwasser. Es ging ihm eindeutig nicht gut. Seine nutzlosen Augen brannten in den Höhlen, und hinter ihnen baute sich ein dumpfer Schmerz auf, der schlimmer wurde, je länger er über diesen irrsinnigen Satz nachdachte. Er war praktisch die Krönung der schockierenden Neuigkeiten, die Leonard ihm serviert hatte. An was hatte Klinge gedacht? Vergewaltigung? Zwangsprostitution? Kinderpornografie?

Absurd!

Was jetzt? Einen kurzen Moment streiften seine Gedanken die Calvados-Flasche in der Schreibtischschublade. Keine gute Idee. Stattdessen griff er erneut zum Telefon und ließ sich mit Jenny verbinden.

»Hallo!«, sagte sie sanft, und der Klang ihrer Stimme traf ihn völlig überraschend. »Ich wollte dich auch gerade anrufen.«

Jenny musste allein in ihrem Büro sein, denn sie sprach nicht mit ihrer gewöhnlichen professionellen Reporterstimme, sondern in einem Ton, der, wie er wusste, nur für ihn bestimmt war. Es war etwas träge Flirrendes in ihrer samtenen Altstimme, das unter Umgehung der Großhirnrinde direkt in die Hormonkammer einschlug.

Cornelius holte tief Luft. »Können wir uns heute Nachmittag sehen? Dieser Bulle hat mir ein paar ziemlich irre Sachen erzählt. Ich muss mit dir darüber reden.«

»Das wäre wunderbar. Ich habe einen Termin in der Stadt und kann ohne Weiteres für zwei Stunden zu Hause vorbeikommen. Und natürlich bin ich verdammt neugierig.«

»Gut, ich bin um drei da und bringe ein paar Kleinigkeiten vom Thai mit.«

Jenny trennte die Verbindung. Cornelius rollte mit seinem Stuhl ein Stück zurück und legte die Füße auf den Schreibtisch. Der Gedanke, Jenny in einer Stunde zu treffen, schien die Kopfschmerzen etwas zu dämpfen, und auch die Übelkeit ließ nach. Eine Stunde ist zu lang, dachte er. Es waren Momente wie dieser, in denen er mit brutaler Intensität spürte, wie sehr er sie liebte und von ihr abhängig war – und wie zornig ihn das machte.

Der Psychiater, der ihn nach seiner Erblindung vor dem Selbstmord bewahrt hatte und mit dem ihn mittlerweile eine Freundschaft verband, hatte diese widerstreitenden Gefühle einmal knochentrocken auf den Punkt gebracht: Du bist froh, dass du sie hast, und wütend, dass du sie brauchst.

Vor zwei Jahren war sie bei ihm eingezogen. Keine einfache Entscheidung, aber er hatte sie nicht einen einzigen Augenblick bereut. Seit der Trennung von seiner ersten Frau hatte er alleine gelebt, und auch Jenny war lange Zeit Single gewesen. Beide hatten erhebliche Zweifel gehabt, ob sie noch in der Lage waren, die dauerhafte Anwesenheit eines anderen Menschen um sich herum zu ertragen. Und tatsächlich war es schwer gewesen. Auch wegen seiner Blindheit.

Er war ein Ordnungsfreak, nicht unbedingt aus persönlicher Überzeugung, sondern weil er darauf angewiesen war, zuverlässig zu wissen, wo sich was im Haus befand. Jennys Ordnungssinn war über den eines spätpubertären Teenagers nicht hinausgekommen, aber im Laufe der Zeit verstand sie, dass Gegenstände, die sie einfach so herumliegen ließ, für ihn zu gefährlichen Stolperfallen wurden.

Ganz schlimm war es, wenn sie über mehrere Tage Besuch hatten. Im letzten Jahr war eine von Jennys Schwestern mit Mann und Familie an den Ostertagen bei ihnen gewesen. Nette Leute mit netten Kindern, die Cornelius innerhalb kürzester Zeit an den Rand des Irrsinns gebracht hatten. Überall lagen auf einmal Spielzeug und Kleidungsstücke im Weg, Möbel waren verrückt und normale Stühle gegen erhöhte Kindersitze ausgetauscht worden. Sie hatten das Haus für ihn unbewohnbar gemacht und dafür gesorgt, dass er sich nur noch in seinem Arbeitszimmer zurechtfand. Die drastische Erfahrung, wie unflexibel ihn die Blindheit machte, hatte ihn ungerecht reagieren lassen. Ein heftiger Streit war die Folge gewesen.

Abgesehen von diesen praktischen Problemen des Zusammenlebens hatte Jenny sich, wie sie behauptete, für Cornelius praktisch neu erfunden. Insbesondere, was die Liebe betraf.

Vor jener denkwürdigen Nacht in Dubai hatte sie, ihren Erzählungen zufolge, jede Menge Beziehungen zu sehr unterschiedlichen Männern gehabt. Manche hatten ein paar Monate gedauert, andere nur Wochen, und die One-Night-Stands hatte sie irgendwann nicht mehr mitgezählt. Es war ein ungebundenes, intensives Leben gewesen, das sie genossen und nach ihren eigenen Worten wie eine Hülle abgestreift hatte, als sie Cornelius traf. In Bezug auf ihn war sie plötzlich eifersüchtig, machte sich ständig irgendwelche Sorgen und konnte nicht schlafen, wenn er allein unterwegs war.

Er dachte an seine erste Frau. Gillian McDermid, eine Architektin aus Denver, die er während seiner Zeit in den USA geheiratet hatte. Eine hübsche und lebhafte Brünette mit Prinzipien und klaren Vorstellungen vom Leben. Liebenswürdig, pragmatisch und erfolgsorientiert. Sehr amerikanisch. Als sein Vertrag in Berkeley auslief, war sie mit ihm nach Deutschland gegangen, aber sie hatte sich in Frankfurt von Anfang an nicht wohlgefühlt und hier beruflich auch nicht Fuß fassen können, was ihre Beziehung immer mehr belastet hatte. Im letzten Jahr ihrer Ehe hatten sie beinahe nur noch gestritten. Irgendwann war sie von einem Kurztrip nach Colorado einfach nicht zurückgekehrt und hatte ein paar Wochen später die Scheidung eingereicht. Cornelius hatte sich eingestehen müssen, dass er froh darüber war. Heute wusste er, dass sie mit seiner Erblindung niemals hätte umgehen können. Für Handicaps war in Gillians Welt kein Platz.

Die letzten vier Jahre mit Jenny waren völlig anders gewesen. Intensiver, leidenschaftlicher und aufregender. Jenny liebte ihn ohne jeden Vorbehalt auf eine wilde, besitzergreifende Weise, die enorm anstrengend war und dennoch guttat. Ihre Eifersucht und Fürsorglichkeit trieben ihn in den Wahnsinn, und gleichzeitig war er noch nie so glücklich gewesen. Sie waren sich auf die Nerven gegangen, hatten gestritten, nächtelang diskutiert, Versöhnungen gefeiert und fabelhaften Sex gehabt.

Und irgendwie hatten sie es geschafft, sich nicht zu trennen.

Zweiundzwanzig

»Ich muss duschen.«

»Komm wieder zu mir!« Cornelius tastete nach Jenny, die auf der Bettkante saß, und ließ seine Hand sachte ihren nackten Rücken hinuntergleiten.

»Ich schwitze.«

»Das will ich doch hoffen! Schließlich habe ich mir Mühe gegeben, diesen Zustand herbeizuführen.«

»Und jetzt willst du das auskosten?« Jenny lachte, kroch zurück unter die Decke und streckte sich neben ihm aus.

»Du kennst mich doch!« Cornelius zog sie näher zu sich heran und küsste ihr Haar. »Sex riecht überwältigend gut. Für etwa zehn Minuten jedenfalls. Schweiß, Körperflüssigkeiten, Adrenalin und Pheromone – ein olfaktorischer Cocktail der Sonderklasse.«

»Kann man Adrenalin wirklich riechen?«

»Ich kann es! Die meisten anderen wahrscheinlich nicht. Der Geruchssinn hat gemeinhin keinen großen Stellenwert. Interessierte Menschen gehen – wie der Volksmund sagt – mit offenen Augen durch die Welt, nicht mit offener Nase. Die niedrige Wertschätzung des Riechens merkst du schon daran, dass es zwar Sehhilfen und Hörgeräte gibt, aber sich noch nie jemand Gedanken über eine Riechhilfe gemacht hat.«

»Dann mach du dir doch welche! Da ist bestimmt ein

Nobelpreis drin. Das ist eine Menge Kohle. Damit könnten wir auf die Malediven fliegen oder einen Porsche kaufen.«

»Mmmhhh …«

Jenny hatte begonnen, sein Ohr zu küssen und gleichzeitig seine Brust zu streicheln, was seine Konzentration auf das Gespräch erheblich erschwerte.

»Du kannst das schaffen«, kicherte sie, »du bist mein Zatōichi, mein blinder Samurai.«

»Wer ist das denn?«

»Eine Kultfigur. In Japan kennt ihn jedes Kind.«

»Ein guter Typ?«

»Und ob: Eine Mischung aus Django und Robin Hood. Stark wie ein Tiger, schlau wie ein Fuchs und blind wie ein Maulwurf!«

»Okay«, sagte Cornelius.

»Ich will noch über etwas anderes mit dir reden«, flüsterte sie, »was Ernstes.«

»Mmmhhh …«

»Als ich dich einmal gefragt habe, ob es für dich wichtig ist, wie ich aussehe, hast du gesagt, dein wirkliches Bild von mir, das, was zählt, hättest du dir mit Ohren und Nase, Mund und Händen gemacht. Darüber muss ich immer wieder nachdenken. Es ist so verdammt komisch, für jemanden ein Mensch ohne Gesicht zu sein. Ich meine, ich schminke mich, ziehe mich sexy an, versuche gut auszusehen, und für dich spielt das alles keine Rolle.«

Cornelius ließ sich Zeit mit der Antwort.

»Doch, es spielt eine Rolle«, sagte er schließlich. »Aber

anders, als du denkst. Es ist ein wichtiger Teil dessen, was ich schmerzlich vermisse. Weil ich nämlich trotz meiner Blindheit immer noch ein Augentier bin. Ich bin damit aufgewachsen, Frauen anzusehen, sie aufgrund eines bestimmten Aussehens zu begehren und Signale, vom Augenaufschlag bis zum Hüftschwung, zu interpretieren. All das gibt es nicht mehr. Wenn es um den ersten Eindruck geht, bin ich generell im Nachteil. Ein Sehender gewinnt bereits Informationen über andere Menschen, wenn er sie einfach anschaut. Das macht ja die Liebe auf den ersten Blick so reizvoll. Du siehst jemanden, und schon geht das Kopfkino los. Als Blinder bekomme ich erst Informationen, wenn mein Gegenüber etwas tut. Es ist ein großes Vergnügen, dich auszuziehen, aber ich würde alles dafür geben, dich in den Sachen zu sehen, die ich dir ausziehe. Wenn wir miteinander schlafen, fehlt mir nichts. Ich genieße dich mit den Sinnen, die ich habe, und das ist weiß Gott fantastisch. Es geht um das davor: Make-up, kurze Röcke, ein Dekolleté. High Heels, die einen Gang erzeugen, der die Bauarbeiter aus dem Pfeifen gar nicht mehr rauskommen lässt… Verstehst du? All die Dinge, die Männer dazu bringen, sich auf der Straße nach Frauen umzudrehen, das ist es, was ich vermisse…«

»Dünnes Eis«, schnurrte Jenny und ließ ihre Fingerspitzen mit flinken Bewegungen über seine schweißnasse Bauchdecke gleiten, »gaaanz dünnes Eis! Du bedauerst also, dass du Frauen nicht mehr in den Ausschnitt starren kannst?«

Cornelius lachte leise.

»Ich bedauere, dass ich dir nicht in den Ausschnitt starren kann. Ach was, Ausschnitt. Ich würde gern hinter dir eine steile Treppe hinaufgehen und dabei deinen Hintern in einem engen Rock betrachten. Wie er sich im Rhythmus der Stufen bewegt. Auf diese unbeschreibliche Weise schwingt. Und ich würde gerne anhand der sich abzeichnenden Konturen im trüben Licht der Flurlampe darüber spekulieren, ob du einen Slip trägst oder nicht, und…«

»Na ja«, unterbrach ihn Jenny träge und schob ihre Finger ein wenig tiefer, »in diesem Fall müsstest du eine Hand ausstrecken und es herausfinden.«

»Du verstehst mich nicht!«

»Doch, doch! Wer nicht sehen kann, muss fühlen.«

Jenny rückte noch näher heran und glitt auf ihn. Während ihr Becken in einen langsamen, geschmeidigen Rhythmus hineinfand, flüsterte sie direkt in sein Ohr. »Ich verstehe haargenau, was du meinst… Und mit der steilen Treppe, da überlege ich mir was…«

Als sie später erschöpft und schwitzend nebeneinander lagen, musste er für wenige Augenblicke eingeschlafen sein, denn was er als Nächstes wahrnahm, war der Geruch von Ingwer, Kokosmilch und Chili.

»Mach keine ruckartigen Bewegungen. Ich hab ein Tablett auf den Knien.« Jenny liebte es, nach dem Sex etwas zu essen, und hatte sich offenkundig über die thailändische Vorspeisenplatte hergemacht.

»Lass mal sehen!« Cornelius setzte sich auf und inhalierte das exotische Aroma, als Jenny den Teller vor sein Gesicht hielt und ihn einwies: »Es geht los mit Garnelenröllchen auf sechs Uhr, dann folgen frittierte Krabben, Hühnerfleischspieße mit Erdnusssoße auf neun, panierte Tintenfischringe auf zwölf, gebackene Wan-Tan und Krabbenchips auf drei und kurz vor sechs.«

Cornelius umrundete den Tellerrand mit dem Zeigefinger und griff dann zielsicher nach den Krabben.

»Gute Wahl«, lachte Jenny mit vollem Mund. »Weißt du noch, wie du dir in diesem Drei-Sterne-Restaurant im Schwarzwald den Teller direkt unter die Nase gehalten hast, um den Duft der Speisen genießen zu können? Der Koch kam aus der Küche gerannt und hat gefragt, ob etwas nicht in Ordnung sei.«

Cornelius nickte schweigend und dachte dabei an Dr. Klinge und seine Theorie. Er musste mit Jenny über die Morde sprechen, aber er wusste nicht, wie er anfangen sollte, ohne die Stimmung zu verderben.

»Die Liebe am Nachmittag wird in allen Ratgebern hoch gelobt«, fuhr Jenny unbeschwert fort, »und ich muss sagen, da ist was dran. Das Tageslicht und der schöne Gedanke, dass alle anderen jetzt arbeiten müssen … Sag mal, hörst du mir eigentlich zu?«

»Ja, klar! Es ist einfach nur so, dass die Tageszeit für mich keine Rolle spielt.« Der Satz war heraus, bevor er überhaupt begriff, was er gesagt hatte. Er spürte, wie Jenny zusammenzuckte.

»Tut mir leid«, sagte sie hilflos, »das war bescheuert! Ich weiß auch nicht, warum ich …«

Cornelius schüttelte ärgerlich den Kopf. »Nein! Verdammt. Mir tut es leid, dass ich das gesagt habe. Was für ein selbstmitleidiges Gewinsel! Wenn es dir Spaß macht, im Licht der Nachmittagssonne zu vögeln, ist es doch völlig blödsinnig von mir, darauf herumzureiten, dass ich diese Sonne nicht sehen kann.«

Jenny schwieg und schien über seine Worte nachzudenken.

»Stimmt«, sagte sie schließlich, »ich muss mich nicht dafür entschuldigen, dass meine Augen funktionieren.« Ihre Stimme hatte jetzt einen nüchternen, resoluten Klang, und Cornelius beschloss erleichtert, die Gelegenheit zu nutzen.

»Ich will mit dir über Max Leonard reden, der heute Mittag bei mir war. Und über ein Gespräch mit einem pensionierten Profiler. Okay?«

»Klar, wenn ich dabei essen kann …«

Cornelius begann mit Mathildes Anruf nach der Vorlesung, schilderte Leonards Besuch in seinem Büro, erzählte von dem Toten in Rotterdam, der sich anhand von Jennys Foto als Freund von Henk de Byl herausgestellt hatte, und von dem dritten unbekannten Mann auf dem Foto, der möglicherweise entweder schon tot oder in Lebensgefahr war. Anschließend gab er ihr eine detaillierte Zusammenfassung seines Telefonats mit Dr. Klinge.

Jenny, die zwischenzeitlich das Kauen eingestellt hatte, pfiff leise durch die Zähne. Cornelius spürte, wie aufgeregt und elektrisiert sie war.

»Unglaublich, dass die deutschen und niederländischen Behörden derart aneinander vorbeiarbeiten konnten.«

»Polizeiliche Ermittlungspannen gab es immer schon. Leonard konnte sie reihenweise aufzählen. Wahrscheinlich wird es sie auch in Zukunft geben. Einzigartig ist hier bloß, dass deutsche und holländische Dienststellen den Fall gemeinsam vergeigt haben.«

»Das ist eine Riesenstory«, sagte Jenny unvermittelt.

»Wie bitte?«

»Hat dich Leonard heute Morgen um Stillschweigen gebeten? Oder irgendwelche Drohungen ausgestoßen für den Fall, dass du mit der Presse sprichst?«

»Nein.«

»Gut! Ich will diese Geschichte haben. Und zwar als Erste. Das Ganze ist ein verdammter Skandal: Zwei tote Holländer ohne Augenlider. Freunde offenbar. Beide mit der gleichen Waffe und fast zur gleichen Zeit ermordet. Der eine in Rotterdam, der andere auf der documenta in Kassel. Die deutschen Behörden ermitteln auf Sparflamme, um ein internationales Kunstevent nicht zu gefährden, die Holländer schauen aus Gründen, die mir nicht klar sind, auch weder nach links noch nach rechts, und erst drei Jahre später stellt sich zufällig heraus, dass die Todesfälle miteinander zu tun haben. Kannst du das mal halten?«

Jenny stellte das Tablett mit dem Vorspeisenteller auf Cornelius' Schoß und rückte von ihm ab.

»Was hast du vor?«

»Duschen! Und dann fahre ich in die Redaktion. Ich muss mit Kahlhöfer sprechen, bevor ich loslege. Wird mit Sicherheit spät heute Abend. Warte nicht auf mich! Morgen früh brauche ich dich für ein Interview!«

Sie schwang die Beine aus dem Bett und sprang auf.

»Jenny, bitte!«

»Was?«

»Das kannst du nicht machen! Du kannst doch diese Sache nicht derartig ausschlachten. Wir sind persönlich beteiligt. Henk war mein Freund!«

»Meiner nicht. Aber ich bin sicher, dass er nichts dagegen gehabt hätte, wenn die Ermittlungen hinsichtlich seines Todes nach drei Jahren ein bisschen auf Touren kämen. Die Polizei hat damals die gesamte regionale und überregionale Presse dazu gebracht, die abgetrennten Augenlider zu verschweigen. Aus ermittlungstaktischen Gründen, wie es so schön hieß. Und was hat's gebracht?«

»Und was soll es bringen, wenn du jetzt eine Riesengeschichte daraus machst?«

»Pass auf!« Jenny schaffte es, die Temperatur ihrer Stimme um mindestens fünf Grad abzusenken. »Erstens wollen wir wissen, wer Henk getötet hat! Wenn es mir gelingt, den deutschen Behörden etwas Feuer unter dem Hintern zu machen, könnte das dafür sehr nützlich sein. Und zweitens habe ich auch einen Job, der wichtig ist und den ich ernst nehme. Also, versau mir das nicht! Morgen früh um zehn ist das Interview!«

Dreiundzwanzig

In den letzten Wochen vor ihrem Tod hatte sie entweder geschlafen oder gewimmert. Geschlafen, wenn die Schmerzmittel ihre volle Wirkung entfalteten, gewimmert, wenn diese nachließ. Als sie starb, mischte sich in die bleierne Traurigkeit, die er empfand, ein Gefühl der Erleichterung, für das er sich schämte.

Nach seiner überstürzten Rückkehr aus Brüssel hatten sie den Kampf gegen die Krankheit gemeinsam aufgenommen. Brustkrebs in einem fortgeschrittenen Stadium. Nesrin hatte ihm die Diagnose mit jenem kaltblütigen Lächeln mitgeteilt, das er so sehr liebte, und zugleich hatte er die Todesangst in ihren Augen gesehen. Doch sie war zuversichtlich und mutig gewesen, weil sie wusste, dass er sie nicht verlassen würde, und tatsächlich war er zwei Jahre lang nicht von ihrer Seite gewichen.

Er war da, als sie aus dem OP gerollt wurde, und saß an ihrem Bett, als die Chemotherapie begann. Die Ärzte versuchten, den Krebs zu vergiften, und hofften, dass Nesrin das überlebte. Sechs Zyklen im Abstand von einundzwanzig Tagen: Haarausfall, Erbrechen, Müdigkeit, Verlust der Fingernägel und ständige Schmerzen in den Knochen. Die Nebenwirkungen waren verheerend. Am Ende des sechsten Zyklus war Nesrin nur noch ein haarloser Schatten ihrer selbst gewesen, aber sie war zäh, und Aufgeben kam nicht infrage.

Die anschließende Strahlenbehandlung hatte sie besser vertragen, und als nach zwölf Monaten keine Metastasen gefunden wurden, war Hoffnung aufgekeimt. Nesrin erholte sich, und als sie stark genug war, hatte er sich im Club vertreten lassen und war mit ihr weggefahren. Sie hatten ihre Familie in Diyarbakir besucht und waren danach acht Wochen im gesamten Mittelmeerraum herumgereist. Zurück in Deutschland lebten sie von Monat zu Monat und schoben jeden Gedanken an die Zukunft von sich. Während dieser Zeit hatte die Sorge um Nesrin ihn ausgefüllt, und in seinem Kopf war kein Platz für Rachepläne gewesen.

Es hatte einfach keine Rolle mehr gespielt.

Er beugte sich vor, zündete sich eine neue Zigarette an und blickte aus dem Fenster seiner Wohnung im Frankfurter Westend. In einiger Entfernung sah er den Grüneburgpark, der in diesem Sommer wegen umfangreicher Gartenbau-Maßnahmen in vielen Bereichen gesperrt war. Als Nesrin noch laufen konnte, waren sie oft dort spazieren gegangen. Bei einem dieser Spaziergänge im letzten Frühjahr hatte sie plötzlich über Rückenschmerzen geklagt, die rasch schlimmer wurden.

Die Ärzte fanden Metastasen in der Brustwirbelsäule, und die niederschmetternde Diagnose nahm Nesrin allen Mut. Sie verfiel von Tag zu Tag, und außer bei ihr zu sein, hatte er nichts für sie tun können. Es war nicht genug, *dachte er.* Ich war da, aber es war nicht genug. *Er hatte neben ihrem Bett geschlafen, ihre Hand gehalten, wenn die Schmerzen unerträglich wurden, und dabei der wispernden*

Stimme in seinem Kopf gelauscht, die für ein rasches Ende betete.

Er drückte die Zigarette aus und widerstand der Versuchung, sich sofort eine neue anzuzünden. Sein Magen zog sich zusammen und erinnerte ihn daran, dass er seit fast zwei Tagen nichts mehr gegessen hatte. Zu müde, dachte er. Ich könnte für den Rest meines Lebens rauchen und aus dem Fenster starren.

Nesrin war vor einem Jahr an einem schönen Tag im Juni gestorben. Der Himmel war wolkenlos gewesen, und man hatte den Sommer bereits schmecken können.

Nach der Beisetzung hatte er die sechs festen Mitarbeiter des Golden Havanna mit einer Abfindung entlassen und den Club geschlossen. Anschließend war er in seine Wohnung gefahren und hatte dort festgestellt, dass er nicht wusste, was er tun sollte. Außer Rauchen und aus dem Fenster starren. Seit zwölf Monaten jetzt …

Er lehnte sich zurück und schloss die Augen. Bereit für das, was jetzt kam. In diesem Sommer war es zwanzig Jahre her.

Er holte tief Luft, als die vertrauten Bilder sein Gehirn fluteten. Und die Gerüche. Dieselöl, Schweiß und Pisse. Dann der intensive Kupfergeruch von Blut. Die Leichen, die auf ihn geworfen wurden und ihm die Luft aus den Lungen pressten. Der Duft der Erde und der Wildblumen, als er in der Nacht auf dem Bauch unter den Toten hervorkroch, an den Wachen vorbei über das Feld robbte und nicht wagte, sich aufzurichten. Sein Versteck im Wald, die Morgensonne, die den Angstschweiß auf seinem Gesicht trocknete, der bohrende Hunger.

Schließlich der Hirte. Bevor er den Mann sah, hatte er ihn und die Schafe gerochen und keine Kraft mehr gehabt, sich zu verstecken. Er erinnerte sich an ein großes Stück Brot, das eine schmutzige Hand ihm entgegenstreckte. An das kleine rauchlose Feuer am Abend. Eine Feldflasche mit Pflaumenschnaps, die zwischen ihnen hin und her wanderte. Noch mehr Brot und ein Apfel.

Dann plötzlich das Messer an seinem Hals. Der Hirte drückte ihn bäuchlings über einen Findling und riss ihm die Hose herunter. Fuck de Geitenneukers. Als der Mann versuchte, in ihn einzudringen, konnte er ihm das Messer entwinden und stach blindlings nach hinten. Das Schwein ging zu Boden und starrte fassungslos auf den dicken Blutstrahl, der aus seinem Oberschenkel schoss. Ohne zu zögern sprang er auf die Brust des Mannes, rammte das Messer mit beiden Händen in seinen Hals und würgte anschließend das Brot und den Schnaps wieder heraus.

Danach floh er mit den Vorräten des Toten in den Wald, ruhte sich den ganzen nächsten Tag über aus und wanderte bei Einbruch der Dunkelheit weiter.

Monatelang.

Alle menschlichen Siedlungen mied er, ernährte sich von Beeren und Pilzen und hatte ständig Durchfall. Der Herbst ließ ihn frieren, und bevor der früh hereinbrechende Winter ihn tötete, fand er eine verlassene Berghütte, in der sich noch ein Stapel Feuerholz befand. Von der Hütte aus unternahm er gelegentliche Diebestouren in die umliegenden Dörfer, die meist nur von wenigen Familien bevölkert waren, verwischte sorgfältig seine Spuren im Schnee und hun-

gerte sich von Tag zu Tag. Als das Tauwetter einsetzte, belauschte er zufällig ein Gespräch zweier Bäuerinnen, und danach wendete sich das Blatt.

Ein Jahr später kam er in dieses Land. Sein Onkel in Frankfurt stellte ihn als Laufbursche und Geldeintreiber ein, aber ermöglichte ihm auch einen Schulabschluss und eine kaufmännische Ausbildung. Er stieg sehr schnell auf, und als der Alte sich zur Ruhe setzte, kaufte er ihm den Club ab und machte ihn mit Nesrin zu dem, was er bis vor zwei Jahren gewesen war.

Und jetzt war es vorbei.

Fuck de Geitenneukers!

Einer war noch übrig …

Er richtete sich auf, zog sein Telefon heraus und wählte die Nummer des Detektivs. Die kühle Stimme einer Sekretärin hielt ihn einen Augenblick in der Warteschleife, dann war der Schnüffler dran.

»Hallo?«

»Ich bin's. Erkennen Sie meine Stimme?«

»Ja. Was wollen Sie?« Der Mann schien alles andere als erfreut zu sein.

»Haben Sie Ihr Geld nicht bekommen?«

»Doch. Sie haben meine letzte Rechnung bezahlt. Das war vor ungefähr drei Jahren. Danach habe ich nichts mehr von Ihnen gehört. Und das war mir sehr recht!«

»Sie schulden mir noch eine Adresse!«

»Ich schulde Ihnen gar nichts! Ich habe den dritten Mann nicht finden können. Das ist bedauerlich, kommt aber vor, wenn jemand gut darin ist, sich zu verstecken. Vielleicht

haben ihm staatliche Stellen irgendeines EU-Landes dabei geholfen, seine Spuren zu verwischen. Schon mal gehört, wie das beim Zeugenschutzprogramm funktioniert? Wenn man mit Hilfe der Behörden verschwindet, manipulieren die alle Datenbanken und Melderegister, auf die ein normaler Mensch Zugriff hat. Suchen Sie sich jemand anders für die Recherche! Ich will nichts mehr mit Ihnen zu tun haben!«

»Was soll das jetzt?«

»Ist das eine ernst gemeinte Frage? Beide Männer, die ich für Sie gefunden habe, waren kurz danach tot. Ich habe alle Spuren, die von Ihnen zu mir führen, beseitigt. Rufen Sie mich nie wieder an!«

Vierundzwanzig

»Warum sind Sie mit der Geschichte nicht schon vor drei Jahren zu mir gekommen?«

Dr. Kahlhöfer schlug die Beine übereinander und starrte sie über die Ränder seiner Designerbrille nicht übermäßig freundlich an. Der Chefredakteur war groß, gut aussehend und von Natur aus misstrauisch. Jenny bemühte sich um einen neutralen, geduldigen Tonfall.

»Weil es vor drei Jahren noch keine besondere Geschichte war. Abgesehen von einem bizarren Detail war es ein Allerweltsmord in der nordhessischen Provinz, der zufällig während eines internationalen Kunstevents stattfand. Die Polizei spielte den Fall herunter und hielt ein besonders grausames Tatmerkmal aus ermittlungstaktischen Gründen und – wie es hieß – aus Rücksicht auf die Angehörigen aus der Öffentlichkeit heraus. Dass hinter der ganzen Geschichte mehr steckt, habe ich erst heute Nachmittag erfahren. Nachdem Hauptkommissar Leonard Professor Teerjong von dem zweiten Opfer mit abgeschnittenen Augenlidern erzählt hatte. Dem toten Kellner in Rotterdam. Was die Story aber richtig auf Touren bringt, sind die Ermittlungspannen der deutschen und holländischen Polizei. Die Öffentlichkeit hat von dieser Art Schlamperei die Nase voll. Denken Sie daran, dass im letzten Jahr erst die Ermittlungen zum Attentat auf das

Münchner Oktoberfest neu aufgerollt wurden. *Jetzt* ist es eine Geschichte – und zwar eine, bei der wir die Nase vorn haben.«

Kahlhöfer rieb sein Kinn und betrachtete dabei ungeniert Jennys Beine. Er war dafür bekannt, dass er alles anbaggerte, was bei drei nicht auf den Bäumen war, aber nicht sauer wurde, wenn man ihn abblitzen ließ. Sie wusste, dass er angebissen hatte und nur noch überlegte, wie er ihr seine Antwort möglichst gönnerhaft präsentieren konnte.

»Das Ganze fällt überhaupt nicht in Ihr Ressort.«

»Ja, stimmt!« Jenny stieß einen frustrierten Seufzer aus und dachte daran, dass sie die letzten drei Jahre mit dem Frankfurter Lokalteil der Zeitung und gelegentlichen Beiträgen für das Feuilleton verbracht hatte. »Aber ich war als Erste an der Sache dran. Und bei dem Mord in Kassel praktisch direkt vor Ort!«

»Dieser Europol-Beamte und Ihr Kunsthistoriker werden für Informationen zur Verfügung stehen?«

»Sie können sich darauf verlassen!«

»Wie lange brauchen Sie für die Recherche?«

»Die meisten Daten und Fakten habe ich, für den Rest brauche ich noch mal vierundzwanzig Stunden.«

»Fotos?«

»Bekomme ich.«

»Irgendwelche besonderen Auslagen?«

»Vielleicht muss ich nach Rotterdam und nach Brüssel.«

Kahlhöfer knurrte unwillig, widersprach aber nicht.

Jenny beschloss, nicht zu warten, bis er es sich anders überlegte.

»Gut«, sagte sie und stand auf. »Morgen Nachmittag um diese Zeit haben Sie alles auf Ihrem Schreibtisch.«

Jenny drehte sich um und ging zur Tür. Natürlich wusste sie, dass Kahlhöfer ihr hinterherstarrte, aber es war ihr egal. Ohne sich umzudrehen winkte sie ihm zu und rauschte aus dem Zimmer. Am liebsten hätte sie laut gepfiffen. In ihrem eigenen winzigen Büro übertrug sie das Foto, das sie am Mittag an Leonard geschickt hatte, von ihrem Handy auf den Laptop und starrte auf dem großen Display die drei jungen Männer an, die so sorglos in die Kamera grinsten. Wie war das Bild entstanden? Mit Selbstauslöser? Oder gab es einen Fotografen, der die drei kannte?

War das wichtig?

Möglicherweise. Wichtiger allerdings war eine andere Frage. Sie betrachtete den Mann links von Henk de Byl. Dunkelhaarig, etwas kleiner als die anderen, schmale Augen hinter einer hässlichen Hornbrille. Das Lächeln in seinen Mundwinkeln kam ihr ein wenig zynisch vor, aber das mochte auch Einbildung sein. *Wer bist du?*

Eine gute Überschrift für den Artikel, dachte sie: *Wer ist der dritte Mann?*

Fünfundzwanzig

Nachdem Jenny das Haus verlassen hatte, blieb Cornelius im Bett liegen und hing seinen Gedanken nach. Wie immer, wenn sie sich gestritten hatten, fühlte er sich elend. Der Geruch ihres Parfüms hing noch in der Luft, und wenn er mit der rechten Hand über das Laken neben sich strich, bildete er sich ein, die flachen Einbuchtungen zu ertasten, die ihr Körper in der Matratze hinterlassen hatte. Er ließ die Hand, wo sie war, führte die linke zu seinem Gesicht und glitt mit den Fingerspitzen über Stirn, Nase und Lippen.

Jenny beschäftigte der Gedanke, dass sie für ihn kein Gesicht hatte. Ein Luxusproblem, dachte er bitter. Sie kann jederzeit in den Spiegel sehen.

Ihn quälte eine weitaus schlimmere Vorstellung. Er hatte Angst, das eigene Aussehen nach und nach zu vergessen. So wie die Stimme seiner Mutter einige Jahre nach deren Tod aus seinem Kopf verschwunden war. Immer wieder versuchte er, sich alte Fotos ins Gedächtnis zu rufen, um sich daran zu erinnern, wie er aussah, und diese Erinnerung fiel ihm von Jahr zu Jahr schwerer. Das Gesicht war das Spiegelbild des Ichs. Was war, wenn er es verlor? In letzter Zeit hatte er es immer häufiger mit den Händen betastet, als wollte er sich vergewissern, dass es noch da war. Nur mit Mühe widerstand er der Versuchung, beim Sprechen seine Lippen zu berühren, um sicher zu sein, dass seine Stimme einen realen Herkunftsort hatte.

Eines Tages werde ich anfangen, wie andere Blinde mit dem Oberkörper zu schaukeln oder mit dem Kopf zu wackeln, nur um zu spüren, dass ich lebe.

Aber davor würde ihn Jenny bewahren. Solange er *sie* spürte, gab es ihn wirklich.

Außerdem würde sie ihn in den Hintern treten, wenn er anfing, mit dem Kopf zu wackeln. Ein beruhigender Gedanke, der ihn unwillkürlich lächeln ließ.

Großvater hat nicht so viel Glück gehabt, dachte er. Er war bereits Witwer, als er das Augenlicht verlor, und außer einer Haushälterin war niemand da gewesen, der ihn in dem großen Haus in Holland vor den motorischen Tics hätte bewahren können. Einmal im Monat waren seine Eltern von Frankfurt nach Eindhoven gefahren, um den alten Mann zu besuchen, der um keinen Preis umziehen wollte, und Cornelius hatte jedes Mal mitkommen müssen. Diese Besuche waren für ihn gleichermaßen faszinierend wie abstoßend gewesen.

Wie lange hatte er daran schon nicht mehr gedacht? An den leicht vor und zurück wiegenden Oberkörper seines Großvaters und den unendlich leeren Gesichtsausdruck, den die Schaukelbewegung zu erzeugen schien. Wenn Cornelius das Zimmer betrat oder seinen Großvater ansprach, hatte dieser das Schaukeln abrupt unterbrochen, und das lebendige, verschmitzte Lachen war in sein Gesicht zurückgekehrt.

Wenn er sich dann anschließend mit traumwandlerischer Sicherheit in seinem Haus bewegte, hatte Cornelius oft den Verdacht gehabt, die Blindheit sei nur vorgetäuscht. Überhaupt war es ihm schwergefallen, sich vorzustellen, dass ein Mensch überhaupt nichts mehr sehen konnte. Wenigstens die Farben, hatte er oft gedacht, er muss doch wenigstens die Farben sehen.

Wenn er ein neues Spielzeug bekam, was während der Besuche in Eindhoven häufig der Fall war, sagten seine Eltern meistens: »Zeig es Opa!« Er war dann zu dem Alten hingegangen, hatte das Spielzeug in dessen offene Hand gelegt und zugesehen, wie er es vorsichtig mit den Fingerspitzen betastete. Cornelius erinnerte sich daran, dass er dieses Befingern nicht gemocht hatte, es hatte sich angefühlt, als wenn sein Großvater sich an etwas vergriff, das ihm nicht gehörte oder zustand.

Heute war er selbst oft darauf angewiesen, sich mit seinen Händen ein Bild von etwas zu machen. Ob es in seinem Freundeskreis Menschen gab, die ähnlich empfanden, wenn sie ihn dabei beobachteten, wie er als Kind damals?

Cornelius wischte den Gedanke beiseite und konzentrierte sich wieder auf Jenny. Warum hatte er so verstört und ärgerlich auf die Idee mit dem Artikel reagiert? Es war ihm falsch vorgekommen, den Mord an einem Freund als Aufhänger für einen journalistischen Coup zu nutzen. Vom beruflichen Standpunkt konnte er es Jenny kaum verübeln, dass sie die überraschende Entwicklung in dem Fall als Chance betrachtete. Aber ihr aufgeregter Ehrgeiz hatte ihn abgestoßen.

Doch vielleicht hatte sie ja recht damit, dass es Zeit war, Bewegung in die Ermittlungen zu bringen und den Druck auf die Behörden, wenn möglich, zu erhöhen. In den vergangenen drei Jahren hatte er oft über den grausamen Tod Henk de Byls gegrübelt und sich gefragt, ob die Polizei den Fall bereits zu den Akten gelegt hatte. Davon konnte nun keine Rede mehr sein. Der Ermittlungsapparat lief auf vollen Touren.

Ob Maria de Byl bereits von dem zweiten Opfer wusste? Nach der Beerdigung hatten sie hin und wieder telefoniert und geschrieben, aber im Grunde war der Kontakt abgerissen. Maria hatte Henks kleine Firma verkauft und arbeitete wieder als Krankenschwester in der chirurgischen Abteilung einer Brüsseler Klinik. Soweit er wusste, war sie immer noch allein. Er musste sie anrufen. Cornelius angelte sein Handy vom Nachttisch und wählte Marias Mobilfunknummer. Nach wenigen Augenblicken war sie dran.

»Maria de Byl.«

»Ich bin's. Cornelius.«

»Hey«, sagte sie müde. »Schön, dass du anrufst.«

»Hoe gaat het met jou?«

»Het gaat zo wel. Ging schon mal besser.«

»Es gibt Neuigkeiten.«

»Ich weiß! Die Bullen sind gerade weg. Sie haben mir alles erzählt.«

»Belgische Polizei?«

»Ja! Gerechtelijke Politie und zwei Polizisten aus Holland.«

»Was genau haben sie gesagt?«

»Dass vor drei Jahren in Rotterdam ein Freund von Henk ermordet wurde, dem ebenfalls die Augenlider abgeschnitten wurden, und dass sie denken, dass es derselbe Täter war.«

»Ja, das scheint ziemlich sicher zu sein. Erinnerst du dich an das Foto, das du uns vor der Beisetzung gezeigt hast? Der eine Mann neben Henk war der Tote aus Rotterdam. Ein Niederländer namens Ruud van Bouveret. Der dritte Mann ist offenbar noch nicht identifiziert. Oder hattest du den Eindruck, dass die Polizei weiß, wer er ist?«

»Wenn sie es wissen, haben sie es mir jedenfalls nicht gesagt.«

Marias Stimme verschwamm. Cornelius hörte, dass sie mit den Tränen kämpfte.

»Wir würden zu dir nach Brüssel kommen, aber im Moment ist es unmöglich«, sagte er hilflos.

»Nein, darum geht es nicht. Es kommt nur alles völlig überraschend. Ich hatte gerade angefangen, irgendwie alleine klarzukommen. Seit einem Jahr kann ich wieder durchschlafen und Henks Foto ansehen, ohne gleich zu heulen. Und dann kommen diese Bullen und rollen alles wieder auf. Ich muss das Telefon mal aus der Hand legen.«

Sie weinte, und Cornelius hörte sie lautstark in ein Taschentuch schniefen. Dann war sie wieder da. »Weißt du, woran ich die ganze Zeit denken muss? Als ich damals in der Pathologie begriffen habe, was dieses Schwein Henk angetan hat, glaubte ich, es müsse sich um einen

Perversen handeln, dem es einfach Spaß macht, einen anderen Menschen zu verstümmeln. Jetzt, wo ich von dem Mord in Rotterdam weiß, habe ich das Gefühl, dass der Irrsinn mit den Augenlidern etwas zu bedeuten hat!«

»Ja, das denke ich auch!«

»Habt ihr eine Idee, was dahinterstecken könnte?«

»Nein. Aber ich warte darauf, dass der dritte Mann identifiziert wird. Das kann nicht mehr lange dauern. Dann kann man vielleicht ein Muster erkennen. Jenny hat übrigens das Foto, das sie bei dir damals abfotografiert hat, an die Polizei weitergegeben. Wir haben angenommen, dass du nichts dagegen hast. Jenny will einen Artikel über den Fall schreiben, vielleicht sogar eine Serie und das Foto ebenfalls nutzen. Geht das in Ordnung?«

»Ja, natürlich! Ich muss jetzt Schluss machen. Ich kann nicht mehr.«

»Wir halten dich auf dem Laufenden.«

»Tot gauw!«, sagte Maria und legte auf.

Sechsundzwanzig

Zwei Tage später erschien Jennys Artikel. Sie hatte dreißig Stunden durchgearbeitet, war in Rotterdam und Wiesbaden gewesen und konnte es kaum erwarten, ihn in den Händen zu halten. Um halb sechs Uhr morgens fischte sie die druckfrische Zeitung aus dem Briefkasten und setzte in der Küche die Kaffeemaschine in Gang. Dann kroch sie zurück ins Bett und küsste Cornelius wach.

»Kann ich das Licht anmachen?«

»Bloß nicht!« Cornelius zog sich ein Kissen über den Kopf, und gemeinsam kicherten sie über den blöden, kleinen Witz, der seit dem letzten Streit zu ihrem Morgenritual gehörte.

»Diesmal muss es sein. Ich will dir meinen Artikel vorlesen!«

»Ich brauche erst einen Kaffee.«

»Den kannst du hinterher trinken.«

»Ohne Kaffee begreife ich praktisch gar nichts. Es wäre sinnlos, mir etwas vorzulesen.«

Seufzend stand Jenny auf und kam mit einem dampfenden Becher zurück. Sie drückte ihn Cornelius in die Hand, hockte sich neben ihn und faltete die Zeitung auseinander.

»Sie haben mir die ganze Seite drei gegeben, und niemand hat versucht, mir reinzureden. Ich habe Fotos von dir und den beiden Opfern sowie Marias Gruppenfoto mit dem unbekannten dritten Mann. Außerdem drei Interviews: Mit dir, Hauptkommissar Leonard und einer Arbeitskollegin van Bouverets aus der Hafenkneipe.«

»Okay, leg los!«

Jenny begann den Artikel vorzulesen. Er berichtete ausführlich von den Mordfällen in Kassel und Rotterdam samt den grausigen Begleitumständen, kritisierte die mangelhafte Zusammenarbeit der deutschen und holländischen Behörden und legte nahe, dass zumindest die Ermittlungen in Kassel nicht mit dem nötigen Nachdruck geführt worden waren, was Max Leonard im Interview vehement bestritt.

Die Kellnerin aus dem Dutch Maritime Pub schilderte Ruud van Bouveret als einen unauffälligen, fleißigen Kollegen, der überall beliebt gewesen war. Sie habe der Polizei einen verdächtigen Mann beschrieben, der sich Stunden vor dem Mord bei ihr im Pub nach van Bouverets Adresse erkundigt hatte, aber dieser Mann sei niemals wieder aufgetaucht.

Cornelius wurde als renommierter Kunsthistoriker vorgestellt, der sich auch als international bekannter Kunstraubfahnder einen Namen gemacht hatte und mit dem ersten Opfer eng befreundet gewesen war. Der Artikel schloss mit einem Appell an den unbekannten dritten Mann, sich dringend bei den Behörden zu melden.

»Das war's«, sagte Jenny und faltete die Zeitung zusammen. »Zufrieden?«

»Jepp. Hast du versucht, van Bouverets Lebensgefährten zu kontaktieren?«

»Hab ich. Aber er wollte nicht mit mir sprechen. Auch diesen Dr. Klinge konnte ich nicht erreichen.«

»Der ist auf einer Schiffsreise zum Polarkreis. Aber wahrscheinlich hätte er sowieso nichts Neues beitragen können. Ich glaube, was er wusste, hat er mir erzählt.«

»Wie geht es jetzt weiter?«

»Ich will noch mal mit Leonard sprechen. Irgendetwas stimmt nicht bei der Geschichte mit dem dritten Mann. Wie war Leonard eigentlich zu dir? War er sauer wegen des Artikels?«

»Nein! Ein bisschen distanziert vielleicht, aber kooperativ. Ich glaube, er hat ein schlechtes Gewissen wegen der Ereignisse vor drei Jahren. Natürlich kann er das nicht zugeben, aber es ärgert ihn, dass die Ermittlungen nicht optimal gelaufen sind und er sich dem Druck von oben gebeugt hat. Man hat ihn in Den Haag freigestellt und einer deutsch-holländischen Sonderkommision zugeteilt, die sich mit den beiden Morden befasst. Zurzeit ist er in Wiesbaden.«

»Ich rufe ihn später an. Es ist noch nicht einmal halb sieben. Willst du schon aufstehen?«

Jenny warf die Zeitung aus dem Bett und küsste ihn. »Auf keinen Fall!«

Siebenundzwanzig

Drei Stunden später versuchte Cornelius von seinem Büro aus Max Leonard unter der Handynummer zu erreichen, die Jenny ihm gegeben hatte. Leonard war gerade beim Frühstück, sprach mit vollem Mund, war aber zu verstehen. »Ich habe gerade Zeitung gelesen!«

»Und?«

»Nicht gerade erfreulich, aber wahrscheinlich haben wir die Abreibung verdient. Alle Online-Medien sind schon auf den Fall angesprungen, die Häme und Empörung in den sozialen Netzwerken kocht gerade hoch. Ab morgen werden die anderen Printmedien auch mitmischen. Uns bleibt nichts weiter übrig, als die Sache auszusitzen.«

»Und weiter zu *mauern*?«

»Wie meinen Sie das«, fragte Leonard vorsichtig.

Cornelius gönnte sich eine kleine theatralische Pause und entschied sich für einen Bluff.

»Sie wissen längst, wer der dritte Mann auf dem Foto ist.«

Leonard schien sich an seinem Frühstück zu verschlucken und hustete ausgiebig. »Wie kommen Sie auf diese Idee?«

»Weil ich nicht blöd bin! Sowohl hier als auch in Holland arbeiten die Ermittlungsbehörden mit Hochdruck an den Mordfällen. Und ich wette, die Belgier sind auch involviert. Die beiden Opfer stammen aus den Niederlanden, und das gilt wahrscheinlich auch für den dritten Mann. Aber auch wenn er Deutscher oder Belgier ist, macht das keinen Unterschied. In allen drei Ländern gibt es jede Menge Datenbanken und Dateien, in denen die Staatsbürger mit Lichtbild geführt werden. Reisepass, Führerschein, Krankenversicherung, Armee ... das wissen Sie doch alles besser als ich! Und in allen drei Ländern gibt es hochleistungsfähige Gesichtserkennungssoftware, die längst zum Einsatz gekommen ist. Außerdem kann man natürlich immer noch die guten alten Fahndungs-Fotos veröffentlichen. Vielleicht hat der Typ sich schon selbst gemeldet. Warum sollte er nicht? Höchstwahrscheinlich hat er nichts verbrochen. Oder es hat ihn jemand anderes identifiziert. In beiden Fällen muss man das ja nicht an die große Glocke hängen, wenn von staatlicher Seite ein Interesse besteht, Identität und Aufenthaltsort noch geheim zu halten. Und ich glaube, genau das ist der Fall.«

Leonard schwieg betroffen.

»Ihr Misstrauen grenzt an Paranoia!«, sagte er schließlich.

»Wenn Sie Ihren Vorgesetzten weiter so in den Arsch kriechen, wird man Ihnen ein Seil um die Beine binden müssen!«

»Verdammt!«, zischte Leonard. »Wie kommen Sie auf die Idee, so mit mir zu reden?!«

»Weil ich es satthabe! Weil in diesem Fall von Anfang

an gemauschelt wurde! Weil Sie mir auch jetzt wieder etwas verschweigen. Und weil ich einen Freund verloren habe! Sind das Gründe genug für Sie?«

»Nein«, erwiderte Leonard kalt, »das mögen Gründe genug für Sie sein! Aber nicht für mich! Ich kann mit Ihnen nicht über diesen Fall sprechen und werde Ihre Äußerungen auch nicht kommentieren. Ich bin Polizist und muss mich damit abfinden, dass in dieser Sache übergeordnete Interessen von gleich zwei Staaten eine Rolle spielen.«

»Klar, am Ende geht es dann immer irgendwie um die berühmte nationale Sicherheit! Wie in jedem blöden Ami-Film!«

»So in etwa«, sagte Leonard, »zumindest für unsere holländischen Freunde stellt sich das so dar!«

Er legte auf.

Cornelius warf das Telefon vor sich auf den Schreibtisch und wischte seine schweißnasse Hand am Hosenbein ab. Er hatte versucht, Leonard mit einer maximalen Provokation aus der Reserve zu locken. Viel war nicht dabei herausgekommen, aber ein kleiner Hinweis schon. Der letzte Satz des Hauptkommissars hatte angedeutet, dass die nationalen Empfindlichkeiten in diesem Fall eher auf niederländischer Seite lagen. Henk de Byl und die anderen beiden Männer waren Freunde und Landsleute gewesen. Und was noch?

Achtundzwanzig

Irgendwann hatte er das Haus verlassen müssen, weil sein Zigarettenvorrat zur Neige ging und er den quälenden Hunger nicht mehr ignorieren konnte. Er fuhr mit der S-Bahn zum Hauptbahnhof, aß an einem Imbissstand ein paar Sandwiches und schlenderte dann ziellos durch die Bahnhofshalle. Es gefiel ihm, sich in einer großen Menschenmenge treiben zu lassen, die ihn vollkommen ignorierte.

Als er schließlich auf einen der Tabakläden zusteuerte, betrachtete er sein Spiegelbild im Schaufenster. Er sah einen mageren, unrasierten Mann mittlerer Größe auf der Schwelle zur Verwahrlosung. Konnte man innerhalb kürzester Zeit die komplette Kontrolle über sein Leben verlieren? Kein Problem. Er hatte keine zwei Wochen und nicht einmal irgendwelche Drogen dafür gebraucht. Mehrfach hatte er in den vergangenen Monaten darüber nachgedacht, sich besinnungslos zu betrinken, aber er machte sich nichts aus Alkohol und hätte ihn ohne feste Nahrung wahrscheinlich sowieso nicht bei sich behalten können. Sein Blick glitt über die Zeitungsständer der Bahnhofsbuchhandlung direkt neben dem Tabakgeschäft. Beinahe hätte er die Überschrift übersehen.

BIZARRER DOPPELMORD IN DEUTSCHLAND UND HOLLAND titelte der Frankfurter Generalanzeiger.

Er kaufte ein Exemplar der Zeitung und drei Stangen

Marlboro, verließ die Bahnhofshalle und suchte sich eine Bank im Freien. Dort zündete er sich eine Zigarette an und schlug das Blatt auf. Seine Hände zitterten vor Aufregung.

Die Headline verwies auf die Seite 3, und was er dort las, erfüllte ihn mit einer gewissen Genugtuung. Der Tod Henk de Byls auf der documenta hatte, anders als erhofft, keine große Aufmerksamkeit in der Öffentlichkeit erregt, und niemand hatte die Botschaft verstanden. Irgendwie war es den PR-Fuzzies der Veranstalter zusammen mit den Behörden gelungen, den Deckel auf der ganzen Sache zu halten. Der tote Kellner in Rotterdam war in den deutschen Medien überhaupt nicht aufgetaucht, und bevor er sich um den dritten Mann hatte kümmern können, war Nesrin krank geworden.

Der Artikel beschrieb beide Morde im Detail, thematisierte die mangelhafte Kooperation der Polizeibehörden und zeigte ein Foto, auf dem beide Opfer zusammen mit einem dritten jungen Mann abgebildet waren, dessen Identität die Polizei angeblich nach wie vor zu klären versuchte. Die Ermittler gingen davon aus, dass es sich bei den Männern um alte Freunde handelte, doch das entscheidende Bindeglied zwischen ihnen hatten sie offenbar noch nicht gefunden.

Dann las er die drei Interviews in den Kästen. Was der Bulle und die idiotische Kellnerin aus der Hafenkneipe zu sagen hatten, interessierte ihn nicht, aber die dritte interviewte Person war eine echte Überraschung. Er hatte den Mann schon einmal gesehen und auch den Namen schon gehört. Von der Empore einer Kirche in Brüssel aus. Ein

Mann in den Vierzigern, volles rötlich blondes Haar, dunkle Brille, kurzgeschnittener Bart. Der Blinde von der Beerdigung. Die Witwe hatte ihn als alten Freund und Weggefährten Henk de Byls vorgestellt und ihn um eine kurze Rede gebeten. Professor Cornelius Teerjong, Dozent an der Städelschule hier in Frankfurt. Wenn man der Verfasserin des Artikels glauben konnte, musste er in früheren Jahren so eine Art Kunstraubfahnder gewesen sein, der sehr erfolgreich mit internationalen Behörden bei der Aufklärung einiger spektakulärer Fälle zusammengearbeitet hatte. Teerjong erwähnte seine langjährige Freundschaft mit Henk de Byl, hob dessen Verdienste als Dokumentarfilmer im Kunstbetrieb hervor und beschrieb, wie sehr ihn der grausame Mord getroffen hatte.

Etwas machte ihn stutzig. Das Interview war in einem auffallend vertraulichen Tonfall gehalten. Sein Blick huschte hoch zum Anfang des Artikels und suchte den Namen der Journalistin: Jenny Urban. Nie gehört.

»Haste mal 'ne Kippe?«

Ein Schatten war auf die Zeitung gefallen. Als er aufsah, stand direkt vor ihm ein großer magerer Mann. Abgetragene Kleidung, Dreitagebart, Tattoos an beiden Unterarmen. Einer der zahlreichen Schnorrer, die den Bahnhofsvorplatz bevölkerten, starrte auf die Plastiktüte mit den Zigaretten. »Bist nich' knapp, oder?«

Er griff in die Tüte, zog eine Stange Marlboro heraus und streckte sie dem Mann entgegen. Der riss die rot geäderten Augen auf und zögerte zuzugreifen. »Echt jetzt?«

»Ich hatte gerade die Idee des Jahrhunderts. Du darfst

mitfeiern! Und dann verpiss dich!« Der Mann drehte sich um und verschwand in der Menschenmenge.

Er senkte die Zeitung auf die Knie und zündete sich eine neue Zigarette an. Dann holte er sein Smartphone heraus und googelte den Frankfurter Generalanzeiger. *Ohne Mühe konnte er eine Liste der Redaktionsmitglieder einsehen, auf der auch die Frau vertreten war. Nur ohne Foto. Auf gut Glück gab er einfach »Jenny Urban« in die Suchmaschine ein und tippte auf die Bilder. Er bekam acht Fotos zur Auswahl. Die dritte Frau von links hatte er schon einmal gesehen. Zwischen dreißig und vierzig, blond, üppiger Mund und ein energisches Kinn. Sie trug die Haare jetzt länger und hatte sich eine schicke Brille zugelegt, aber sie war es. Der Blinde und sie hatten bei der Trauerfeier neben der Witwe gesessen. Er hatte damals vermutet, dass die beiden ein Paar waren, und so wie das Interview klang, waren sie es immer noch.*

Hatte er gerade behauptet, er habe die Idee des Jahrhunderts gehabt? Bisschen großmäulig vielleicht, aber… Es waren eher Stimmen in seinem Kopf, die sich zu etwas verdichteten, was nach und nach die Form eines Gedankens annahm.

»Ich habe alle Spuren, die von Ihnen zu mir führen, beseitigt…«

»Cornelius Teerjong, ein ehemaliger Kunstraubfahnder, der sehr erfolgreich mit internationalen Behörden bei der Aufklärung einiger spektakulärer Fälle zusammengearbeitet hat…«

»Schon mal gehört, wie das beim Zeugenschutzprogramm

funktioniert? Wenn man mit Hilfe der Behörden verschwindet …?«

»Professor Teerjong, ein langjähriger Freund und Weggefährte meines Mannes …«

»Beide Männer, die ich für Sie gefunden habe, waren kurz danach tot. Ich kann Ihnen nicht helfen …«

Er faltete die Zeitung zusammen, zündete sich eine neue Zigarette an und spürte, wie seine Lebensgeister langsam zurückkehrten. Die Lethargie und Teilnahmslosigkeit der letzten Monate schienen zu verfliegen wie die Erinnerung an einen Traum kurz nach dem Erwachen.

Nichts war vorbei! Er musste lediglich zwei Fragen klären: War der langjährige Freund und Weggefährte Henk de Byls vielleicht auch mit den anderen beiden Dreckskerlen befreundet gewesen? Und hatte er noch Verbindungen zu den internationalen Behörden, mit denen er angeblich früher zusammengearbeitet hatte?

Vielleicht lohnte es sich, das herauszufinden.

Neunundzwanzig

»Sie sind noch hier?« Kahlhöfer füllte mit knapp zwei Metern Körpergröße und seinen breiten Schultern den Türrahmen praktisch aus.

Jenny sah von den Abrechnungsbelegen auf ihrem Schreibtisch hoch und betrachtete ihren Chef wie ein exotisches Tier. Dr. Dirk Kahlhöfer sah für einen Mann Mitte fünfzig tatsächlich gut aus. Maßgeschneiderter Anzug, graue Schläfen, leichte Segelbräune und die prachtvollsten Zähne, die man für Geld kaufen konnte. Er erinnerte Jenny an einen früheren Regierungssprecher, dessen Name ihr partout nicht einfallen wollte. Wenn die Krawatte verrutscht, sieht man das Goldkettchen, dachte sie amüsiert und gestattete sich ein sparsames Lächeln.

»Ich brauche noch eine halbe Stunde, dann bin ich weg.«

»Schön, wenn man Mitarbeiter hat, die nicht um sechs den Griffel fallen lassen.«

Die gibt es schon seit Jahrzehnten nicht mehr, dachte Jenny, jedenfalls nicht in dieser Branche.

»Ich wollte nie einen Beamtenjob«, sagte sie höflich.

»Dann sind Sie hier ja richtig. Haben Sie heute Abend schon was vor?«

Jenny zog verblüfft die Augenbrauen hoch. »Sehe ich aus wie eine Frau, die abends nichts vorhat?«

Von dem Augenblick an, als Kahlhöfer in der Tür erschienen war, hatte sie gewusst, dass er sie anbaggern würde. Trotzdem war sie von der direkten, unverblümten Anmache überrascht. Kahlhöfer bleckte die Zähne und produzierte ein breites Wolfslächeln, das er wahrscheinlich für unwiderstehlich hielt.

»Es gibt da ein neues Restaurant in Bornheim. Mögen Sie die spanische Küche? Ich lade Sie ein.«

»Nett von Ihnen, aber ich finde, Sie sollten lieber mit Ihrer Frau essen gehen. Außerdem hätte ich sowieso nicht gekonnt. Mein Freund kocht heute für mich.«

»Haben Sie nicht erzählt, Ihr Freund sei blind?«

»Ja. Und?« Jenny grinste ihn herausfordernd an. Sie wusste, dass viele Blinde kochen konnten, aber in Cornelius' Fall war das eine der wenigen häuslichen Tätigkeiten, von denen er definitiv die Finger ließ. Kahlhöfer sah sie misstrauisch an, während sein Blick ihre Figur hinter dem Schreibtisch zentimeterweise abtastete. Dann schaltete er unvermittelt in einen anderen Modus um und lachte gutmütig.

»Sie verpassen eine prima Paella. Und, ach ja, was ich noch sagen wollte: Ihr Artikel hat mir ausgezeichnet gefallen.«

Er drehte sich auf dem Absatz um und verschwand ohne ein weiteres Wort. Jenny widmete sich kopfschüttelnd wieder ihrer Spesenabrechnung und dachte über Kahlhöfers bemerkenswerte Hartnäckigkeit nach. Das war bereits der vierte Versuch gewesen, sie irgendwohin abzuschleppen. Offenbar war er der festen Überzeugung, dass sie Gottes Geschenk an die Damenwelt auf Dauer nicht würde widerstehen können, wenn er nur am Ball blieb. Missmutig starrte sie auf die Quittungen und Belege vor sich. Verfluchte Pfennigfuchserei. Für heute reichte es. Sie schob die Unterlagen auf ihrem Schreibtisch zu einem Stapel zusammen und verstaute ihn in einer der Schubladen. Während sie ihren PC herunterfuhr, klingelte das Festnetztelefon. Kommt nicht in Frage, dachte sie, ich bin schon weg!

Eine Minute verging. Der PC hatte mit einer kleinen Melodie den Tagesbetrieb eingestellt, aber das Telefon klingelte weiter. Jenny starrte darauf. Verdammte Frechheit, um diese Zeit hier anzurufen! Leg auf! Nach dem dreißigsten Klingeln verlor sie die Nerven und nahm das Gespräch entgegen.

»Frankfurter Generalanzeiger!«

»Wow«, sagte eine gutgelaunte junge Männerstimme, »ich hätte nicht gedacht, dass bei Ihnen noch jemand da ist. Wollte gerade auflegen.«

»Ach, ja?« Jenny kaute auf ihrer Unterlippe und war kurz vorm Explodieren. Reiß dich zusammen!

»Was kann ich für Sie tun?«

»Ich hätte gern mit Frau Jenny Urban gesprochen.«

»Am Apparat!«

»Mein Name ist Cordes. Frank Cordes. Ich habe Ihren Artikel gelesen. Den über die rätselhaften Morde. Vielleicht kann ich Ihnen sagen, wer der dritte Mann ist. Während meines Studiums in Amsterdam hatte ich einen Kommilitonen, der genauso aussah wie der Mann auf

Ihrem Foto. Wir sind lange in Verbindung geblieben, und ich habe auch noch ein paar Bilder in der Brieftasche, die ich Ihnen zeigen kann. Bin mir ziemlich sicher, dass er es ist.«

Jenny spürte, wie Ärger und Müdigkeit augenblicklich von ihr abfielen und ihr Gehirn mit Adrenalin geflutet wurde.

»Das ist sehr interessant. Wo sind Sie jetzt?«

»Bei einem Freund in Sachsenhausen. Wenn Sie wollen, können wir uns auf dem Parkplatz Bruchstraße, Ecke Hedderichstraße kurz treffen. Das ist nicht weit für mich. Müsste allerdings gleich sein. Ich will heute Abend noch zurück nach Wiesbaden.«

»Kein Problem. Ich bin gegen Viertel nach zehn da. Dunkelblauer Golf, Kennzeichen F – Q 1113.«

Jenny beendete das Gespräch und holte tief Luft. War das der Durchbruch? Sie schickte Cornelius eine Voicemail, dass sie später kam, und hastete aus dem Büro. Ein Blick den Flur hinunter zeigte ihr, dass in Kahlhöfers Zimmer noch Licht brannte. War wohl nichts mit Paella. Sie fuhr mit dem Aufzug in die Tiefgarage, schloss ihren Golf auf und gab die Bruchstraße in das Navigationsgerät ein. Anschließend kämpfte sie sich durch den Frankfurter Abendverkehr in Richtung Südbahnhof, der in unmittelbarer Nähe ihres Treffpunktes lag. Die Aufregung und plötzliche Zuversicht, die sie kurz nach dem Anruf empfunden hatte, waren bereits wieder abgeklungen. Wahrscheinlich war der Typ ein Wichtigtuer. Seit sie für die Zeitung arbeitete, hatte sie Dutzende solcher Leute kennengelernt, die meistens nur auf irgendeine Art von Belohnung spekulierten. Egal! Cornelius war sowieso nicht zu Hause, und das Treffen würde nicht lange dauern.

Auf dem Parkplatz war nicht viel los. Sieben oder acht Autos vielleicht, alle leer. Jenny parkte etwas abseits und wartete. Pünktlich um Viertel nach zehn bog ein schmutziger roter Skoda auf den Platz ein und hielt etwa dreißig Meter links von ihr. Ein schlanker Mann mit dunklen Haaren stieg aus, ließ seinen Blick schweifen und kam dann lächelnd auf sie zu.

DRITTER TEIL

»Warum soll ein Opfer ein guter Mensch sein? Es ist eine große Lüge, dass das Leid die Menschen gut macht. Wenn man einen immer nur schlägt und schlägt, kann er dadurch nicht besser werden. Er wird hassen …«
Aleksandar Tišma

Dreißig

Jenny fror, was ihr merkwürdig vorkam. War sie nicht zugedeckt? Nun, vielleicht war zugedeckt nicht ganz der richtige Ausdruck. Sie bewegte ihre Beine und stellte fest, dass sie diese höchstens einen halben Meter spreizen konnte. Eine Hülle aus zugleich weichem und festem Material umgab sie. *Was zum Teufel …* Sie öffnete die Augen, hob den Kopf etwas an und sah über sich eine hellgraue rissige Decke aus Beton.

In diesem Augenblick schoss ein gleißender Schmerz von Schläfe zu Schläfe, der ihre Augen aus den Höhlen zu drücken schien. Sie ließ den Kopf sinken, schnappte nach Luft und roch Chloroform. Der beißende Gestank drang in ihre Nase, füllte ihre Nebenhöhlen aus und schien den Kopfschmerz zu intensivieren. Sie stützte sich auf den Ellenbogen ab, und dann drängte ihr Mageninhalt nach oben. Jenny warf sich zur Seite und übergab sich mit schmerzhaftem Würgen auf den Boden. Lange und immer wieder. Ihr Magen und die Speiseröhre brannten wie Feuer. Tränen schossen ihr in die Augen und liefen über die Wangen in den Mund. Irgendetwas in ihrer Luftröhre löste einen furchtbaren Hustenreiz aus, und dann rollte eine Welle unfassbarer Panik über sie hinweg und nahm ihr den Atem. *Ich ersticke … was um Gottes willen …*

Sie trat um sich und spürte erneut, dass irgendetwas

ihre Beine fesselte. *Eine Zwangsjacke.* Nein, das stimmte nicht. Ihre Arme und Hände waren unverschnürt. Sie riss die weiche Hülle, die ihren Körper umgab, herunter und strampelte so lange, bis die Beine frei waren. Ein weiterer Hustenanfall erzeugte ein heftiges Brennen in ihrer Brust. Dann begann sie zu schreien. Ein schriller, anhaltender Schrei, der sich nach und nach in ein qualvolles Krächzen verwandelte.

Sie ließ den Hinterkopf zurück auf den kalten Boden sinken und schloss die Augen. Sofort brachte ein heftiger Schwindel die Übelkeit zurück und zwang sie, die Augen wieder zu öffnen. Sie sah den grauen Beton über sich, aber die Wahrnehmung schien in ihrem Gehirn nicht weiter verarbeitet zu werden, trug jedenfalls nicht dazu bei, dass sie sich irgendwie zurechtfand. *Ich bin Jenny*, dachte sie und konzentrierte sich auf das komplizierte Geflecht der Risse über ihrem Kopf.

Und weiter?

Wie weiter?

Hast du keinen Nachnamen?

Doch, natürlich …

Dann sag ihn!

Ich weiß nicht, wie ich hierhergekommen bin …

Erst der Name! Wie lautet dein Nachname?

Urban. Ich bin Jenny Urban!

Gut, Jenny Urban, sagte eine sarkastische und dennoch sanfte Stimme in ihrem Kopf: *Was machst du hier, und wie bist du hierhergekommen?* Die Stimme kam ihr bekannt vor, aber sie wusste nicht, woher.

»Fick dich!«, sagte sie laut. Niemand antwortete. Sie wandte den Blick von der Decke ab und ließ ihn in eine Ecke des Raumes gleiten. Fast erwartete sie, dass der Kopfschmerz und die Übelkeit sofort zurückkehrten, aber nichts dergleichen geschah. Also versuchte sie, ihre Umgebung mit den Augen zu erkunden, ohne den Kopf dabei zu bewegen. Der Raum mochte vielleicht sechzehn oder siebzehn Quadratmeter groß sein. Decke, Boden und, soweit sie es erkennen konnte, auch die fensterlosen Wände waren aus Beton. Ein schwaches, warmes Licht umgab sie, dessen Quelle sich irgendwo auf dem Fußboden in der Nähe ihrer Füße befinden musste.

Toto, I've a feeling we are not in Kansas anymore.

Verdammt richtig, dachte sie. Als Kind hatte sie den »Zauberer von Oz« geliebt. Noch einmal ließ sie den Blick durch den Raum gleiten.

Keine böse Hexe des Westens *(I'll get you, my pretty …!)*.

Außer ihr war niemand da.

Aber das hieß nicht, dass sie nicht beobachtet wurde.

Von wem?

Von dem, der mich hierhergebracht hat.

Sie kämpfte die erneut aufsteigende Angst nieder und begann, ihren Oberkörper aufzurichten. Zentimeter für Zentimeter. Ihr Magen rebellierte, aber die alles überwältigende Übelkeit kam nicht zurück. Vorsichtig drehte sie den Kopf in alle Richtungen und sah sich um. Zu ihren Füßen lag die weiche, dicke Hülle, die sie weggestrampelt hatte. Ein blauer Schlafsack aus irgendeinem Synthetik-Material. Unmittelbar daneben befand sich eine nicht allzu große, aber leistungsstarke Taschenlampe, die den Raum beleuchtete. In einer Reihe aufgestellt, sah sie fünf weitere Lampen gleichen Typs. Offenbar waren die als Reserve gedacht.

Rechts von ihr standen sechs Plastikflaschen Mineralwasser, vier Liter H-Milch, eine Familienpackung Müsli, eine Plastikschale mit einem großen Plastiklöffel, Schokoriegel, eine Supermarktpackung grüner Äpfel und drei Rollen Papiertücher.

Links an der Wand befand sich ein merkwürdiger, etwa vierzig Zentimeter hoher Gegenstand, den sie bei den Lichtverhältnissen nicht sofort identifizieren konnte. Dann registrierte sie die daneben aufgestapelten Toilettenpapierrollen und wusste, dass es sich um ein Chemieklo handelte.

Da hatte jemand ihren Aufenthalt sorgfältig vorbereitet. Großer Gott!

Atme! Du musst ausatmen! Nicht die Luft anhalten.

Vorsichtig und sehr langsam ließ sie den Atem entweichen. *Gut*, sagte die sanfte, etwas sarkastische Stimme, die sie eben nach ihrem Namen gefragt hatte … *Gut* … die sie schon lange kannte … die … Es war, als würde ein Schalter in ihrem Kopf umgelegt, und die Erinnerung kam zurück. An den Anruf und den Mann auf dem Parkplatz. An alles.

Sie schloss die Augen.

Er hatte sie angerufen. Gegen Viertel vor zehn vielleicht. Sie war noch in der Redaktion gewesen und sehr in Eile, weil sie nach Hause wollte. Ein jüngerer Mann, freundlich und selbstsicher.

Sie hatte der Verabredung sofort zugestimmt. Warum auch nicht? Der Mann hatte sich vertrauenerweckend angehört, der Treffpunkt war ein öffentlicher Ort, und es war draußen beinahe noch hell gewesen.

Der Entführer war von links gekommen, gleich nachdem sie den Motor abgestellt hatte. Er mochte Mitte dreißig sein, hatte ein glatt rasiertes schmales Gesicht und war mit Jeans, T-Shirt und einem dunklen Sakko bekleidet. Während er sich mit zügigen Schritten ihrem Wagen näherte, hatte er ihr fröhlich grinsend zugewunken und sie dann mit einer entsprechenden Handbewegung aufgefordert, die Scheibe herunterzulassen. Das hatte sie getan.

Ihr Herzschlag beschleunigte, als sie daran dachte, was dann geschehen war.

Phantom Punch.

Woher kannte sie diesen Ausdruck? Boxen, dachte sie. Muhammad Ali gegen Sonny Liston. Ali hatte Liston einen Treffer verpasst, der so blitzschnell kam, dass ihn niemand gesehen hatte.

Ähnlich war es auf diesem Parkplatz gewesen.

Der Mann hatte mit beiden Händen so schnell durch das Fenster gegriffen, dass ihr nicht die geringste Chance für eine Gegenwehr geblieben war. Während seine Rechte ihr Genick umklammerte und den Kopf fixierte, hatte seine linke Hand ihr ein mit Chloroform getränktes Tuch aufs Gesicht gedrückt … und dann war sie in diesem Loch wieder aufgewacht.

In dem es fürchterlich nach Erbrochenem stank.

Sie setzte sich vorsichtig auf und sah die Kotzlache,

die sie vor wenigen Minuten hinterlassen hatte. Okay, das musste sie wegmachen. Sie griff nach einer der Haushaltsrollen, wischte alles auf und stopfte das Papier in das Chemieklo. Dann öffnete sie eine Mineralwasserflasche, kippte einen Teil des Wassers auf den immer noch stinkenden Boden und putzte feucht nach. Anschließend wusch sie sich notdürftig die Hände.

Es ging ihr ein wenig besser. Die Kopfschmerzen ließen nach, und sie hatte das Gefühl, wieder klarer denken zu können. Wie spät mochte es sein? Automatisch glitt ihre Hand in die Tasche ihrer Jeans, aber natürlich war ihr Handy nicht da. Eine Armbanduhr trug sie schon lange nicht mehr. Wozu auch? Der Alltag war bestimmt von Smartphones, Tablets und Notebooks, die immer und überall eine Zeitansage boten.

Sie war gegen Viertel nach zehn auf dem Parkplatz gewesen. Der Entführer hatte nur Sekunden gebraucht, um sie außer Gefecht zu setzen. Hatte er sie gleich darauf hierhergebracht? Vermutlich nicht. Egal, ob er sie auf den Beifahrersitz ihres Autos bugsiert oder sie in sein eigenes umgeladen hatte, es war sehr viel sicherer für ihn, wenn er die vollständige Dunkelheit abwartete. Einfach entspannt auf dem Beifahrersitz saß und ihre Hand hielt, während sie ein Schläfchen machte. Ein Pärchen in einer lauen Sommernacht auf einem Parkplatz. Die Frau hatte die Augen geschlossen. Na, und? Was sollte daran verdächtig sein. Vielleicht hatte er so getan, als ob er sich mit ihr unterhielt und dabei ein Bier getrunken.

Eine halbe Stunde später war es wahrscheinlich dunkel gewesen. So dunkel, wie es in einer Großstadt eben wurde. Eine bewegungsunfähige Person auf den Beifahrersitz zu verfrachten, ohne dabei auszusteigen und Aufsehen zu erregen, war wahrscheinlich ein hübsches Stück Arbeit, aber er war stark und hatte mit Sicherheit gute Nerven. Irgendwie war sie beinahe sicher, dass es sich so abgespielt hatte. Wie lange hatte er gebraucht, um sie in dieses Versteck zu bringen? Unmöglich zu sagen. Sie war jedenfalls die ganze Zeit weggetreten gewesen. Länger als zwei Stunden? Sie glaubte es nicht, aber, wenn sie ehrlich war, hatte sie keinerlei wirklichen Anhaltspunkt für eine Schätzung.

Wie auch immer, es ist auf jeden Fall nach Mitternacht, und Cornelius hat angefangen, sich Sorgen zu machen. Vor allem, weil er mich auf dem Handy nicht erreichen kann.

Obwohl… Er war bei einer Ausschusssitzung im Institut. Die dauerten zwar nie länger als bis elf Uhr, aber danach ging er meistens noch mit ein paar der anderen Dozenten in eine Kneipe. Diese Treffen endeten oft ziemlich spät, und Jenny konnte sich nicht erinnern, dass er sie in einem solchen Fall jemals angerufen hatte. Cornelius war nicht der Typ, der sich abmeldete. Scheiße!

Unter Umständen verging noch eine ganze Weile, bevor er sie überhaupt vermisste. Und dann? Was konnte er tun? Die Polizei anrufen? Die würde ihn auslachen. Eine erwachsene Frau, die ein paar Stunden nach Mitternacht nicht zu Hause war, galt nicht als vermisst. Sie selbst war jahrelang in den frühen Morgenstunden heimgekommen, ohne sich dafür rechtfertigen zu müssen.

Die Frage war nicht, was Cornelius tun würde, sondern, was sie tat. Jenny griff nach der Taschenlampe, stand vorsichtig auf und ließ den Lichtstrahl durch den Raum wandern, bis er die Tür erfasste. Grauer Anstrich, normales Format, nichts Besonderes. Als sie zwei Schritte näher heranging, sah sie, dass das nicht stimmte. Die Tür war aus Metall und schloss mit dem Rahmen so eng ab, dass keine Rasierklinge dazwischengepasst hätte. Und selbstverständlich war sie verschlossen. Jenny trat mit dem Fuß kräftig dagegen, und der Klang raubte ihr alle Hoffnung. Es handelte sich um eine Brandschutztür. Massiv, hitzebeständig, unüberwindbar.

Frustriert und außer sich vor Wut trat sie noch einmal zu, und überraschenderweise schien von jenseits der Tür ein Echo zu kommen. Nein, das war unmöglich, und doch hörte sie ein Geräusch. Es klang, als wenn schweres Mobiliar verschoben oder umgeworfen wurde.

Großer Gott, es kam jemand … Jenny wich zurück und versuchte, ihren Atem unter Kontrolle zu bringen. Sie registrierte eine Reihenfolge von elektronischen Geräuschen, als ob ein Zahlencode eingestellt wurde. Die Tür schwang auf, und der Strahl einer starken Taschenlampe blendete sie. Trotzdem erkannte sie den Mann vom Parkplatz. Er ließ die Lampe sinken und zeigte mit dem Lichtstrahl auf den Beton vor ihren Füßen.

»Setzen Sie sich auf den Boden! Mit untergeschlagenen Beinen!«

Jenny gehorchte. Die Stimme des Mannes klang gleichmütig und befehlsgewohnt. In seiner rechten Hand hielt er eine matt schimmernde schlanke Pistole, deren Lauf auf Jenny zielte, und auch die Lampe in seiner linken war jetzt wieder auf ihren Kopf gerichtet.

»Ich habe nicht viel Zeit. Deshalb hören Sie gut zu und unterbrechen Sie mich nicht! Es tut mir leid, dass ich Sie hierherbringen musste. Wie Sie sehen, habe ich ein paar Vorkehrungen getroffen, damit Sie es nicht allzu ungemütlich haben. Wenn Sie kooperieren, werden Sie bald wieder hier raus sein. Wenn nicht, werden Sie in diesem Raum sterben. Falls Sie schreien möchten, ist das kein Problem. Niemand wird Sie hören. Aber zunächst mal müssen Sie Ihrem Freund eine Nachricht zukommen lassen. Sprechen Sie hier drauf!«

Er fasste mit der rechten Hand in die Brusttasche seines Sakkos, holte einen Gegenstand von der Größe einer Zigarettenschachtel heraus und warf ihn ihr zu.

»Was ist das?«

»Ein Digital-Recorder. Macht sehr gute Aufnahmen. Angeblich in CD-Qualität. Die Record-Taste ist beleuchtet. Sie haben jetzt zwanzig Sekunden Zeit, Cornelius Teerjong Ihre Lage zu schildern!«

Einunddreißig

Cornelius gab ungefähr ein Drittel seines Monatsgehaltes für Taxifahrten aus. Gut angelegtes Geld, wie er fand. Schnelle und sichere Mobilität, oft noch kombiniert mit einem zuverlässigen Begleitservice, hatte eben ihren Preis, und seit die Taxi-App und die Ortungsfunktion seines Smartphones dafür sorgten, dass die Fahrer ihn auch noch an den abgelegensten Plätzen problemlos aufsammeln konnten, war sein Aktionsradius beinahe wieder mit dem eines Sehenden vergleichbar.

Als das Taxi ihn gegen ein Uhr vor seinem Haus im Frankfurter Nordend absetzte, gab er wie immer ein großzügiges Trinkgeld und ging dann die kurze Einfahrt hinauf. Er war bestens gelaunt. Die Ausschusssitzung war gut gelaufen. Wie fast immer war es um den Stellenplan und irgendwelche Etatfragen gegangen, und er hatte sich in einem für ihn wichtigen Punkt durchsetzen können. Jetzt freute er sich auf Jenny. Er hatte ihre Voice Mail in einer Sitzungspause abgehört und war gespannt, was bei dem Treffen mit einem angeblichen Informanten herausgekommen war. Vielleicht konnte er sie überreden, mit ihm noch ein Glas Wein zu trinken. Falls sie überhaupt schon zu Hause war. Er öffnete die Tür und blieb lauschend im Flur stehen. Nirgendwo ein Laut. So, wie er es vermutet hatte. Jenny war noch nicht da. Sie ging niemals ins Bett, bevor er nicht zu Hause war, und wenn sie auf ihn wartete, liefen normalerweise der Fernseher oder die Musikanlage. Cornelius wandte sich zur Küche, nahm dort aus einem Wandregal eine Flasche Calvados, goss einen großen Schluck in einen Cognacschwenker und ging damit in Richtung Wohnzimmer.

Direkt auf der Schwelle spürte er es. Er wich zurück, und eine unmittelbar aufsteigende Angst schnürte ihm die Kehle zu. Es war ihm, als ob ein kalter Finger mit einer schnellen Bewegung sein Rückgrat hinunterstrich, gleichzeitig begann er stark zu schwitzen.

Im letzten Jahr hatte er große Fortschritte bei der sogenannten Echoorientierung gemacht, und zwar ohne dabei irgendwelche Schnalz- oder Klicklaute von sich geben zu müssen. Im Grunde hatten sich die Dinge von selbst entwickelt. Bei einem Spaziergang an einem stillen Abend im Herbst hatte er plötzlich eine Anwesenheit gespürt, die er als Hindernis wahrnahm. Sein umherschwenkender Stock hatte ihm mitgeteilt, dass sich unmittelbar vor ihm ein Baum befand. In den folgenden Wochen hatte er parkende Autos, Mülltonnen und Laternenpfähle *realisiert*, wenn sie nicht weiter als anderthalb Meter von ihm entfernt waren, und er war von Tag zu Tag besser geworden. Ein fantastischer Durchbruch.

Was er jetzt empfand, war ähnlich und doch ganz anders. Der Raum war vollkommen still, aber dort, wo Leere und Offenheit sein sollten, spürte er Intensität und eine nicht näher bestimmbare Dichte. Die Erfahrung war mit nichts zu vergleichen, was er jemals erlebt hatte. Es war wie ein physikalischer Druck. Die Wahrnehmung war so intensiv, dass er um ein Haar die Hand gehoben hätte, um sich zu schützen.

»Wer ist da?«

»Sagen wir, ein Überraschungsgast.«

Cornelius erschrak so heftig, dass der Calvados über seine Hand schwappte. Das unerwartete Auftauchen einer fremden Stimme erzeugte wie immer sofort ein Gefühl des völligen Ausgeliefertseins. Als wenn ihn jemand ansprang. Aber das hier war schlimmer. Jemand war in sein Haus eingedrungen. Der ultimative Albtraum. Er spürte, wie die Panik seinen Verstand übernahm. Adrenalin schoss in die Blutbahn, und sein Puls begann zu rasen. Er konnte sich nicht bewegen, nicht einen Millimeter rühren. Als Jugendlicher hatte er »Warte, bis es dunkel ist« gesehen. Ein Film, in dem Audrey Hepburn als Blinde in ihrer Wohnung überfallen wurde und sich gegen die Eindringlinge behaupten konnte. Spannend, aber nicht sehr realistisch. Gegen einen sehenden Angreifer mit einer Lichtquelle hatte er nicht die geringste Chance. Aber war der Mann ein Angreifer?

»Großer Gott! Das tut mir leid, ich wollte Sie nicht derartig erschrecken. Beruhigen Sie sich. Das war sehr dumm von mir. Es wird Ihnen nichts geschehen …«

Die Stimme klang besorgt, kam ein wenig näher, der Mann bewegte sich offenbar auf ihn zu.

»Bleiben Sie, wo Sie sind!«

»Okay! Kein Problem! Ich gehe drei Schritte rückwärts. Hören Sie das?«

Der Fremde wich tatsächlich zurück und schien sich hinzusetzen. Gut! Wie klang seine Stimme? Angespannt. Nicht bedrohlich oder aggressiv. Eher verständnisvoll. Und da war noch etwas. Ein Akzent. Der Mann sprach Deutsch mit einem schwachen, kaum wahrnehmbaren Akzent.

Ruhig… du musst dich verdammt noch mal beruhigen!

Cornelius riss sich zusammen und ging ganz in den Raum hinein. Das Wohnzimmer war, wie der Rest des Hauses, sehr sparsam möbliert. Jenny hatte nach ihrem Einzug jede Menge Bilder aufgehängt, was keine Probleme verursachte, aber Teppiche, Stehlampen, Bodenvasen und sonstige Dekorationsgegenstände, mit denen Sehende ihre Häuser wohnlich gestalteten, hatte er mit der Zeit konsequent entfernt, weil sie ihm einfach nur das Leben erschwerten. Direkt vor ihm, zwei Schritte von der Tür entfernt, befand sich ein großer Esstisch, um den acht Stühle gruppiert waren. Hinten links in der Ecke des Zimmers gab es ein Ledersofa, einen Sessel und einen Couchtisch. An der Wand die Stereoanlage.

Die Stimme war von dort gekommen. Der Mann hatte auf dem Sofa gesessen, als Cornelius kam, und jetzt auch wieder dort Platz genommen. Das war eine Entfernung von beinahe vier Metern. Unfassbar, dass er seine lautlose Präsenz wahrgenommen hatte. Unter anderen Umständen hätte Cornelius sich beglückwünscht. Er zog einen der Stühle unter dem Tisch hervor und setzte sich schwer atmend darauf. Den Rest Calvados, den er nicht verschüttet hatte, kippte er in einem Zug hinunter.

»Wie sind Sie hier hereingekommen?«

Erstaunlicherweise klang seine Stimme fast normal. Zumindest in seinen Ohren. Die Angst war etwas abgeflaut und wurde Stück für Stück von kalter Wut ersetzt.

»Über die Terrasse. Was sehr einfach war. Sie sollten sich wegen der Verandatür von einer Sicherheitsfirma beraten lassen.«

»Wenn Sie weg sind, rufe ich gleich an!« Cornelius gelang es nicht ganz, den Zorn aus seiner Stimme herauszuhalten.

Der Mann auf dem Sofa lachte leise. »Es tut mir wirklich leid, dass ich Sie so erschreckt habe. Ich muss mit Ihnen sprechen.«

»Wer sind Sie, verdammt?!«

»Mein Name ist bei dieser ganzen Angelegenheit das Unwichtigste, glauben Sie mir! Viel interessanter ist die Frage, wer Sie sind.«

»Das steht an der Haustürklingel!«

»Sie sind zu bescheiden, Herr Professor! Bedenken Sie nur, was vor Kurzem über Sie in der Zeitung zu lesen war. Sie sind nicht nur Dozent, sondern ein international bekannter Kunstraubfahnder. Zumindest waren Sie das, als Sie noch sehen konnten. Sie waren sehr erfolgreich damals. Nicht nur mit Ihrer Task Force, die sich um Naziraubkunst kümmerte, sondern auch als externer Berater der Ermittlungsbehörden, wenn es um die Wiederbeschaffung gestohlener Kunstgegenstände ging. Wien, Oslo, Los Angeles, Antwerpen… Ich war beeindruckt, als ich ein bisschen nachgeforscht habe. Besonders überrascht und erfreut war ich zu erfahren, dass Sie über ausgezeichnete Kontakte in den Niederlanden verfügen. Unter anderem zur dortigen Polizei …«

»Hören Sie auf«, unterbrach ihn Cornelius. »Was soll dieser Mist? Sie lauern mir in meinem Haus auf und erzählen mir irgendeinen Blödsinn aus der Vergangenheit, der mich einen Dreck interessiert. Was wollen Sie?«

»Gut! Halten wir uns nicht lange mit Vorreden auf, sondern lassen wir gleich Frau Urban zu Wort kommen.«

Er schien etwas aus einer Tasche zu kramen. Offenbar ein Aufnahmegerät, denn Sekunden später war Jennys Stimme im Raum zu hören. Heiser und verzweifelt. Sie sprach sehr schnell.

»*Cornelius? Du musst mir helfen … Ich bin entführt worden. Der Mann vom Parkplatz … hält mich hier fest. Ich weiß nicht, was er von uns will, aber du musst tun, was er sagt. Er lässt mich sonst hier verrotten … Das ist ernst gemeint. Ich bin in so einer Art Bunker. Er sagt, wenn du ihm nicht hilfst, geht er einfach weg und wirft den Schlüssel in den Main … Ich weiß nicht, wie lange die Atemluft in diesem Loch reicht … bitte, du musst …*«

Die Aufnahme brach mitten im Satz ab.

Cornelius atmete, aber die Luft im Raum schien plötzlich keinen Sauerstoff, sondern eine ätzende Chemikalie zu enthalten. Mit einem scharfen Brennen drang sie in seine Lungen ein und ließ ihn husten. Etwas schnürte seine Kehle zusammen, hinderte ihn daran, die verdorbene Luft wieder abzugeben. Ihm war schwindelig.

»Reicht Ihnen das?«

Antworte! Du musst antworten, verdammt!

»Mein Gott, ja! Sagen Sie einfach, was Sie von mir wollen, und ich tue es!«

»Gut! Ich fasse mich so kurz wie möglich. Sie sollen etwas für mich herausfinden: Mein Plan war es, drei Männer umzubringen. Bei den ersten beiden war es einfach. Ich habe Ihren Freund Henk de Byl auf der documenta getötet und kurz danach den Kellner Ruud van Bouveret in Rotterdam. Leider ist dieser Kellner verstorben, bevor er mir den Aufenthaltsort des dritten Mannes verraten konnte, der offenbar untergetaucht ist. Sein Name ist Marten Rykers. Ich glaube, dass er aus dem Ableben seiner Freunde die richtigen Schlüsse gezogen und bei den holländischen Behörden Schutz gesucht hat. Sehen Sie, und hier kommen Sie ins Spiel. Sie verfügen über ausgezeichnete Kontakte zu den Strafverfolgungsbehörden in ganz Europa und vor allem in den Niederlanden. Sie sind dort geboren, haben da studiert und sprechen die Sprache. Und Sie waren mit Henk de Byl befreundet. Vielleicht kannten Sie auch die anderen beiden. Wie auch immer: Finden Sie heraus, wo Marten Rykers steckt, und Sie bekommen Frau Urban zurück!«

»Sie sind völlig wahnsinnig!«

»Möglicherweise. Ich habe einige Dinge erlebt, die dazu geführt haben könnten. Ihr Freund de Byl war daran beteiligt. Wenn wir uns wiedersehen, erzähle ich Ihnen vielleicht davon.«

»Bitte! Ich kann das nicht.« Cornelius brachte kaum einen Ton heraus. Die Angst um Jenny blockierte seine

Stimmbänder, ließ ihn nur noch flüstern. »Nicht, weil ich nicht will, sondern weil es diese Verbindungen nicht mehr gibt. Ich bin seit sieben Jahren blind. Selbst wenn ich diese Informationsquellen jemals gehabt hätte, wären sie jetzt versiegt, ich …«

»Hören Sie auf zu jammern!«, unterbrach ihn der Mann auf dem Sofa. Seine zuvor freundlich neutrale Stimme klang jetzt kalt und verächtlich. »Meinen Sie, ich weiß das nicht? Sie sind nur noch ein Schatten des Mannes, der Sie einmal waren. Natürlich kann ich mich irren, und Sie haben wirklich keinerlei Chance, irgendetwas herauszubekommen. Dann wird Frau Urban eben infolge dieses Unvermögens sterben. Denken Sie ernsthaft, dass mich das interessiert? Einen Versuch ist es trotzdem wert. Und wissen Sie, warum? Ich glaube, dass Sie immer noch Potenzial haben, wenn man Sie ausreichend motiviert. Lassen Sie die Samthandschuhe von vornherein aus. Hängen Sie nicht als Bittsteller am Telefon, sondern erpressen Sie jemanden, so wie ich es tue. Lassen Sie sich nicht abwimmeln. Buddeln Sie ein paar Leichen aus, und machen Sie den richtigen Leuten Feuer unterm Hintern. Wenn Sie wissen, wo Marten Rykers sich aufhält oder wenigstens eine halbwegs brauchbare Vermutung haben, rufen Sie mich mit dem Telefon an, das ich auf Ihrem Tisch liegen lasse. Es ist eine Nummer programmiert, unter der Sie mich erreichen. Drücken Sie einfach die Eins. Wenn Sie nichts herausfinden, brauchen Sie natürlich nicht anzurufen.«

Cornelius hörte, wie der Mann aufstand und ein kleiner Gegenstand über die glatt polierte Tischplatte schlitterte.

»Ab jetzt haben Sie sechsunddreißig Stunden Zeit. Alles begriffen?«

»Ja!«

Der Fremde kam zwei weitere Schritte auf ihn zu. »Eine Kleinigkeit noch: Natürlich können Sie die Polizei einschalten, aber die wird Frau Urban nicht finden. Außerdem wird es in unserem Fall keine Lösegeldübergabe geben, die normalerweise der Schwachpunkt jeder Entführung ist. Wenn Sie in Erfahrung bringen, was ich wissen will, rufen Sie mich einfach an. Sobald ich sicher bin, dass Ihre Informationen stimmen, erfahren Sie, wo Sie Frau Urban abholen können. Die Behörden ins Spiel zu bringen hätte für Sie noch einen anderen entscheidenden Nachteil: Die Polizei würde unbedingt wissen wollen, welche Forderung ich gestellt habe. Wenn Sie dumm genug sind, es ihnen zu erzählen, werden die Bullen alles daransetzen zu verhindern, dass Sie einen anderen Menschen ausliefern, um Ihre Freundin zu retten. Unser kleiner Deal wäre damit geplatzt. Ich verlasse das Land, und Jenny Urban stirbt dort, wo sie jetzt ist. Ende der Geschichte.«

»Das wird nicht geschehen!«

»Wir werden sehen.«

Cornelius zögerte. »Darf ich Sie noch etwas fragen?«

»Nur zu!«

»Warum haben Sie die beiden Männer verstümmelt?«

»Das liegt doch auf der Hand. Ich habe ihnen die Augen

geöffnet und dafür gesorgt, dass sie nie wieder wegsehen können. Wenn Sie erfolgreich sind und Marten Rykers tot ist, werden wir uns noch einmal treffen. Dann erzähle ich Ihnen den Rest der Geschichte und natürlich, wo Jenny Urban sich aufhält.

Bis dahin sollten Sie sich Mühe geben. Und nicht etwa auf die Idee kommen, Rykers zu finden und dann den holländischen Behörden eine Warnung zukommen zu lassen. Falls ich bei dem Versuch, Rykers umzubringen, verhaftet oder getötet werde, stirbt Ihre Freundin. Wenn Sie wirklich so klug sind, wie man behauptet, denken Sie ausschließlich an das Wohl von Frau Urban. Ich könnte sonst auf den Gedanken kommen, auch ihr etwas abzuschneiden.«

Der Fremde kam auf Cornelius zu, streifte ihn beinahe und ging dann an ihm vorbei zur Zimmertür. »Behalten Sie Platz. Ich finde allein hinaus.«

Zweiunddreißig

Als Cornelius hörte, dass die Haustür zuschlug, stand er vom Tisch auf und schleppte sich zur Couchgarnitur in der Ecke des Wohnzimmers. Dort kauerte er sich in den Sessel und versuchte, das Zittern zu unterdrücken und die heranrollende Panik abzuwehren. Nur einen Meter von hier hatte der Mann auf dem Sofa gesessen, doch Cornelius konnte nichts mehr von ihm wahrnehmen, keinen Geruch, keine Aura, nichts. Er war erschöpft wie nach einer Bergwanderung. Die Benommenheit und Verzweiflung, die seine Sinne blockiert hatten, seit er Jennys verzweifelte Stimme vernommen hatte, wurden immer stärker. Er wusste, was das bedeutete. *Wehr dich,* dachte er, *lass nicht zu, dass es wieder passiert.* In den vergangenen Jahren war er bei extremer Belastung zweimal in einen tranceähnlichen Zustand verfallen, der ihn völlig handlungsunfähig gemacht hatte. Die immer wieder aufflammende Trauer über den Verlust des Sehens und die Erfahrung von Versagen und Demütigung hatten zu einem mentalen Zusammenbruch geführt. Er hatte auf seine Unfähigkeit, in der äußeren Welt auf bestimmte Weise handeln zu können, reagiert, indem er sich weit in ein inneres Anderswo zurückzog. Regungslos hatte er dagesessen, das Atmen auf ein Minimum reduziert und sich selbst auf immer kleinere Flamme gedreht, bis er fast nichts mehr wahrnahm. Es war so, als ob alle sensorischen Systeme, die ihm nach dem Verlust des Augenlichts geblieben waren, heruntergefahren wurden.

Angenehm. Ein Zustand zwischen Schlafen und Wachen. Ein Ort der Zuflucht. Nichts denken, fühlen oder hoffen. Sein Körper, von dem er seit sieben Jahren nicht mehr wusste, wie er aussah, war verschwunden. Er war ein Geist. Nur noch schwächer werdendes Bewusstsein, das zu zerfließen begann. So wie sein Gesicht zerflossen war, als er es das letzte Mal im Spiegel gesehen hatte. Zuerst an den Rändern, dann in der Mitte. Nicht schlimm, im Gegenteil. Zerfließen und versickern, wie ein Tropfen Wasser in der Negev-Wüste, war bestimmt … *Schluss jetzt! Du musst damit aufhören! SOFORT!*

Er holte mit dem rechten Arm aus, ballte die Finger zur Faust und schlug sie mit aller Kraft auf seinen Oberschenkel. Der Schmerz war kaum spürbar, war zu weit weg, er *selbst* war zu weit weg von sich. Noch einmal drosch er auf den Oberschenkel ein, diesmal mit mehr Erfolg. Es tat weh, das Bein war wieder da, aber wo war der Rest seines Körpers? Gab es Geister mit einem Bein? Eine gute Frage … Das Gehirn nahm seine Arbeit wieder auf, wandte sich nach außen …tauchte auf, kehrte zurück an die Oberfläche. Er ließ sich nach vorn fallen und landete hart auf dem Parkettfußboden vor dem Sessel.

Sein Atem ging schwer. Was war das gewesen? Fühlte es sich so an, wenn man verrückt wurde? Das Zittern hatte aufgehört, aber er schwitzte immer noch stark, und die Angst und Verzweiflung waren wieder so präsent wie in dem Augenblick, als der Fremde ihm eröffnet hatte, was er tun sollte.

Das war völlig unmöglich.

Es stimmte, er hatte gute Beziehungen gehabt. Zu Kuratoren, Journalisten, Museumsdirektoren, privaten Ermittlern und auch zu Polizisten. In allen möglichen Ländern. Ja, auch zur Staatsanwaltschaft in Den Haag. Aber das war Jahre her.

Sie sind nur noch ein Schatten des Mannes, der Sie einmal waren!

Das Arschloch hatte die Situation exakt erfasst.

Was, um Gottes willen, stellte der Mann sich vor? Dass er im Büro des Staatsanwaltes in Den Haag anrief und einfach mal nachfragte? Hey, ich bin auf der Suche nach einem gewissen Marten Rykers. Der wird, wie ich vermute, zurzeit von den niederländischen Behörden geschützt. Ich muss unbedingt wissen, wo er steckt. Gründe? Nein, keine speziellen, aber jemand hat mich dringend darum gebeten, und ich dachte wegen der alten Zeiten …

Doch das hatte der Dreckskerl nicht gesagt. Und auch nicht gemeint.

Üben Sie Druck aus!

Erpressen Sie!

Machen Sie den richtigen Leuten Feuer unterm Hintern!

Cornelius schob sich zum Sessel und lehnte sich mit dem Rücken dagegen. Er hätte gerne noch etwas von dem Calvados getrunken, aber er hatte nicht die Kraft, in die Küche zu gehen. Wenn es eine Lösung gab, lag sie in der Vergangenheit.

Als ich der Mann war, von dem jetzt nur noch der Schatten existiert, hätte ich das Schwein umbringen können.

Um welche Zeit ging es hier? Um den Zeitraum nach Guatemala und vor der großen Dunkelheit. Also etwa um die Jahre zwischen 2002 und 2006. Sie waren sehr viel unterwegs gewesen damals, hauptsächlich in Westeuropa, aber auch in den USA und Kanada. Er hatte sich viele Freunde und jede Menge Feinde gemacht.

Konnte er sich an Menschen mit Macht und Einfluss erinnern, die vermutlich noch irgendwelche Leichen im Keller hatten und für seine Zwecke erpressbar waren? Gab es Leute aus dieser Zeit, die ihm etwas schuldeten, das groß genug war, um sie damit unter Druck zu setzen?

Denk nach, verdammt! Sie hatten einer Menge Menschen geholfen, ihre Bilder zurückzubekommen, und sie hatten die Polizei dabei unterstützt, Kunstgegenstände wiederzuerlangen, die als unwiederbringlich verloren galten. Und manchmal war es zwar nicht gelungen, das Diebesgut zu beschaffen, aber immerhin ein paar Unschuldige zu rehabilitieren, wie zum Beispiel 2003 … Sechs Jahre später war ein Dankschreiben aus Israel gekommen, das sich unter anderem auf diesen Fall bezog. Von Limor Livnat, die für ihr Alter verdammt gut aussah. *Diamonds are a girl's best friends.* Großer Gott …!

Der Gedanke hatte sich so schnell in einen Plan verwandelt, dass er es selbst kaum mitbekommen hatte. Ein ziemlich schmutziger Plan. Er wusste, wen er um Hilfe bitten konnte. Und was nötig war, um diese Hilfe auch tatsächlich zu bekommen.

Seine Energie kehrte zurück. Vielleicht konnte er doch aufstehen. Vorsichtig richtete er sich auf, ging in die Küche und trank einen großen Schluck Calvados aus der Flasche. Dann rief er Rupert Wagner an. Er würde noch wach sein. Rupert, der ihm dreimal wöchentlich in der Hochschule assistierte, war in den letzten Jahren so etwas wie ein Freund geworden. Er war keine wissenschaftliche Hilfskraft im üblichen Sinne, sondern ein Mann mit vielen Talenten. Er spielte Posaune in einer Free-Jazz-Formation, kellnerte in mehreren Bars, zeichnete unglaublich bissige Cartoons und war ein trickreicher Computerfreak und Hacker.

»Hey, Professor, warum sind Sie noch wach?« Rupert klang ein wenig angetrunken, aber bestens aufgelegt. Im Hintergrund war laute Hip-Hop-Musik zu hören.

»Können Sie nach Ihrer Party bei mir vorbeikommen? Ich hab einen Job für Sie. Bringt fünfhundert für ein paar Stunden Arbeit. Muss aber heute Nacht sein.«

»Kein Thema. Das ist eh ’ne müde Nummer hier. Ich bin in dreißig Minuten da.«

Cornelius legte auf und setzte sich an den Esstisch. In Gedanken ging er seine Idee noch einmal durch, aber er konnte keinen Fehler entdecken. Okay, es gab ein paar Unwägbarkeiten, menschliches Verhalten ließ sich nicht vollständig voraussehen, vor allem, wenn man jemandem drohte. Doch ansonsten war der Plan gut – abgesehen davon, dass er einen anderen Menschen bewusst in den Tod schickte. Das hatte er bisher erfolgreich ausgeblendet. Er war ohne Weiteres bereit, Jennys Leben zu retten, indem er Rykers an seinen Mörder auslieferte. Was war, wenn dieser Mörder nicht Wort hielt und Jenny nach der Tat trotz allem verhungern ließ? Wieso sollte er dem Schwein trauen, das Henk umgebracht hatte? *Weil ich keine Wahl habe*, dachte er. *Was auch immer geschieht, ich werde Jenny nicht sterben lassen …*

Das Klingeln an der Tür unterbrach die Grübelei, und Cornelius war dankbar dafür. Rupert setzte sich zu ihm an den Tisch und schien zu spüren, dass etwas nicht in Ordnung war, aber er stellte keine unnötigen Fragen. Trotz einiger Biere, die man deutlich roch, war er hellwach und begriff sofort, was zu tun war.

»Die Fotos finden Sie im Netz«, schloss Cornelius.

»Gut! Eine Frage hätte ich noch: Was Sie vorhaben, ist illegal, oder?«

»Natürlich!«

»Kein Problem, ich wollt's nur wissen! Morgen um zehn bringe ich Ihnen den Stick vorbei!«

Nachdem Rupert gegangen war, schickte Cornelius eine Voice Mail an seine Sekretärin und bat sie, für morgen Mittag einen Flug nach Antwerpen und ein Hotel zu buchen. Danach setzte er sich noch einmal in den Sessel und schlief sofort ein. Er hatte einen lebhaften, farbenfrohen Traum, und als er drei Stunden später erwachte, roch das ganze Haus nach Lavendel.

Dreiunddreißig

Cornelius Teerjong kannte das Diamantenviertel in Antwerpen. Es war nicht besonders groß und bestand im Wesentlichen aus der Rijfstraat, der Hoveniersstraat und der Schupstraat. Zusammen bildeten sie die Secure Antwerp Diamond Area. Wer sich auf diesen Straßen aufhielt, konnte sicher sein, von einer der über 700 Überwachungskameras erfasst zu werden, die überall installiert waren. Es gab ausfahrbare Straßenbarrieren, um rasante Fluchtfahrten auszubremsen, permanente Kontrollen der Werttransportfahrzeuge und ein eigenes Polizeirevier für das Viertel. Cornelius war schon einmal hier gewesen und wusste, dass auch sein heutiger Besuch aufgezeichnet werden würde. Er ließ sich vom Taxifahrer bis zu dem Geschäft begleiten, mit dessen Inhaber er sich am frühen Vormittag telefonisch verabredet hatte. Nachdem er eingetreten war, schloss sich die Tür hinter ihm mit einem melodischen Gong, und er ging, vorsichtig mit dem Stock nach links und rechts tastend, in den Laden hinein. Ein Geruch von Staub und Sandelholz lag in der Luft, dann schwebte eine junge, freundliche Männerstimme auf ihn zu.

»Goede middag, Sie sind Meneer Teerjong? Bitte kommen Sie mit mir. Mein Vater erwartet Sie in seinem Büro. Darf ich Ihnen meinen Arm anbieten?«

Cornelius wurde kurzerhand untergehakt und vorsichtig in einen Nachbarraum geleitet, in dem ihn ein älterer Mann in tadellosem Deutsch begrüßte.

»Herr Professor! Was für eine Überraschung. Ich hatte nicht damit gerechnet, Sie noch einmal wiederzusehen. Bitte nehmen Sie Platz. Der Sessel steht direkt hinter Ihnen.«

Cornelius setzte sich. Er hatte Coen Malinsky kennengelernt, als er noch sehen konnte und damals naturgemäß nicht sonderlich auf dessen Stimme geachtet, aber er hatte dennoch den Eindruck, dass diese sich nicht verändert hatte. Malinsky war im Jahr 2003 etwa Anfang fünfzig gewesen, ein schlanker, mittelgroßer Mann, der den Schtreimel, die pelzverbrämte Kopfbedeckung verheirateter chassidischer Juden, mit lässiger Selbstverständlichkeit getragen hatte. Er war damals als eine Art Sprecher der jüdischen Diamantenhändler aufgetreten, die am Anfang der Jahrtausendwende Mühe hatten, sich gegen die Konkurrenz aus Indien zu behaupten.

Irgendwie musste es ihnen gelungen sein, denn nach wie vor gaben ihre Bräuche in der Branche den Ton an: Die vier Edelsteinbörsen der Stadt blieben am Sabbat und an jüdischen Feiertagen geschlossen, zwei von ihnen beherbergten ein koscheres Restaurant, und immer noch besiegelten überall auf der Welt Diamantenhändler ein Geschäft mit dem traditionellen Segensspruch »Mazel u'bracha«.

»Darf ich Ihnen etwas anbieten? Kaffee oder Tee? Wasser, Saft oder etwas Stärkeres?«

»Tee, bitte!«

Malinskys Sohn murmelte Zustimmung und verließ den Raum.

»Es tut mir sehr leid, dass Sie Ihr Augenlicht verloren haben«, sagte Coen Malinsky. »Wie ist es dazu gekommen?«

»Eine chronische Erkrankung. Erblich bedingt.«

»Da's zware kloten!«

Cornelius musste grinsen. »Ja, das ist große Scheiße! Aber mittlerweile komme ich irgendwie klar damit. Ich muss über etwas anderes mit Ihnen sprechen.«

Bevor Malinsky antworten konnte, kam sein Sohn mit dem Tee zurück und stellte die Tasse auf einem kleinen Tischchen vor Cornelius ab. Der nahm einen winzigen Schluck und überlegte, wie er beginnen sollte.

»Ich bin gekommen, um Ihre Hilfe zu erbitten«, sagte er schließlich. Er war zu dem Schluss gekommen, dass es keine andere Möglichkeit gab, als dem Diamantenhändler reinen Wein einzuschenken. Wenn Coen Malinsky den Eindruck gewann, dass er getäuscht oder belogen wurde, bestand nicht der Hauch einer Chance für Jenny. Cornelius dachte an das berühmte »Schwarze Brett« in der *Beurs voor Diamanthandel*. Dort hingen neben den Karteikarten der neu zugelassenen Händler auch zahlreiche gelbe und blaue Zettel mit Namen und Adressen derer, die von der globalen Edelsteingemeinde wegen Vertrauensbruch ausgestoßen worden waren.

Cornelius fasste zusammen, was geschehen war. Er begann mit der Ermordung Henk de Byls und Ruud van

Bouverets vor drei Jahren, schilderte Jennys Entführung sowie die irrsinnige Forderung des Entführers und ließ keinen Zweifel daran, dass dieser entschlossen war, auch den dritten Mann, einen gewissen Marten Rykers, zu töten. Malinsky hörte schweigend zu und klimperte zwischendurch mit dem Teegeschirr. Als er zu einer Antwort ansetzte, klang seine Stimme rau und angespannt.

»Dies ist ein Gespräch ohne Zeugen. Mein Sohn hat den Raum verlassen, und es gibt hier keine Mikrofone, Wanzen oder derlei Unfug. Also, lassen Sie uns Tacheles reden. Wenn ich Sie richtig verstehe, möchten Sie, dass ich meine Beziehungen spielen lasse, um eine Person zu finden, damit sie ermordet werden kann. Von einem Mann, der bereits zweimal getötet hat und damit droht, Ihre Freundin umzubringen, wenn Sie ihm diese Person nicht irgendwie ans Messer liefern. Sie bitten also um Beihilfe zu einem Mord.«

»Ich bitte Sie, das Leben meiner Freundin zu retten.«

»Weil es mehr wert ist als das Leben dieses Holländers?«

Cornelius zuckte zusammen und zögerte. Aber nur kurz.

»Nein! Das ist es nicht. Man kann den Wert zweier Leben nicht gegeneinander abwägen. Der Entführer zwingt mir eine Entscheidung auf. Zwischen der Frau, die ich liebe, und einem Mann, den ich nicht kenne. Ich entscheide mich für die Frau. Das können Sie moralisch fragwürdig finden oder auch nicht. Mir fällt die Wahl nicht schwer.«

»Dass Sie damit zu mir kommen, hat mit 2003 zu tun, nicht wahr? Das ist keine einfache Bitte. Sie wollen eine Schuld eintreiben«, sagte Malinsky vorsichtig.

Der Diamantenhändler war ein kluger Mann. Cornelius ließ sich Zeit mit der Antwort. »Ich hatte gehofft, es nicht zur Sprache bringen zu müssen«, sagte er nach einer Weile, »aber Sie haben recht!«

Seine Gedanken sprangen zurück, und wieder war er überrascht von der Intensität und Genauigkeit der Erinnerung.

In der Nacht vom 15. auf den 16. Februar 2003 war das als uneinnehmbar geltende Antwerpener Diamantenzentrum in der Schupstraat überfallen worden. Eine Bande cleverer Turiner Gangster hatte aus den Tresorräumen Diamanten, Bargeld, Uhren und Schmuck im Wert von mindestens 100 Millionen Euro gestohlen, wobei manche Experten von einem Vierfachen dieser Summe ausgingen. Obwohl die Täter relativ schnell gefasst wurden, blieb der größte Teil der Beute verschwunden, und bald danach hatte es die ersten Gerüchte gegeben.

Den Ermittlern war aufgefallen, dass die unglaublich raffinierte Vorgehensweise der Diebe durch eine Reihe sehr glücklicher Zufälle begünstigt worden war. So konnten sie nur deshalb ins Gebäude eindringen, weil es am Hintereingang während des Wochenendes keine Videoüberwachung gab und sich die Funkfrequenz des Garagenzuganges kinderleicht ermitteln ließ. Der Spezialschlüssel für die angeblich unüberwindbare Tresortür der Firma LIPS hing an einer Wand im Lagerraum nebenan, und bis heute hatte man nicht klären können, wie es den Gangstern gelungen war, die Zahlenkombination für die LIPS-Tür herauszufinden.

»Leonardo Notarbartolo«, sagte Cornelius. »Ich bin sicher, Sie erinnern sich an den Namen! Er war der Kopf der Bande. Ein Schmuckdesigner aus der Nähe von Turin. Mittlerweile schon wieder auf freiem Fuß. Ein paar Wochen nach seiner Festnahme behauptete er gegenüber den Ermittlern, der ganze Coup sei als Auftragsarbeit von einer Antwerpener Gruppe jüdischer Diamantenhändler bestellt worden, um die Versicherungssummen zu kassieren. Ein Beamter ließ diese Aussage an die Medien durchsickern, und wenig später begann die Staatsanwaltschaft gegen Sie und drei weitere Händler, die mit Ihnen befreundet sind, zu ermitteln.«

Malinsky seufzte. »Ja! Für die Antwerpener Polizei schien die Behauptung dieses Gangsters die Antwort auf alle ihre offenen Fragen zu sein. Die Geschichte gefiel ihnen.«

Malinskys ruhige, aufrichtige Stimme war mit einem verbitterten Ton unterlegt, der Cornelius nicht entging.

»Natürlich erinnere auch ich mich sehr gut«, sagte er. Auf besonderen Wunsch der Antwerpener Staatsanwälte war er im April 2003 Mitglied der Expertenkommission gewesen, die zur Unterstützung der Polizei gegründet worden war. Bei der Beute hatten sich eine Reihe historischer Uhren und drei mit Brillanten besetzte Fabergé-Eier befunden, deren Wert allein auf dreißig Millionen Euro beziffert wurde. Die externen Berater hatten nicht an die

Theorie mit dem Versicherungsbetrug geglaubt und diese in wesentlichen Punkten spektakulär widerlegen können.

»Ihre Kollegen und Sie haben uns damals sehr geholfen. Nach und nach wurden die Vorwürfe fallen gelassen und die Ermittlungen eingestellt«, sagte Malinsky. »Wir sind Ihnen zu Dank verpflichtet.«

»Ich weiß. Deshalb bin ich hier.«

Malinsky schwieg, und Cornelius ließ ihm Zeit. Er hatte keine Vorstellung, wie sich der Diamantenhändler entscheiden würde. Während des Fluges nach Antwerpen hatte er ununterbrochen über diese Frage nachgedacht, ohne zu einem Ergebnis zu kommen.

Es war beinahe vollkommen still im Raum. Cornelius hörte Malinsky leise und unregelmäßig atmen und seine Teetasse in den Händen drehen. Ein winziges, schabendes Geräusch. Dann kündigte ein tiefer Atemzug die Antwort an.

»Es tut mir leid. Ich kann Ihnen nicht helfen. Und ich will es auch nicht!«

Vierunddreißig

Jenny konnte schon seit längerer Zeit nicht mehr stehen oder liegen. Stattdessen lief sie im Raum hin und her, schimpfte, fluchte und trat gelegentlich gegen eine der Wände. Ihre Gedanken kreisten um zwei Fragen. Wer war dieser Mann, und was wollte er von ihr?

In dem Telefonat hatte er sich eindeutig auf ihren Artikel bezogen und gewusst, dass sie diesem Köder nicht würde widerstehen können. Offenbar war er ziemlich clever. Er war außerdem schnell und sehr kräftig, was man ihm nicht unbedingt ansah. Hatte er persönlich etwas mit den beiden Morden zu tun? Von dem, was Jenny wusste, gab es keine eindeutigen Hinweise darauf, aber ihr Gefühl sagte ihr, dass das sehr wahrscheinlich war. Sie musste davon ausgehen, dass ihr Entführer möglicherweise der Mörder von Henk de Byl und Ruud van Bouveret war. Der Artikel hatte ihn auf sie aufmerksam gemacht, und er hatte den Plan gefasst, sie hierherzubringen. Er hatte die Entführung sorgfältig geplant, diesen Raum ausgesucht und die nötigen Vorbereitungen getroffen. Und sie wusste nun auch, warum: Er wollte Cornelius erpressen. Das ergab sich eindeutig aus dem Aufnahmegerät. *Sie haben zwanzig Sekunden Zeit, Cornelius Teerjong Ihre Lage zu schildern.*

Dem Entführer ging es nicht um sie. Er benutzte sie als

Druckmittel, um Cornelius zu zwingen, etwas Bestimmtes zu tun. Üblicherweise wurden Menschen entführt, um Lösegeld zu erpressen. Vielleicht hätte sie das in Betracht gezogen, wenn sie nicht so sicher gewesen wäre, dass der Mann mit den Morden vor drei Jahren irgendwie zu tun hatte. Überdies war Cornelius nicht reich. Das Haus im Nordend, in dem sie wohnten, hatte er von seinen Eltern geerbt, die es erworben hatten, als man Immobilien in diesem Viertel noch bezahlen konnte. Ansonsten waren ihr keine Vermögenswerte bekannt. Wenn es also nicht um Geld ging, um was dann? Was wollte der Mann von Cornelius? Er würde zweifelsfrei alles tun, was der Entführer von ihm verlangte. Aber war er auch in der Lage dazu? Hatte der Dreckskerl ihm die Aufnahme schon vorgespielt? Er holt mich hier raus, dachte sie, irgendetwas fällt ihm ein.

Sie unterbrach ihren Rundgang und blieb mitten im Raum stehen. Es hatte keinen Zweck, sich etwas vorzumachen. Cornelius hatte einen messerscharfen Verstand, aber seine Blindheit war definitiv ein Handicap, das sich in diesem Fall sehr negativ auswirken würde. Sie durfte sich nicht vollständig auf ihn verlassen, sondern musste versuchen, auf eigene Faust aus diesem Loch zu entkommen. Und das war nur auf eine Weise möglich. Da sie gegen die Tür nichts ausrichten konnte, blieb ihr nichts anderes übrig, als zu warten, bis diese geöffnet wurde, um dann irgendwie an ihrem Entführer vorbeizukommen.

Sie setzte sich auf den Boden und spürte ihren Atem schneller werden. Er war sehr viel stärker als sie, und er hatte eine Waffe. Obwohl … die Pistole machte ihr keine sonderliche Angst. Wenn er sie hätte erschießen wollen, hätte er reichlich Gelegenheit dazu gehabt. Er brauchte sie lebendig und musste natürlich damit rechnen, dass Cornelius ein weiteres Lebenszeichen verlangte, bevor er tat, was der Entführer wollte. Deswegen würde er sie nicht sofort umbringen … oder doch? Hatte es nicht auch schon Fälle von Kidnapping gegeben, bei denen die Opfer unmittelbar nach ihrer Entführung ermordet worden waren? Die Kalkulation des Entführers konnte sich jederzeit ändern. Egal, wenn der Dreckskerl den Fehler beging, noch einmal diese Tür zu öffnen, würde sie ihn angreifen. Nur, mit was?

Sie ließ ihren Blick durch den Raum schweifen, inspizierte die Lebensmittel und die anderen Utensilien, die er für sie bereitgestellt hatte, und zuckte mutlos mit den Achseln. Nirgendwo etwas, das sich als Waffe eignete oder entsprechend umfunktionieren ließ.

Er war sehr vorsichtig und vorausschauend. Sie dachte daran, wie er sie aufgefordert hatte, sich im Schneidersitz auf den Boden zu setzen. Eine Position, aus der man nicht plötzlich aufspringen konnte …

Sie brauchte eine Waffe. Irgendetwas, womit er unmöglich rechnete. Ihr Blick glitt in die Ecke des Raumes und blieb an der Camping-Toilette hängen. Welche Art von Chemie war eigentlich in einem Chemieklo? Sie wusste, dass die Funktionsweise dieser Toiletten darauf beruhte, dass sowohl dem Frischwassertank als auch dem Abwassertank ein Sanitärkonzentrat zugeführt wurde, das die

Geruchsentwicklung der Fäkalien blockieren sollte. Wie giftig oder ätzend waren diese Konzentrate?

Sie stand auf, ging näher heran und sah, dass der Frischwassertank vom unteren Teil, in dem die Ausscheidungen gesammelt wurden, leicht abzutrennen war. Da sie das Klo bereits mehrfach benutzt hatte, verspürte sie keine große Lust, sich an dem Abwassertank zu schaffen zu machen, aber was war, wenn sie versuchte, aus dem Frischwassertank einen Liter abzuzapfen? Diesen Liter in ihrer Plastikschale sammelte und dem Drecksack ins Gesicht schüttete, sobald er zur Tür reinkam? Ein schöner Gedanke, den sie nach kurzem Nachdenken verwarf. Was auch immer dieses Sanitärkonzentrat enthielt, war mit mindestens zehn Litern Wasser verdünnt. Es würde wahrscheinlich nicht annähernd ätzend genug sein, um seine Augen anzugreifen und ihn wenigstens kurzzeitig außer Gefecht zu setzen.

Sie setzte sich auf den Boden und schloss die Augen. Als Teenager war sie ein Fan von MacGyver gewesen, jenem TV-Serienheld, der Schusswaffen verabscheute und sich stattdessen mit seinem naturwissenschaftlich-technischen Erfindungsgeist aus allen Gefahren herauswand.

Wie wäre es, wenn sie den Plastiklöffel zerbrach? Vielleicht würde wenigstens einer der beiden Teile eine scharfkantige Bruchstelle aufweisen, mit der man jemanden ernsthaft verletzen konnte. Zustechen konnte man damit jedenfalls nicht.

Sie dachte an die zahlreichen Gefängnisfilme, die sie in

ihrem Leben gesehen hatte. Strafgefangene waren äußerst erfinderisch, wenn es um den Bau improvisierter Waffen ging. Es musste ja nicht unbedingt eine Stichwaffe sein. Gab es etwas, mit dem sie ihn schlagen konnte? So hart, dass er es nicht einfach wegsteckte?

Negativ!

Die klobigen Taschenlampen machten zwar einen unnachgiebigen Eindruck, waren aber zu kurz, um als Schlagwaffen zu taugen. Obwohl – vielleicht sie selbst nicht, aber …

Jenny hob ihr rechtes Hosenbein etwas an und betrachtete nachdenklich die lange Sportsocke, die weit über ihren Knöchel nach oben reichte. Dann zog sie Schuhe und Strümpfe aus und legte sie neben sich. Sie machte sich nicht die Mühe aufzustehen, sondern rutschte auf dem Hintern zu den Taschenlampen, schraubte eine auf und ließ die beiden Batterien in ihre Hand fallen. Monozellen. Etwa 30 Millimeter Durchmesser und vielleicht 60 Millimeter Höhe. Schwer und solide. Nur nicht genug. Sie öffnete zwei weitere Lampen und entnahm ihnen noch einmal drei Exemplare. Dann angelte sie nach ihren Socken, füllte die eine mit den fünf Batterien und zog die andere zur Verstärkung darüber. Sie sicherte die Füllung mit einer Reihe von Knoten, die ihrer Hand bei dem entscheidenden Schlag einen festen Griff ermöglichen würden, und ließ den Totschläger probehalber um das Handgelenk kreisen. Gut!

Jetzt musste sie nur noch treffen. Und zwar beim ersten Versuch.

Jenny zog ihren Pullover aus, drapierte ihn in dem halb geöffneten Schlafsack und füllte ihn mit Mineralwasserflaschen und Äpfeln so aus, dass er auf den ersten Blick und für ein paar Sekunden als menschlicher Oberkörper durchgehen mochte. Ihre Schuhe stellte sie ordentlich nebeneinander an das hintere Ende des Schlafsacks. Das erweckte zumindest kurz den Eindruck, als hätte sie die Sneakers ausgezogen und läge auf dem Bauch. Eine Täuschung, die vielleicht zwei oder drei Sekunden funktionieren mochte. Mehr brauchte sie nicht.

Doch dann kam ihr ein neuer Gedanke, und sie nahm die Schuhe wieder weg und schlüpfte hinein. Angenommen, sie schaffte es, den Mann hart zu treffen und an ihm vorbeizukommen. Wie würde es da draußen weitergehen? Was auch immer hinter dieser Tür war, sie hatte nicht die Absicht, barfuß da durchzulaufen!

Jenny setzte sich wieder auf den Boden, lehnte sich mit dem Rücken an die Brandschutztür und zog die Beine an. Von dieser Position aus würde sie ihn hören. Lange, bevor er die Tür öffnete.

Was war, wenn sie es nicht schaffte, an ihm vorbeizukommen? Sie wollte den Gedanken nicht zulassen, aber er drängte sich beharrlich immer wieder aus dem Hintergrund in die erste Reihe. Die Antwort war einfach. Wenn sie ihn nur leicht verletzte, wenn sie es nicht hinbekam, den Mann komplett außer Gefecht zu setzen, würde sie höchstwahrscheinlich in diesem Dreckloch sterben. Mit siebenunddreißig. Kein langes und erfolgreiches Leben, kein gutes Ende … Hatte man ihr das nicht als Kind schon prophezeit? Dass es möglicherweise kein gutes Ende mit ihr nehmen würde? Damals, als sie mit zehn in den Baggersee fiel, heimlich ans Ufer schwamm und ihre Freunde und Eltern stundenlang in dem Glauben ließ, sie sei ertrunken? Oder als kurz nach ihrem fünfzehnten Geburtstag ihre Periode ausblieb und ihre Eltern mit ihr nach Holland fuhren? Dort war sie später noch oft gewesen, um ihre Klassenkameraden mit den Spezialitäten der Amsterdamer Coffeeshops zu versorgen. Bis sie ein Jahr vor dem Abitur mit zweihundert Gramm Rotem Libanesen erwischt wurde und von der Schule flog.

Während ihre drei älteren Schwestern studierten, Kariere machten und Kinder bekamen, hatte sie sich nach dem Auszug von zu Hause jahrelang mit irgendwelchen Gelegenheitsjobs durchgeschlagen. Dass sie bei »diesem Lebenswandel«, wie ihre Eltern es mit gerümpfter Nase nannten, nicht mal Kinder vorweisen konnte, hatte ihr der Rest der Familie besonders übel genommen. Der Kontakt war für beinahe fünf Jahre abgerissen.

Dann hatte sie so etwas wie eine Kehrtwende geschafft. Auf die harte Tour. Abendgymnasium, Abitur nachge macht, Journalistikstudium, Volontariat in Ulm und Kassel, schließlich die Festanstellung beim Generalanzeiger in Frankfurt. Aus dem Katastrophenkind war doch noch was geworden. *Step by step, mile by mile, man by man,* wie es in einem alten Song aus dem Musical »Cabaret« so schön hieß. Nur im Unterschied zu der unglücklichen Sally Bowles hatte sie zum Schluss gewusst, bei welchem Mann sie bleiben wollte.

Und deshalb würde sie sich in diesem Keller nicht umbringen lassen. So einfach war das. Ihre Finger umklammerten die geknotete Socke. Sie schaltete die Taschenlampe aus und starrte in die Dunkelheit.

Fünfunddreißig

»Ich höre Ihre Antwort, aber ich verstehe sie nicht. Sie sagen, Sie können und wollen nicht helfen? Erklären Sie mir das!«

Es gelang Cornelius, seiner Stimme einen sanften und gleichmütigen Klang zu geben und die aufflammende Wut zu unterdrücken.

»Ich muss Ihnen gar nichts erklären!«

»In diesem Fall schon. Es hat etwas mit Ehre zu tun. Mit Geben und Nehmen. Mit Dankbarkeit, wenn Sie so wollen. Sie arbeiten in einer Branche, die auf Vertrauen basiert und in der ein Handschlag noch etwas gilt. Schulden werden beglichen, und Leute, die Vertrauen missbrauchen, landen am Schwarzen Brett der Diamanten-Börse. Vielleicht sollte ich Ihren Namen dort anschlagen!«

»Hören Sie auf«, sagte Malinsky böse. »Sie haben offenbar völlig idiotische Vorstellungen von meinen Möglich keiten. Die Art von Verbindungen und Informationskanälen, die Sie mir unterstellen, habe ich nicht. Wie soll ich den Aufenthaltsort dieses Mannes herausbekommen? Und warum sollte ich das tun? Damit er von einem anderen Mann getötet werden kann? Ich verstehe, dass Sie die Frau, die Sie lieben, retten wollen, und es tut mir unendlich leid, dass ihr Leben in Gefahr ist. Aber ich kenne diese Frau ebenso wenig wie den Mann in Holland oder diesen perversen Mörder. Es ist wahr, Sie haben mir und meinen Freunden einen großen Gefallen getan, aber denken Sie wirklich, Sie hätten deshalb das Recht, mich in ein Verbrechen zu verwickeln? Fahren Sie zur Hölle!«

Cornelius schüttelte bedauernd den Kopf. Er mochte Malinsky und hatte gehofft, dass es nicht notwendig sein würde, ihn zu zwingen. Aber er hatte auch kein Problem damit.

»Haben Sie einen PC in diesem Zimmer?«

»Wir haben PCs in allen Zimmern.«

Cornelius griff in die Brusttasche seines Sakkos, holte den USB-Stick heraus und streckte ihn Malinsky entgegen.

»Was ist das?«

»Stecken Sie ihn ein und schauen Sie sich an, was darauf ist.«

Malinsky gehorchte, und Cornelius hörte ihn im Raum umhergehen. Natürlich wusste er, was der Diamantenhändler zu sehen bekommen würde. Rupert Wagner hatte es ihm genau erklärt, als er den Stick vorbeigebracht hatte.

Es war ein Schwarz-Weiß-Foto, das einen gut aussehenden Mann in den Vierzigern mit dunkel gelockten Haaren zeigte. Er befand sich auf einer gepflasterten Strandpromenade irgendwo im Süden. Das Meer im Rücken, blickte er ein wenig skeptisch, aber nicht unfreundlich direkt in die Kamera. Er hatte den Arm um die Schultern eines schlanken, mittelgroßen Mannes gelegt, dessen Gesicht trotz der großen Sonnenbrille gut zu erkennen war. Es handelte sich um Coen Malinsky, der jetzt ein ächzendes

Geräusch von sich gab, als er den Mann neben sich erkannte.

»Notarbartolo und Sie am Strand«, sagte Cornelius. »Irgendwo an der Côte d'Azur. Nizza vielleicht. Wenn man die Autos auf dem Parkplatz heranzoomt, kann man an den Modellen wahrscheinlich grob abschätzen, wann das Bild gemacht wurde. Ende der Neunziger, vermute ich.«

»Dieses Foto wurde nicht Ende der Neunziger gemacht und schon gar nicht in Nizza.« Malinskys Stimme vibrierte vor Zorn und Empörung. »Es wurde mit einem Computer hergestellt. Es ist eine Montage, ein Fake, und das wissen Sie genau, Sie verdammtes Arschloch!«

»Das Foto beweist, dass zwischen Ihnen und Notarbartolo eine Verbindung bestand«, fuhr Cornelius ungerührt fort. »Dass Sie sich vor dem Überfall kannten. Offenbar hat sich unsere Expertengruppe damals geirrt, als sie unbedingt beweisen wollte, dass Sie und Ihre Freunde mit dem Verbrechen nichts zu tun hatten. Das ist peinlich für meine Kollegen und mich, aber natürlich werde ich nicht Beihilfe zu einem groß angelegten Versicherungsbetrug leisten. Sie verstehen ...«

»Dieses Foto beweist überhaupt nichts! Weil es einer genauen Untersuchung nicht standhält. Das ist eine plumpe Fälschung, um mich zu erpressen.« Malinsky war jetzt so wütend, dass er offenbar Mühe hatte, überhaupt zusammenhängende Sätze herauszubringen. Vielleicht überlegte er auch, was passieren würde, wenn er in seinem Diamant-Kontor einen Blinden zusammenschlug.

Es war Zeit, ihn auf den Boden der Tatsachen zurückzuholen.

»Rustig blijven, meneer! Beruhigen Sie sich, und lassen Sie mich ein paar Dinge klarstellen: Der Mensch, der dieses Foto gemacht hat, ist auf High-End-Bildmontagen spezialisiert, und es ist sehr schwer, ihm auf die Schliche zu kommen. Wenn er etwas ausschneidet oder einfügt, sorgt er dafür, dass sich die Schnittkanten immer weich über mehrere Pixel ziehen. Er verteilt seine Veränderungen auf 200 bis 300 Bildebenen, die wie transparente Folien übereinanderliegen. Diese Überblendungstechnik verwischt die typischen Montagespuren. Glauben Sie mir, der Mann ist ein Künstler... Doch das alles kann Ihnen egal sein. Weil es nämlich für Sie keinen Unterschied machen wird, ob das Bild ein Fake ist oder nicht. Ich leite das Foto an die Polizei weiter, der Staatsanwalt nagelt Sie an die Wand, und die Versicherungsgesellschaften werden Sie auf der Stelle verklagen. Innerhalb weniger Stunden stehen Sie bei Facebook und Twitter am Pranger, und die Presse belagert Ihr Haus. Und wenn wirklich, was keineswegs sicher ist, ein paar Wochen später ein cleverer Digitalforensiker herausfindet, dass an der Sache was nicht koscher war, sind Sie längst ruiniert.«

»Wat ben jij voor een ontzettende mens!«, sagte Malinsky bitter.

»Was für eine Sorte von Mensch ich bin, spielt hier keine Rolle.« Cornelius spürte, dass er gewonnen hatte, und versuchte, seiner Stimme einen irgendwie versöhnlichen Klang zu geben. »Werden Sie mir helfen?«

»Was genau erwarten Sie von mir?«

»Ich weiß, dass Sie Kontakte zum Institut haben. Nutzen Sie sie!«

»Sie sind verrückt!«

»Ich dachte, diesen Punkt hätten wir hinter uns.«

Cornelius hörte Malinsky schwer atmen. Das Institut für Aufklärung und besondere Aufgaben in Tel Aviv, intern kurz »das Institut« oder »haMosad« genannt, galt als einer der bestinformierten Geheimdienste der Welt. Cornelius hatte beschlossen, aufs Ganze zu gehen.

»Warum sollte der Mossad mit mir sprechen?«, murmelte Malinsky.

»Nicht der Mossad. Aber ich wette, Sie kennen jemanden in dem Laden, der Ihnen was schuldet. Rufen Sie ihn an oder was auch immer ... Er soll seine Verbindungen in den Niederlanden spielen lassen und herausfinden, wo Marten Rykers untergetaucht ist. Die Polizei, der Inlandsgeheimdienst, irgendwelche Behörden haben ihn versteckt, weil sie längst ahnen, weshalb jemand Jagd auf ihn macht. Ich muss wissen, wo er ist. Besorgen Sie mir diese Information, und Sie werden nie wieder von mir hören.«

»Das wird nicht funktionieren. Niemand wird Ihretwegen einen Finger rühren.«

»Versuchen Sie es! Immerhin bin ich stolzer Besitzer eines Dankschreibens von Limor Livnat aus dem Jahr 2009.«

»Wer ist das?«

»Die israelische Ministerin für Kultur und Sport. Damals jedenfalls.«

Malinsky schwieg verbittert. »Gut«, sagte er schließlich. »In welchem Hotel wohnen Sie?«

»Leopold Hotel.«

»Bleiben Sie dort! Ein Mann namens Eli Weidmann wird Sie anrufen und dann bei Ihnen vorbeikommen.«

»Ist das der Mann, der für die Israelis in Belgien die Fäden zieht?«

»Nein«, sagte Malinsky nachdenklich, »normalerweise ist er der Mann, der die Fäden durchschneidet.«

»Daran sollten Sie nicht mal denken! Falls Sie ihn bitten, meinen durchzuschneiden, geht das Foto trotzdem an die Polizei.«

»Sind wir jetzt fertig?«

»Eine Kleinigkeit noch: Lassen Sie Ihren Sohn einen formlosen Darlehensvertrag aufsetzen. Sie haben mir gerade 200 000 Euro geliehen.«

Sechsunddreißig

Als sie ihn wahrnahm, war es fast zu spät. In ihrem Rücken war das schiebende, polternde Geräusch zu hören, das sie schon kannte. Wie lange hatte sie geschlafen? Sie wusste es nicht. Wahrscheinlich hatte sie mehrere Stunden lang mit dem Rücken an dieser verdammten Tür gesessen und war schließlich eingenickt. *Wie kann man so verdammt bescheuert …* Sie sprang auf, schaltete die Lampe ein und legte sie auf den Boden neben den Schlafsack, sodass ihre Attrappe gut zu sehen war, während der Rest des Raumes im Halbdunkeln lag. Dann umfasste sie das geknotete Ende ihres improvisierten Totschlägers mit schweißnassen Händen und drückte sich eng an die Wand links neben der Tür.

Von der anderen Seite ertönte das elektronische Fiepen des Türschlosses. Ohne zu wissen warum, zählte Jenny mit. Sieben Ziffern oder Buchstaben. Ein Schlüssel wurde herumgedreht. Die Tür war doppelt gesichert. Ihr Herz hämmerte, als wollte es den Brustkorb sprengen, und Schweißperlen liefen ihr in die Augen.

Nicht zu früh, nicht zu spät, nicht zu tief! Was sie sich in den wachen Phasen des Wartens überlegt hatte, rotierte wie ein verrücktes Mantra durch ihren Kopf. Sie durfte ihn nicht ganz durch die Tür treten lassen, um das Überraschungsmoment nicht zu verschenken. Wenn er sie aus den Augenwinkeln sah, hatte sie kaum eine Chance. Vor allem aber durfte sie nicht vor lauter Angst zu früh zuschlagen, weil sie ihn sonst vielleicht nicht richtig traf. Direkt im Türrahmen wäre perfekt! Und sie musste hoch genug zielen, um ihn im Gesicht zu erwischen. Großer Gott!

Sie holte aus, als die Tür aufschwang.

»Frau Urban? Wachen Sie auf, ich muss mit Ihnen …«

Komm rein, Drecksack! Nur ein kleines bisschen näher!

Es war, als ob er sie gehört hätte. Jenny sah einen Wildlederschuh auf die Schwelle treten, dann einen zweiten, spannte alle Muskeln an und landete einen wuchtigen, Adrenalin-gesättigten Schlag direkt in das Gesicht des Mannes. Mit einem gurgelnden Schrei brach er im Türrahmen zusammen und versperrte ihr den Weg.

Jenny ließ ihre improvisierte Waffe aus der Hand gleiten und starrte schwer atmend auf ihn herab. Dann trat sie nach seinem Bein. Keine Reaktion. War er wirklich bewusstlos? Sie riss sich zusammen und setzte mit einem großen Sprung über den Körper des Entführers hinweg. Als sie auf der anderen Seite landete, war sie froh über die Sneaker an ihren Füßen. Der Boden war übersät mit Glasscherben. Ihr Blick hastete durch einen halbdunklen, etwas muffigen Raum. An drei Wänden standen hohe Regale, in denen Flaschen aufgereiht waren. *Ein Weinkeller! Ich bin in einem verfluchten Weinkeller.* Auch vor dem Raum, in dem sie eingesperrt gewesen war, hatte ein großes Regal gestanden, das der Entführer halb leer geräumt und dann kurzerhand beiseite geschoben hatte, wobei offenbar einige Flaschen zu Bruch gegangen waren.

Von der Tür her kam ein leises Stöhnen. Sie fuhr herum. Der Mann hatte sich nicht gerührt, aber er atmete schwer und unregelmäßig. Vorsichtig näherte sie sich ihm und erschrak, als sie sein Gesicht sah. Die linke Augenhöhle war stark gerötet und begann bereits anzuschwellen. Aus der seltsam verformten Nase quoll dickes, dunkles Blut, das ihm in den halb geöffneten Mund lief. Es stand in einem geisterhaften Kontrast zu seiner sehr blassen Gesichtsfarbe und den kurzen schwarzen Bartstoppeln. So, wie er da lag, sah er nicht gefährlich aus, doch er konnte jeden Augenblick wieder zu sich kommen. Was dann? *Einsperren! Ich muss ihn einsperren und dann abhauen.*

Jenny ging auf die Knie und wollte den Körper über die Schwelle in den hinteren Raum schieben, aber er war zu schwer, und seine Beine hatten sich in der Tür verkantet. Sie versuchte, die Knie anzuwinkeln, aber sobald sie seine Beine losließ, glitten sie wieder in die alte Position zurück. Es wäre einfacher gewesen, ihn zu ziehen, aber dazu hätte sie über ihn hinwegsteigen und noch einmal den Raum betreten müssen, dem sie gerade entkommen war. *Ausgeschlossen!*

Okay, dann musste sie ihn eben dort liegen lassen.

Und abhauen!

Jetzt, sofort!

Sekunde noch!

Ob er eine Waffe bei sich hatte? Jennys Finger tasteten seine Taschen ab, und in diesem Augenblick schlug der Mann mit flatternden Lidern die Augen auf. Seine rechte

Hand schoss vor, umklammerte ihr Handgelenk und begann es zu verdrehen. Das Weiß seiner Augen war von roten Schlieren durchzogen, und seine Pupillen unnatürlich geweitet.

»Verdammtes Miststück!«, sagte er undeutlich. Seine Lippen bewegten sich kaum, und sein Mund schien voller Blut zu sein.

Sie wollte aufspringen, aber sein Griff war hart wie eine Schraubzwinge und nagelte sie am Boden fest. Jenny ballte die Finger der linken Hand zur Faust und stieß sie ihm, so fest sie konnte, in den Unterleib. Er schrie, ließ ihr Handgelenk los und richtete seinen Oberkörper auf.

Jenny kam auf die Füße und brachte sich mit einem Sprung in Sicherheit. Das Regal! Der Entführer hatte es offenbar als eine Art Tarnung vor die Brandschutztür geschoben, nachdem er sie in dem Loch eingesperrt hatte. Sie sprintete hin und schob es vor den offenen Türrahmen. Kein Hindernis, das ihn lange aufhalten würde, aber besser als nichts. Durch die Regalbretter hindurch konnte sie sehen, dass er kniete, einen Augenblick in dieser Position verharrte und dann auf die Beine kam. Er schwankte wie ein Betrunkener, aber er stand.

Sie wandte sich ab, ihre Augen suchten den Ausgang des Weinkellers. *Rechts!* Jenny durchquerte den Raum, riss die Tür auf und fand sich am Fuße einer schwach beleuchteten steinernen Wendeltreppe wieder, die in engen Kurven nach oben führte. In ihrem Rücken hörte sie ein lautes Krachen und Klirren. Sie blickte zurück und sah, dass ihr Entführer das große Regal nicht beiseite geschoben, sondern einfach umgeworfen hatte. Er musste darum herum gehen, was ihn ein paar Meter kostete, aber er war fast schon in der Mitte des Weinkellers. Jenny knallte die Tür hinter sich zu, hastete die Treppe hinauf und versuchte mehrere Stufen auf einmal zu nehmen. Prompt rutschte sie aus und konnte gerade noch den Handlauf erwischen, bevor sie rückwärtsstürzte. *Verdammte, blöde Kuh!* Sie hatte jetzt mehr als die Hälfte der Treppe geschafft und sah vor sich eine Tür, unter der Licht schimmerte. Ein Blick über die Schulter zeigte ihr, dass der Mann aufholte. Was für ein zähes Arschloch!

Wenn die Tür verschlossen war, endete ihre Flucht dort. Warum hatte sie bloß den verdammten Totschläger fallen lassen. Sie hätte wissen müssen, dass ein Schlag nicht ausreichen würde, ihn endgültig außer Gefecht zu setzen. Noch drei Stufen. Sie erreichte die Tür, warf sich dagegen, drückte gleichzeitig die Klinke herunter und stürzte beinahe in den dahinterliegenden Raum. Fassungslos sah sie sich um. Rechts von ihr befand sich ein langer Tresen aus rotbraunem Mahagoni, hinter dem Wandregale im gleichen Farbton angebracht waren, auf denen Unmengen Gläser und Flaschen funkelten. Es gab Barhocker, Clubsessel in den Ecken und eine kleine Tanzfläche mit einer Tabledance-Stange in der Mitte des Raumes. Zwei Wände waren mit riesigen Spiegeln verkleidet, die anderen beiden mit Mahagoni getäfelt. Die gesamte Inneneinrichtung wirkte gediegen und teuer und war mit einer dünnen Staubschicht bedeckt. Der Club hatte schon lange keine Gäste mehr gesehen. Während sie auf die Tanzfläche zulief, huschte ihr Blick durch den Raum. Wo war der Ausgang? Es gab keinen. Unmöglich, irgendwo mussten die Gäste reinkommen. *Schau richtig hin, verdammt!* Der Vorhang aus schwerem Samt, in der gleichen Farbe wie die Holztäfelung. Das war die einzige Möglichkeit. Dahinter musste die Tür sein. Sie rannte drauf zu, bekam den Stoff zu fassen, riss daran … und dann war seine Stimme in ihrem Rücken.

»Die Tür ist abgeschlossen!«

Sie fuhr herum und sah ihn hinter der Bar stehen. Seine rechte Hand verschwand unter dem Tresen und kam mit der Pistole, die sie schon kannte, wieder zum Vorschein. Schleppend bewegte er sich auf sie zu und richtete die Waffe auf ihr Gesicht.

»Das hätten Sie nicht tun sollen«, sagte er.

Siebenunddreißig

Oh, doch, dachte Jenny, ich hätte nur härter zuschlagen müssen. Und vor allem ein zweites Mal, als du am Boden lagst. Benommen schüttelte sie den Kopf. Wut und Enttäuschung schnürten ihr die Kehle zu, ihr Mund war wie ausgetrocknet. Vergeblich versuchte sie zu schlucken. Das unvermindert durch ihren Körper schießende Adrenalin ließ ihren Puls rasen und verursachte eine leichte Übelkeit. Ihr Atem ging stoßweise und war ein sengender Schmerz in der Brust.

Der Mann vor ihr schien nicht unbedingt in besserer Verfassung zu sein. Jenny sah ihn nach Luft ringen und registrierte das rasche Auf und Ab des Brustkorbes. Seine linke Augenhöhle und das Jochbein waren stark angeschwollen, und aus der ebenfalls verdickten Nase rann immer noch dunkelrotes Blut, das er jetzt mit einer fahrigen Bewegung der linken Hand wegwischte. Er musste heftige Schmerzen haben und schien ein wenig zu schwanken, aber nach wie vor war seine Pistole auf Jennys Kopf gerichtet.

»Kommen Sie her!« Das heisere Nuscheln war kaum zu verstehen, aber die einladende Bewegung mit der Pistole machte sehr deutlich, was er wollte. Jenny rührte sich nicht. Völlig bewegungslos stand sie da, während ihre Gedanken sich überschlugen. Er war schwer angeschlagen.

Sie könnte mit ihm fertigwerden, wenn die Pistole nicht wäre. Würde er sie benutzen? Wahrscheinlich! Sie hatte ihn angegriffen und verletzt. Warum sollte er zögern, sie umzubringen? Weil er sie noch brauchte? Ja, das hatte sie sich die ganze Zeit eingeredet, doch stimmte das wirklich?

»Kommen Sie!« Erneut winkte er ein wenig mit der Waffe. Jenny starrte in seine blutunterlaufenen Augen, sah die Wut und den Schmerz – und noch etwas anderes. Es war nur ein Blinzeln, ein winziges Absenken der Lider, aber sie konnte es wahrnehmen. Er war unsicher. Die Dinge hatten sich völlig anders entwickelt, als er es geplant hatte. Jenny war nicht nur aus seinem Kellerloch entkommen, sondern hatte es geschafft, ihn erheblich zu verletzen. Sie war kein willfähriges Opfer, das man nach Belieben einschüchtern und wegsperren konnte.

Gut, Drecksack! Das hast du also begriffen!

Und da war noch etwas. Vielleicht hatte er ja gelogen, was die Tür nach draußen betraf. Was, wenn sie gar nicht verschlossen war? Jenny holte tief Luft und schüttelte die Erstarrung ab.

»Okay«, sagte sie rau. »Sie haben gewonnen. Ich gehe zurück, aber nehmen Sie die Waffe runter.«

Sie machte einen vorsichtigen Schritt auf den Mann zu und hob dabei die Hände in Schulterhöhe. Der Entführer ließ tatsächlich die Pistole sinken und kam ihr ebenfalls zwei Schritte entgegen.

Er hat es doch nicht kapiert. Er denkt, weil ich eine Frau bin …

Jenny ging noch einen Schritt vorwärts.

… muss er sich nicht weiter …

Der Abstand war beinahe perfekt

… in Acht nehmen!

Sie hielt die Hände noch ein wenig höher. »Ich will hier nicht sterben!«

Er nickte und ließ die Pistole in die Außentasche seines Sakkos gleiten. Offenbar hatte sie den richtigen Ton getroffen. Das Misstrauen verschwand aus seinem Blick und machte einer gewissen Genugtuung Platz. An seinem linken Nasenloch hatte sich das herausquellende Blut zu einer Blase verdichtet, die wie ein winziger dunkelroter Ballon mit jedem Atemzug an- und abschwoll. Als der Entführer erneut die Hand hob, um das Blut abzuwischen, verlagerte Jenny ihr Gewicht auf das linke Bein, zielte auf seinen Unterleib und ließ das rechte Bein hervorschnellen. Es war ein kraftvoller, sorgfältig taxierter Tritt, der ihn wahrscheinlich außer Gefecht gesetzt hätte, aber er musste ihn geahnt haben. Blitzschnell wich er zurück, Jennys Fuß trat ins Leere, und der Schwung nach vorn hätte sie beinahe zu Fall gebracht. Einen winzigen Augenblick lang starrte sie in sein wütendes, ramponiertes Gesicht, dann fuhr sie herum, war mit drei Sätzen bei der Eingangstür, riss den Samtvorhang beiseite und drückte die Klinke herunter. Die Tür öffnete sich nach innen. In Jennys Kehle stieg ein wilder Triumphschrei auf, der einen Augenblick später von einem niederschmetternden Anblick erstickt wurde.

Unmittelbar vor der Tür war ein massives graues Sicherheitsgitter angebracht. Von der Art, wie Banken und

Juweliergeschäfte sie bevorzugten. Durch die Stäbe blickte sie auf einen kleinen dunklen Privatparkplatz, auf dem sich nur ihr eigenes Auto befand. Das ganze Areal schien wie ausgestorben. In den wenigen Häusern, die sie in einiger Entfernung sah, brannte kaum Licht. Ihre Hände umfassten das Gitter und spürten die Kälte des Metalls. Mit einem letzten Rest von Stolz widerstand sie dem Impuls, zu schreien und daran zu rütteln. Dann drehte sie sich langsam um.

Der Mann hatte sich nicht weiter auf sie zubewegt. Unverwandt sah er sie an. In seinem Blick waren Wut und Enttäuschung und so etwas wie … Mitleid?

Er hob den rechten Arm ein wenig an, und Jenny wusste, dass er jetzt die Pistole ziehen würde. Aber das tat er nicht. Stattdessen vollführte sein Unterarm eine geschmeidige Drehbewegung, und in seiner Hand erschien ein Messer mit einer langen, schmalen und sehr spitzen Klinge, die auf ihren Bauch zeigte.

»Schluss jetzt!«, sagte er.

Achtunddreißig

Das Leopold Hotel, in dem Cornelius bereits 2003 gewohnt hatte, war ein modernes Eckgebäude mit viel Glas und Beton in der Innenstadt von Antwerpen. Nach seinem Besuch im Diamantenviertel checkte er dort ein und wartete in der Lobby auf den angekündigten Anruf.

Gegen neunzehn Uhr wurde sein Name ausgerufen, und eine der Empfangsdamen brachte ihm das Telefon. Eli Weidmann hatte eine tiefe, joviale Stimme und sprach Deutsch mit einem leichten osteuropäischen Akzent. Er klang dominant und gleichzeitig umgänglich. Ein erfahrener und gefährlicher Mann.

»Wo genau sind Sie?«

»In der Empfangshalle des Hotels.«

»Ich hole Sie dort ab. Wir machen einen kleinen Spaziergang in den Stadtpark. Der liegt direkt vor Ihrer Tür.«

Knapp zehn Minuten später kam die Stimme vom Telefon auf ihn zu. Weidmann begrüßte ihn wortreich, nahm seinen Arm, und gemeinsam gingen sie etwa hundert Schritte in den Park hinein und nahmen auf einer Bank Platz. Es war immer noch sommerlich warm, und der Lärm der Großstadt wurde durch die Bäume zumindest so weit gedämpft, dass man sich ungestört unterhalten konnte. Cornelius brannte vor Ungeduld und hatte beschlossen, sich nicht mit langen Vorreden aufzuhalten.

»Haben Sie die Information, die ich brauche?«

»Sie sind sich Ihrer Verhandlungsposition sehr sicher, oder?«

»Wollen Sie mir irgendwie drohen?«

»Ich habe eine Grundregel, die mir ein Ausbilder in Tel Aviv beigebracht hat: Wenn jemand denkt, er hätte die Oberhand, dann brich sie ihm!«

»Tun Sie das! Ich wette, Sie könnten mich auf dieser Bank umbringen, ohne dass irgendein Parkbesucher was davon mitbekommt, aber Malinsky weiß, dass sein Problem damit nicht gelöst ist, und Sie sollten das akzeptieren.«

Weidmann antwortete nicht sofort.

»Wissen Sie, was das jiddische Wort Chuzpe bedeutet?«, fragte er nach einer Weile.

»Eine Mischung aus Mut, Unverschämtheit und Glück?«

»So in etwa. Sie haben echt Nerven, ausgerechnet Coen Malinsky zu erpressen. Wenn Sie auch nur die geringste Vorstellung gehabt hätten, wer der Mann ist, wären Sie in Frankfurt geblieben.«

»Es ist genau umgekehrt: Ich habe inständig gehofft, dass er so mächtig und gefährlich ist, dass er jemanden wie Sie in Bewegung setzen kann. Und jetzt will ich wissen, ob Sie erfolgreich waren.«

Weidmann ließ sich wieder Zeit mit der Antwort. »Haben Sie mittlerweile begriffen, was es mit dieser Mordserie auf sich hat?«, wich er schließlich erneut aus.

Cornelius ballte die Fäuste und widerstand dem Impuls, nach ihm zu treten. Weidmann spielte nach seinen eigenen Regeln und ließ sich nicht zur Eile treiben. Wenn Cornelius etwas erfahren wollte, musste er mitspielen. Er riss sich zusammen und zwang sich zu einer Antwort.

»Ich habe mir in der Zwischenzeit einiges zusammengereimt. Wollen Sie es hören?«

»Na klar!«

»Okay, wir haben zwei tote Holländer und einen dritten, der um jeden Preis getötet werden soll. Der Mörder verfolgt seinen Plan über einen Zeitraum von mehr als drei Jahren so konsequent und fanatisch, dass er nicht einmal davor zurückschreckt, eine völlig unbeteiligte Person zu entführen. Er ist auf einem Todestrip, und ich glaube, sein Motiv ist Rache. Die Opfer verbindet nicht nur die niederländische Staatsangehörigkeit, sondern sie waren auch alte Freunde. Menschen mit einer gemeinsamen Vergangenheit, die nach Ansicht des Mörders etwas getan hatten, für das sie eine schreckliche Strafe verdienten. Etwas, das möglicherweise lange zurückliegt …«

»Nicht schlecht«, unterbrach ihn Weidmann, »was ist mit den Augenlidern?«

»Ich komme jetzt dazu. Ein Polizeipsychologe hat mich darauf gebracht. Er hatte dieses Tatmerkmal einmal in Zusammenhang mit einem Sexualdelikt in den USA gesehen. Einer Reihe von Leuten in Los Angeles wurden die Augenlider abgeschnitten, weil sie bei einem langjährigen kindlichen Missbrauch bewusst weggesehen hatten. Die Symbolik ist hier dieselbe. Ich habe Jennys Entführer direkt danach gefragt, und er sagte, er habe den Opfern die Augen geöffnet und dafür gesorgt, dass sie nie wieder wegsehen. Nur, dass es meiner Meinung nach kein Sexualverbrechen war, vor dem die drei Männer ihre Augen verschlossen haben.«

»Sondern?«

»Ein Massaker, das ziemlich genau zwanzig Jahre zurückliegt. Letztlich hat mich die Tatsache, dass Marten Rykers nicht gefunden wurde, auf diese Idee gebracht. Wie schafft es ein normaler Mensch, dessen Identität kein Geheimnis ist und der keine Verbindungen im kriminellen Milieu hat, in der heutigen Zeit so völlig von der Bildfläche zu verschwinden? Ich würde sagen, mit Hilfe staatlicher Stellen. Das wiederum bedeutet, diese Stellen müssen ein besonderes Interesse daran haben, die betreffende Person zu schützen und das Ganze nicht an die große Glocke zu hängen. Vielleicht ging dieses Interesse sogar so weit, dass man schon im Fall des in Rotterdam ermordeten Kellners van Bouveret die Zusammenarbeit mit den europäischen Nachbarn nicht in dem gewohnten Maße suchte. Vielleicht hat man ja in diesem Fall die deutschen Datenbanken und den Toten in Kassel bewusst ignoriert? Um es kurz zu machen: Wenn es die Möglichkeit gäbe, bei den Niederländischen Streitkräften und beim UN-Oberkommando die entsprechenden Unterlagen einzusehen, würde sich meiner Meinung nach herausstellen, dass Henk de Byl, Ruud van Bouveret und Marten Rykers bei jenem niederländischen Blauhelmkontingent dienten, das tatenlos zusah, als 8000 bosnische Zivilisten ermordet wurden, die ihrer Obhut unterstellt waren.

Natürlich weiß ich nicht, ob der Täter die drei irgendwie stellvertretend für die ganze Einheit büßen lassen wollte oder ob er ihnen eine spezielle Tat zur Last legt.«

»Darüber zerbrechen sich die niederländischen Behörden offenbar auch den Kopf, aber letztlich spielt es keine große Rolle.«

»Die haben ihm also tatsächlich Unterschlupf gewährt?«

»Natürlich! Nach dem Tod von de Byl und van Bouveret hat Rykers zwei und zwei zusammengezählt und um Hilfe gebeten. Er hat sie bekommen, aber vielleicht nicht so, wie es nötig gewesen wäre. Sie haben ihm eine neue Identität und ein neues Appartement gegeben, aber den Polizeischutz abgelehnt! Für den gab es angeblich weder die Mittel noch eine Rechtsgrundlage. Und immerhin ist ja auch nach van Bouverets Ermordung zwei Jahre lang nichts passiert.«

»Das haben Sie alles in den paar Stunden herausgefunden?«

»Nein, Sie Schlauberger, das habe ich immer schon gewusst! Aber vielleicht darf ich Ihnen auch eine blöde Frage stellen? Wie werden Sie fertig mit dem Deal, den Sie da durchziehen?«

»Ich komme zurecht!«

»Sehen Sie, das glaube ich Ihnen nicht. Sie sagen sich, dass Sie keine Wahl haben. Wenn Sie Ihre Freundin zurückhaben wollen, muss Marten Rykers sterben. Aber das reicht nicht aus, um Ihr Gewissen zu beruhigen. Es muss noch was dazukommen, etwas, das belegt, dass Frau Urbans Leben wertvoller ist als seines. Und deshalb denken

Sie, dass er verdient zu sterben, weil er sich schuldig gemacht hat.«

Cornelius schwieg.

»Antworten Sie!«

»Wie ich mit meinen Entscheidungen klarkomme, geht Sie einen Dreck an.«

»Sind wir nicht hier, weil Sie etwas von mir wollen?«

»Ich bin jedenfalls nicht als Bittsteller hier. Sie sollten für Malinsky etwas herausfinden und nicht mein Gewissen erforschen.«

Weidmann lachte leise. »Schuld ist eine diffizile Sache. Ich hatte einen älteren Bruder, der 1982 als Soldat in Beirut war. Die Armee war sein Leben. Bis zum 16. September. Das war der Tag, an dem christliche Milizen in die palästinensischen Flüchtlingslager Sabra und Schatila eindrangen und Tausende Frauen, Männer und Kinder ermordeten, während die israelische Armee tatenlos zusah. Mein Bruder ist nie darüber hinweggekommen und hat sich zehn Jahre später erschossen.«

»Warum erzählen Sie mir das?«

»Weil es wichtig ist! Hören Sie zu, und lernen Sie etwas über Schuld! Ich hatte 1995 einen Job bei der israelischen Botschaft in Den Haag und habe die politischen Ereignisse damals genau verfolgt. Als die holländischen Blauhelm-Soldaten aus Bosnien zurückkehrten, schlug ihnen eine Welle der Empörung und Verachtung entgegen. Das ganze Land schämte sich für sie. Das sind die Versager, die den Serben geholfen haben, hieß es. Die Stimmung war unbeschreiblich.«

Deswegen ist Henk nach Belgien gegangen, dachte Cornelius. Dort gab es weder Sprachprobleme noch Schuldzuweisungen.

Weidmann machte eine kleine Pause, und es schien, als wollte er seine Erinnerungen noch einmal kurz ordnen, dann fuhr er fort. »Dabei war schon die Entsendung der holländischen Blauhelmtruppe heftig umstritten. Als die Jungs merkten, was man ihnen eingebrockt hatte, war es zu spät. Sie hatten gedacht, die UN wären eine große, mächtige Organisation. Das Gegenteil war der Fall, und schon bald wurde das Kürzel mit ›United Nothing‹ übersetzt. Junge, unerfahrene Soldaten, schlecht ausgerüstet und ohne Kampfauftrag standen einer fanatischen Blut- und Bodentruppe gegenüber, von der man wusste, dass ethnische Säuberung ihr Markenzeichen war. Das ganze Mandat war von Anfang an völlig wirklichkeitsfremd. Schuld? Wenn jemand Schuld trägt, dann die damalige Regierung in Den Haag und die Vereinten Nationen. Aber einige der Dutchbatters haben später die Schuld auf sich genommen und sich wie mein Bruder umgebracht. Viele andere haben angefangen zu saufen oder Drogen zu nehmen.«

»Es tut mir leid, dass Ihr Bruder tot ist, und die meisten Dinge, die Sie gesagt haben, würde ich unterschreiben, aber das ändert nichts an meiner Entscheidung.«

»Diese Entscheidung wird Sie verändern.«

»Wo ist Marten Rykers?«

Eli Weidmann stieß einen tiefen Seufzer aus und zündete sich eine Zigarette an. »In Nijmegen, Graafseweg 4. Seit zwei Jahren nennt er sich Boudewijn Hansen.«

Cornelius holte das Handy heraus, das der Entführer für ihn zurückgelassen hatte und drückte die Eins. Nach wenigen Augenblicken wurde abgenommen. Cornelius gab die Adresse durch.

»Gut! Ich kümmere mich darum.« Die Stimme am anderen Ende der Leitung klang verändert, irgendwie belegt und nasal. »Es ist jetzt zwanzig Uhr. Machen Sie sich einen ruhigen Abend in Antwerpen und buchen Sie für morgen Mittag einen Flug nach Sarajevo. Ich treffe Sie dort um vier Uhr nachmittags Ortszeit im Art Kuca Sevdaha, das ist ein Musikcafé in der Halaci 5. Wenn alles glattgeht, erfahren Sie dort, wo sich Frau Urban befindet.«

Die Verbindung wurde unterbrochen, und Cornelius' schweißnasse Hand umklammerte das Handy.

Weidmann räusperte sich. »Zufrieden?«

»Ja!«

»Wir sind jetzt quitt«, sagte er sanft. »Malinsky, Sie und ich. Alle Schulden sind beglichen. Ich war bei dieser Sache nur ein Mittelsmann, aber wenn Sie klug sind, kommen Sie Coen Malinsky nie wieder in die Quere!«

Neununddreißig

Weidmann stand auf und ging einfach. Cornelius hörte, wie sich das Geräusch der Schritte verlor. Ihm war schlecht. Eine Mischung aus Scham, Schuldgefühlen und Angst drehte ihm den Magen um. Es war genau das geschehen, was Malinsky gesagt hatte: Er hatte einen Menschen ans Messer geliefert. Beihilfe zum Mord. Wann würde Marten Rykers sterben? Wahrscheinlich morgen früh oder im Laufe des Vormittags. Der Killer würde heute Nacht nach Nijmegen fahren. Vielleicht war Rykers nicht zu Hause, oder der Mann fand ihn nicht gleich, aber Cornelius wusste, dass er sich vermutlich etwas vormachte. Rykers hatte Angst und würde nicht ohne zwingenden Grund die Nacht außerhalb seines Appartements verbringen. Wenn er tot war, würde sein Mörder ausreichend Zeit haben, nach Sarajevo zu fliegen.

Warum Bosnien? Verständlich, dass der Entführer sich bei der Preisgabe von Jennys Aufenthaltsort nicht unbedingt in Deutschland aufhalten wollte. Und wenn das Motiv für die Morde wirklich mit dem Massaker vor zwanzig Jahren zusammenhing, war klar, was den Mann mit dem Land verband. Aber warum der Aufwand, in dieser Situation dorthin zu fliegen? Nur um eine Information auszutauschen?

Was war mit Jenny? Was würde sie sagen, wenn sie erfuhr, dass Cornelius ihr Leben gegen das von Marten Rykers eingetauscht hatte? Sie würde es nicht erfahren. Nicht von ihm jedenfalls. Ebenso wenig wie Max Leonard und der Rest der Polizei. Aber noch hatte er Jenny nicht zurück. Würde der Dreckskerl sein Wort halten? Was, wenn er irgendwie gestört oder gar gefasst wurde? *Wenn ich religiös wäre, würde ich jetzt dafür beten, dass der Mord gelingt.*

Er schüttelte den Gedanken ab, stand mühsam auf und ging steifbeinig die kurze Strecke zum Leopold Hotel hinüber. In seinem Zimmer angekommen, setzte er sich auf das Bett, holte sein Telefon heraus und wählte die Nummer von Max Leonard. Der war nach dem zweiten Klingeln am Apparat und klang ziemlich schlecht gelaunt.

»Hier ist Teerjong.«

»Was wollen Sie?«

»Ich brauche Ihre Hilfe!«

»Ich habe dienstfrei.«

»Jenny Urban ist entführt worden.«

»Oh, verdammt!« Leonard war augenblicklich hellwach. »Erzählen Sie genau, was passiert ist.«

»Ich weiß nichts Genaues! Sie wollte gestern Abend einen Informanten treffen. Auf einem Parkplatz. Von dort ist sie verschleppt worden. Der Mann, der das getan hat, ist in mein Haus eingedrungen und hat mir eine Aufnahme von ihr vorgespielt. Darauf hat sie mich angefleht, alle Forderungen des Entführers zu erfüllen.«

»Was genau wollte er?«

»Geld. Zweihunderttausend!« Cornelius' Stimme klang hinreichend verächtlich.

»Verflucht, warum haben Sie uns nicht eingeschaltet?«

»Ich hatte kein Vertrauen, dass Sie sie in sechsunddreißig Stunden finden. Nach Ablauf dieser Frist wirft der Entführer den Schlüssel für den Kellerraum in den Main und setzt sich ins Ausland ab. Vielleicht in sein Heimatland. Am Akzent habe ich gehört, dass Deutsch nicht seine Muttersprache ist. Er hat gedroht, Jenny verhungern zu lassen. Ich werde kein Risiko eingehen und deswegen das Geld zahlen.«

»Wo genau sind Sie jetzt?«

»Unterwegs, um das Lösegeld aufzutreiben.«

»Das ist keine Antwort auf meine Frage.«

Cornelius überlegte kurz und entschied sich für die Wahrheit. Wenn die Polizei später Verdacht schöpfte, würde es für sie kein Problem sein, seinen Flug nach Belgien nachzuvollziehen.

»Ich bin in Antwerpen. Im Hotel Leopold. Ich habe gute Kontakte in dieser Stadt und werde die Summe zusammenbekommen.«

»Sie sind ein verdammter Idiot. Entführung ist keine Privatsache, sondern ein Offizialdelikt. Wir haben sehr viel Erfahrung mit Kidnapping. Sie bringen Frau Urban möglicherweise in Lebensgefahr.«

»Ich habe ja eben gesagt, ich brauche Ihre Hilfe!«

»Wobei?«, fragte Leonard misstrauisch.

»Morgen Nachmittag gegen vier Uhr wird die Lösegeldübergabe stattfinden. Der Entführer hat mir bei seinem Besuch ein Mobiltelefon dagelassen, auf dem er mir den genauen Ort durchgeben wird. Sobald ich weiß, wo

Jenny sich befindet, rufe ich Sie an, und es wäre schön, wenn Sie dann ein Einsatzkommando in Bereitschaft hätten, das sofort startet!«

»Ich will, dass Sie mich informieren, sobald Sie den Ort der Übergabe wissen!«

»Natürlich versuche ich das. Es kann aber sein, dass dieser Ort nicht in Deutschland liegt. Womöglich muss ich improvisieren. Ich bleibe auf jeden Fall mit Ihnen in Kontakt.«

»Hören Sie, Teerjong, alles, was jetzt passiert, werden ausschließlich Sie verantworten müssen!«

»Ich weiß«, sagte Cornelius und legte auf.

In Gedanken ging er sein Gespräch mit Max Leonard noch einmal durch. Es war eindeutig, dass der Polizist nicht damit einverstanden war, wie Cornelius die Dinge regeln wollte, aber er hatte auch keinen nennenswerten Versuch gemacht, ihn an etwas zu hindern. Was allerdings nicht bedeutete, dass er in Frankfurt die Hände in den Schoß legte. Ahnte er, dass zwischen den beiden Morden vor drei Jahren und Jennys Entführung ein Zusammenhang bestand? Was konnte Leonard von Frankfurt aus tun, um sich die Geschehnisse nicht ganz aus der Hand nehmen zu lassen? Er konnte zum Beispiel seine belgischen Kollegen um Amtshilfe bitten. Mit dieser Möglichkeit musste man rechnen. Vielleicht würden ihm morgen ein paar Antwerpener Polizisten zum Flughafen folgen und anschließend nach Frankfurt durchgeben, wohin er geflogen war. Würde das seinen Plan gefährden? Nur wenn Leonard als Europol-Beamter auch in Sarajevo so viel Einfluss besaß, dass er binnen zwei Stunden die Beschattung eines deutschen Touristen durch die dortige Polizei organisieren konnte. Wenn man ihm vom Flughafen in das Musikcafé folgte und da beobachtete, würde sein Plan platzen, aber das alles war extrem unwahrscheinlich. Bosnien-Herzegowina war noch weit entfernt davon, ein vollwertiges EU-Mitglied zu werden, Leonards Europol-Ausweis würde folglich dort wenig wert sein, und er selbst war schließlich kein gesuchter Krimineller, dessen Überwachung ein Amtshilfeersuchen gerechtfertigt hätte. Cornelius beschloss, diesen Gedanken nicht weiter zu verfolgen.

Viel wichtiger war die Persönlichkeit des Entführers. Er hatte aus Rache zwei Menschen getötet, und einer dieser Menschen hatte Cornelius nahegestanden. Dennoch fiel es ihm schwer, in dem Mann einen eiskalten Killer zu sehen. Er hatte vielmehr gewirkt wie jemand, der unbeirrt einem Ehrenkodex folgte und sich bei aller gefährlichen Bedenkenlosigkeit eine gewisse Aufrichtigkeit bewahrt hatte. Die entscheidende Frage war: Würde der Kidnapper sein Wort halten? Cornelius hatte keine andere Wahl gehabt, als sich darauf zu verlassen. Was auch bedeutete, sich auf Marten Rykers Tod zu verlassen. Was war, wenn der die Gefahr ahnte und untergetaucht war? Oder die niederländischen Behörden ihn mit ein paar gut getarnten Bodyguards umgaben, um einem potenziellen Attentäter eine Falle zu stellen? Der Entführer hatte sich für diesen Fall eindeutig festgelegt: *Sollte ich bei dem Versuch, Rykers umzubringen, verhaftet oder getötet werden, stirbt Ihre Freundin.*

Es gab nicht den geringsten Grund, an diesen Worten zu zweifeln.

Cornelius legte sich auf das Bett und versuchte, die immer wieder aufkommende Panik niederzukämpfen. Er musste aufhören zu grübeln und stattdessen an etwas anderes denken, doch das war unmöglich. Es ging immer nur um Jenny. Seine Gedanken wanderten zurück zu jenem Abend im Radisson Blu Hotel, der sein Leben komplett auf den Kopf gestellt hatte. War das wirklich schon vier Jahre her? Er hatte damals nicht die geringste Lust gehabt, nach Dubai zu fliegen und diesen bescheuerten Vortrag zu halten, doch der Rektor der Hochschule hatte ihn praktisch dazu genötigt, und so war er schließlich am Ende eines elend heißen Tages in der fantastisch klimatisierten Hotelbar gelandet, um seinen Frust zu ertränken. Plötzlich hatte jemand sachte seine Schulter berührt und dabei derartig verführerisch gerochen, dass er sich beinahe an seinem Cocktail verschluckte. Der Klang ihrer Stimme hatte ihm den Rest gegeben, und er hatte sich auf der Stelle in Jenny verliebt. Auf den ersten Ton sozusagen. Und seitdem …

Er versuchte die Gedanken abzuschütteln, rief die Rezeption an und bestellte eine Kanne Kaffee. Dann buchte er telefonisch für den späten Vormittag einen Flug nach Sarajevo.

Vierzig

Im Sommer 1995, inmitten von Krieg und Belagerung, kamen ein paar Theaterleute und Filmenthusiasten im Keller des Theaters Obala auf die Idee, in ihrer geschundenen Stadt das Sarajevo Filmfestival ins Leben zu rufen. Universal Pictures schickte zwanzig Filme, die durch den berühmten Tunnel in die Stadt geschmuggelt wurden. Und am letzten Tag des Festivals wurde passenderweise der Friedensvertrag von Dayton unterzeichnet. Solange er sehen konnte, war Cornelius nach dem Krieg in beinahe jedem Sommer in Sarajevo gewesen und hatte miterlebt, wie die Stadt sich langsam erholte, und das Festival mehr zur multikulturellen Verständigung beitrug als alle politischen Festtagsreden zusammen.

Nach der Landung auf dem Internationalen Flughafen wartete er zwei Stunden in der Abfertigungshalle, ließ sich dann von einer freundlichen Angestellten zu den Taxiständen begleiten und fuhr in einer klimatisierten Limousine in die Innenstadt. Er kannte das Art Kuca Sevdaha in der Halaci 5 von seinen früheren Besuchen. Es handelte sich um ein traditionelles Café, das in einer alten osmanischen Lagerhalle aus dem 16. Jahrhundert untergebracht war. Das Gebäude beherbergte neben einem Kunsthandwerksladen auch ein Museum über die alte bosnische Musikrichtung Sevdah. Eine melancholische und zugleich intensiv rhythmische Musik, die, wie Cornelius fand, ausgezeichnet zur orientalischsten Stadt in Bosnien und Herzegowina passte. Der Taxifahrer führte ihn zu einem freien Tisch im Innenhof des Cafés und verschwand unter lauten Dankesbekundungen mit dem Trinkgeld. Cornelius setzte sich und bestellte einen Mokka.

Es war sehr angenehm in diesem Innenhof. Vom Dinarischen Gebirge, das die Stadt umschloss, wehte eine schwache würzige Brise herunter und milderte die Sommerhitze. Cornelius liebte den Wind, weil er ihm eine intensivere Wahrnehmung seiner Umgebung ermöglichte. Er ließ Blätter rascheln, wehte Papierstückchen über den unregelmäßig gepflasterten Natursteinboden der Terrasse, ließ die Sonnensegel flattern und die Wände und Kanten der Gebäude um ihn herum stärker hervortreten. Die Unterhaltungen an den Nachbartischen klangen heiter und gedämpft, und es roch fantastisch nach Kaffee und Gebäck. Selbstverständlich war auch von irgendwoher Sevdah-Musik zu hören. In der Mitte des Hofes plätscherte ein Springbrunnen.

Unter anderen Umständen hätte Cornelius es genossen, an diesem Ort zu sein, aber ihm war vor Aufregung und Anspannung so übel, dass er kurz davor war, den Kellner nach den Toiletten zu fragen. Seit dem Frühstück hatte er nichts gegessen, und der starke bosnische Kaffee wütete in seinem Magen. Es war erst zwanzig nach drei. Die Zeit schien sich endlos zu dehnen.

Er spürte den Mann, bevor er ihn hörte. Ein Stuhl wurde zurückgezogen, und jemand setzte sich ihm gegenüber an den Tisch.

»Guten Tag, Herr Professor!«

Es war der Kerl, der in seinem Haus gewesen war. Jung, entspannt und selbstbewusst. Wieder fiel Cornelius der winzige Akzent auf, den er in jener Nacht registriert und nicht hatte einordnen können. Allerdings klang die Stimme anders als noch vor ein paar Tagen. Dumpfer und etwas undeutlicher, so, als ob er schlecht Luft durch die Nase bekam.

»Wer sind Sie?«

»Das wissen Sie doch: Ich bin der Mann, der Ihnen Frau Urban zurückbringt.«

»Sie sind Bosnier, nicht wahr?«

»Finden Sie, dass ich nicht gut Deutsch spreche?«

»Doch, Sie sprechen fantastisch Deutsch. Der Akzent ist minimal.«

»Die meisten Menschen nehmen ihn nicht mehr wahr, aber Sie offensichtlich schon …«

»Ich höre viele Dinge«, sagte Cornelius vage. »Bei Ihnen eben einen Hauch von Balkan.«

Sein Gegenüber gab ein unwilliges Knurren von sich. »Ja, der Balkan, der Balkan … komisch. Wissen Sie noch, so etwas Ähnliches haben die Politiker in Westeuropa 1995 auch gesagt, als die Meldung von den achttausend Toten um die Welt ging: Klingt nach Balkan! Typisch Bosnien, aber was will man machen, die sind eben so.«

»Was ich gesagt habe, war anders gemeint, und das wissen Sie auch. Warum haben Sie gefragt, ob Sie gut Deutsch sprechen?«

»Weil ich die deutsche Sprache sehr mag. Es ist mir

leichtgefallen, sie zu lernen. Deutsch hat etwas mit Ordnung und Genauigkeit zu tun. Mag sein, dass Italienisch oder Französisch sich besser für die Oper eignen, aber es denkt sich gut auf Deutsch. Manche Dinge lassen sich mit erstaunlicher Präzision ausdrücken. Zum Beispiel *zur Tagesordnung übergehen*. So nennt man das in Deutschland, wenn man beschließt, nach einer bestimmten Zeit der Aufregung wieder so zu tun, als sei nichts passiert. Absolut perfekt, wie im Deutschen die Tagesordnung mit kollektiver Verdrängung gleichgesetzt wird. Das englische *business as usual* kann da nicht mithalten.«

Cornelius bemühte sich vergeblich, die Gereiztheit aus seiner Stimme herauszuhalten. »Sie sind offenbar ein schlauer Bursche. Haben Sie Linguistik studiert? Wie ist das in diesem Land? Interessiert sich hier in Sarajevo noch jemand für das, was 1995 geschehen ist?«

Sein Gegenüber schwieg, schien einen Augenblick irritiert zu sein und fing sich dann. »Etliche Menschen tun es, aber Sie haben recht: Die meisten möchten nicht mehr an das Thema erinnert werden. Die Serben sowieso nicht, aber auch die Bosniaken wollen einfach ihre Ruhe haben. Die jungen Leute sind nur noch genervt, wenn man vom Krieg spricht.«

Cornelius registrierte die Bitterkeit in der Stimme und verstand, warum der Mann auf der anderen Seite des Tisches niemals hierher zurückgekehrt war. Er tastete nach der kleinen Mokkatasse vor sich und trank einen Schluck. Der Kaffee war nur noch lauwarm und zu süß. »Könnten Sie etwas Hochprozentiges bestellen? Aber keinen Slivovitz.«

Er hörte den Mann ein paar Worte mit dem Kellner wechseln, dann wurde ein Glas vor ihm abgestellt. Seine Finger umschlossen es, spürten die Kälte, und vorsichtig inhalierte er den Geruch. Irgendein Bourbon mit Eis. Besser als der verdammte Mokka.

»Ich habe genug von Ihrem Gerede! Wo ist Jenny Urban? Sie haben mir Ihr Wort gegeben!«

»Ich weiß. Und das halte ich auch. Wählen Sie die Nummer Ihres Kontaktmannes in Deutschland und geben Sie mir dann Ihr Handy!«

Cornelius gab Max Leonards Nummer ein. Die Verbindung kam beinahe sofort zustande. Er reichte das Telefon über den Tisch und lauschte schweigend den Worten des Mannes.

»Hallo? Ja, es geht um Frau Urban. Hören Sie gut zu: Sie ist in Frankfurt. In der Moselstraße 2 gibt es einen Nachtclub, der Golden Havanna heißt. Er ist zurzeit geschlossen. Schicken Sie jemanden dorthin. Im Weinkeller, hinter dem Regal für die Rotweine, befindet sich ein gemauerter Raum. Der Zahlencode lautet: 1171995, es gibt außerdem einen Schlüssel, der von außen steckt. Ich schätze, sie hat noch Atemluft für etwa zwei Stunden. Also, nicht rumtrödeln!«

Der Mann kappte die Verbindung und schob das Handy zurück über die Tischplatte, bis es Cornelius' Finger berührte.

»Das wäre geklärt. Aber ansonsten sind noch einige Fragen offen, oder? Wollen Sie nicht wissen, warum das alles passiert ist?«

»Doch«, sagte Cornelius widerstrebend.

»Dann lassen Sie uns die Zeit nutzen.«

Der Mann zündete sich eine Zigarette an und blies den Rauch in seine Richtung. Er war völlig ruhig und schien es nicht eilig zu haben.

»Erinnern Sie sich an den Sommer 1995? Ist jetzt ziemlich genau zwanzig Jahre her. In Bosnien war Krieg, was der ganzen Welt irgendwie zum Hals raushing. Trotzdem hatte sie beschlossen, sich einzumischen. Indem sie Blauhelm-Soldaten schickte und sogenannte Schutzzonen für bestimmte Bevölkerungsgruppen proklamierte. Eine dieser Schutzzonen hieß Srebrenica.«

»Ich weiß«, sagte Cornelius.

Der Mann auf der anderen Tischseite achtete nicht auf ihn. Seine Stimme klang benommen und traurig. Die Erinnerung machte ihm zu schaffen.

»Der Ort stand seit drei Jahren unter dem Schutz der Vereinten Nationen, weshalb immer mehr Menschen dorthin flohen. Ich war auch da. Bei meinem Onkel zu Besuch. Als am 11. Juli der Oberschlächter Mladic mit seinen Truppen die Stadt einnahm, wussten wir, dass es schlimm werden würde. Alle wussten das. Haben Sie das berühmte Video über die Eroberung von Srebrenica mal gesehen? Ratko Mladic spazierte durch die menschenleeren Straßen und kündigte die Massaker vor laufender Kamera praktisch an. Von der berechtigten Rache an den ›Türken‹ war die Rede. So nannte er die muslimischen Bosnier. Eine klare Ansage, oder? Wenige Stunden später stimmte der holländische UN-Kommandant Karremans der Übergabe aller zu ihm geflohenen Menschen an die serbischen Truppen zu.«

»Warum, verdammt noch mal, erzählen Sie mir das? Sie sind schließlich nicht auf die Idee gekommen, sich an diesem Kommandanten zu rächen. Stattdessen haben Sie einen Freund von mir umgebracht und kurz darauf einen weiteren Mann. Dann haben Sie die Frau, die ich liebe, entführt, mich erpresst und bei Ihrem dritten Mord zum Mittäter gemacht.«

»Ich weiß, was ich getan habe. Und dass ich dafür bezahlen werde. Hören Sie mir noch zehn Minuten zu, dann können Sie Urteile fällen, so viel Sie wollen.«

Cornelius schwieg, und sein Gegenüber sprach weiter.

»Als Mladics Soldaten in die Stadt eindrangen, begannen die Massenfluchten. Mehr als zehntausend Männer machten sich auf den Weg durch die Wälder in Richtung bosnischer Gebiete. Sechstausend von ihnen kamen am Ende an. Die übrigen wurden erschossen, verbrannt und erstochen. Ein weiterer Flüchtlingsstrom von ungefähr 30 000 Menschen bewegte sich von Srebrenica aus nach Potočari, das fünf Kilometer entfernt liegt. Mein Vater, meine zwei Schwestern, ein Onkel, ein Vetter und ich hatten uns dieser Gruppe angeschlossen. Potočari ist ein Dorf mit ein paar Tausend Einwohnern, nicht der Rede wert, aber dort waren auf einem ehemaligen Fabrikgelände UN-Soldaten stationiert. Wenn es uns gelang, dorthin vorzudringen, würden die Serben es nicht wagen, uns alle umzubringen. Die holländischen Blauhelme würden uns beschützen. Dachten wir.

Schon die lächerlichen paar Kilometer nach Potočari waren eine furchtbare Strapaze, weil wir von den umliegenden Hügeln beschossen wurden und wussten, dass Mladics Leute uns auf den Fersen waren. Die wirkliche Katastrophe jedoch begann, als wir die alten Fabriken erreichten. Die Blauhelme ließen einen kleinen Teil von uns vorübergehend auf das Gelände, aber mehr als zwanzigtausend hatten von Anfang an keine Chance.

Meine Familie und ich gehörten zu der Gruppe, die zunächst durchgewinkt wurde. Während wir uns in einem Bretterverschlag hinter drei Fabrikgebäuden irgendwo auf dem Stützpunkt verkrochen, fuhren draußen die LKW und Busse vor, und der Abtransport der Menschen begann. Die Dutchbat-Soldaten sahen einfach weg. Später wurde bekannt, dass die Massaker von langer Hand geplant waren. Die Mörder hatten schon Wochen vorher Hunderte von Bussen und Bulldozern organisiert, Gebäude für Internierungen leer geräumt und Tausende von Augenbinden sowie Drahtfesseln für die Hände herbeigeschafft. Wussten Sie das?«

Cornelius nickte und trank einen Schluck von dem Bourbon, der wässrig schmeckte und nicht mehr kalt war. Um sie herum schien es etwas leiser geworden zu sein. Nach wie vor war es die Geräuschkulisse eines gut besuchten Cafés, klapperndes Geschirr, klirrende Gläser, halblaute Musik, aber die Stimmen, deutlich mehr männliche als weibliche, klangen ein wenig gedämpfter als zuvor und gleichzeitig so, als seien sie direkt auf ihn gerichtet. Sie beobachten uns, dachte er, die ganze verdammte

Kneipe starrt auf unseren Tisch und wartet, was passiert. Stimmte es, dass viele Bosnier in Sarajevo ganz passabel Deutsch sprachen?

»Die holländischen Blauhelme waren arme Schweine. Jung, naiv und verängstigt. Und das wissen Sie auch!« Cornelius' Stimme klang lauter als beabsichtigt. »Sie waren zahlenmäßig unterlegen, besaßen kaum Kampferfahrung, und vor allem hatten sie kein militärisches Mandat. Das ist die andere Seite dieser schmutzigen Geschichte. Die Sie einfach verschweigen. Mladics Leute fingen schon im Frühjahr an, die Holländer systematisch einzuschüchtern. Monat für Monat zogen sie den Ring um die Schutzzone enger und ließen auch keine Lebensmitteltransporte mehr hinein. Haben Sie das vergessen? Oder blenden Sie einfach aus, was Ihnen nicht passt? Zum Schluss wurden die Dutchbats von den Serben sogar gezwungen, ihre schusssicheren Westen und Helme abzugeben, und manche von ihnen mussten sich bis auf die Unterwäsche ausziehen.«

»Mussten sie das? Wieso mussten sie? Sie haben es mit sich machen lassen. So sieht es aus. Keine Cojones! No guts! Gibt es im Holländischen ein Wort für Mumm?«

Cornelius wollte antworten, doch die verächtliche Stimme ließ ihn nicht zu Wort kommen.

»Ich weiß, was Sie sagen wollen: Die armen Holländer hatten Todesangst und waren nicht bereit, ihr Leben für bosnische Muslime zu riskieren. Kann man doch verstehen, oder?

Wenn es nur das gewesen wäre. Aber sie haben nicht einfach nur den Schwanz eingezogen, sie haben kooperiert. Erinnern Sie sich an das Foto, das in allen Nachrichtensendungen war? Der UN-Kommandant und der Massenmörder mit Sektgläsern in einem Hotelzimmer? Ratko Mladic und Thom Karremans haben miteinander angestoßen, während draußen das große Schlachten begann. Zur Hölle mit Ihrem Verständnis!«

Cornelius ließ langsam den Atem entweichen und schwieg eine Weile.

»Wie sind Sie entkommen?«, fragte er schließlich.

»Wir waren ungefähr dreißig Stunden in diesem Verschlag. Ein kleiner Vorratsschuppen, in dem es nach Schwefelsäure stank. Sechs Menschen auf zehn Quadratmetern, aber immerhin hatten wir ein Dach über dem Kopf. Viele der Flüchtlinge hatten in der verlassenen Industriehalle Zuflucht gesucht, die Zustände dort waren unerträglich. Die Toiletten liefen über, und es stank nach Angst und Exkrementen. Aber das Gebäude schützte vor der Sonne und schaffte wenigstens die Illusion von etwas Sicherheit. Die meisten Menschen mussten jedoch unter freiem Himmel kampieren. Eingewickelt in Decken lagen sie unter kaputten und verrosteten Bussen und Lastwagen, viele waren ganz ohne Schutz. Ein paar Stunden nach unserer Ankunft kamen drei Blauhelm-Soldaten zu uns herein, die offenbar auf meine Schwestern aufmerksam geworden waren. Sie brachten uns etwas zu essen und eine angebrochene Flasche Wein. Und starrten die ganze Zeit die Mädchen an. Doch das war uns egal, wir hatten etwas weniger Todesangst in ihrer Gegenwart. Bis auf die Blicke benahmen sie sich anständig. Mein Vater und ich konnten ein wenig Englisch, und so war sogar ein Minimum an Verständigung möglich. Nach einiger Zeit entspannte sich die Atmosphäre. Sie sagten, wir seien in Sicherheit und versprachen, mit mehr Essen noch einmal wiederzukommen. Als sie verschwanden, machten wir es uns, so gut es ging, auf dem Boden bequem und versuchten zu schlafen. Das Geschrei und Herumgelaufe ließ mit Einbruch der Dunkelheit etwas nach, von den Bergen wurde auch nicht mehr so viel geschossen, doch natürlich kehrte keine Ruhe ein. Die holländischen Soldaten hatten in dem gitterartigen Metallzaun, der das Gelände teilweise umschloss, einen Seiteneingang geschaffen, durch den Flüchtlinge, von den Serben ungesehen, auch während der Nacht in das Lager strömten. Trotzdem schafften wir es, ein paar Stunden zu schlafen. Am nächsten Morgen kamen die drei UN-Soldaten vom Vortag zurück. Sie hatten tatsächlich Lebensmittel dabei. Brot, Käse, heißen Kaffee und Schokolade. Die Holländer setzten sich zu uns auf den Boden, und wir frühstückten gemeinsam. Die Art, wie sie meine Schwestern ansahen, gefiel mir immer noch nicht, aber wir waren dankbar und verspürten zum ersten Mal seit Tagen wieder so etwas wie Hoffnung. Nach zwei Bechern Kaffee verließ ich die Hütte, um draußen einen Platz zum Pinkeln zu suchen. Als ich zurückkam, hatte sich die Welt weitergedreht, und nichts war mehr so wie vorher.«

Die Stimme auf der anderen Seite des Tisches war während der letzten Sätze immer heiserer geworden und brach, offenbar überwältigt von der Erinnerung, jetzt ganz ab. Cornelius hörte das Klicken eines Feuerzeuges. Der Mann hatte sich erneut eine Zigarette angezündet, was niemanden in dem Café zu stören schien. Minuten vergingen.

»Wollen Sie wissen, wie die Geschichte weiterging?«, fragte er nach einer Weile.

»Natürlich«, sagte Cornelius.

»Aus dem Inneren des Schuppens drang eine Männerstimme. Laut und befehlsgewohnt. Ich sprintete heran und sah durch eine Ritze in der Bretterwand einen serbischen Milizionär, der meine Familie aus der Hütte zerrte und beschimpfte. Der Mann war außer sich vor Wut, aber er war nicht besonders kräftig, nur mit einem Messer bewaffnet und offensichtlich betrunken. Die Blauhelmsoldaten sahen mit betretenen Gesichtern zu und taten nichts. Einfach gar nichts. Sie besaßen Pistolen und schusssichere Westen, aber sie haben nicht versucht, den Milizionär daran zu hindern, meine Leute zu verschleppen. Sie haben nicht einmal protestiert! Obwohl sie genau wussten, was passieren würde. Verstehen Sie? Diese Leute haben mit uns gegessen und getrunken, sie haben uns Mut gemacht, uns angelogen und am Ende verraten. Unfähig, mich zu rühren, starrte ich weiter durch den schmalen Schlitz zwischen den Brettern. Die Sonne war inzwischen aufgegangen. Ich konnte die Blauhelme genau sehen, ihre Gesichter erkennen. Sobald der Serbe mit meiner Familie verschwunden war, begannen sie, aufgeregt zu diskutieren. Sie waren sehr laut, aber natürlich verstand ich nicht, was sie sagten. Zwei von ihnen schienen betroffen auf den dritten einzureden, der vielleicht ihr Vorgesetzter war. Denn dieser dritte Soldat beendete schließlich den Streit mit einem Satz, den ich niemals vergessen habe. Er sagte: Fuck de geitenneukers! Sie wissen, was das bedeutet!«

Cornelius nickte.

»Er hätte das nicht sagen dürfen.«

»Nein, hätte er nicht. Wer von den dreien war es?«

»Marten Rykers. Der, den wir gemeinsam umgebracht haben. Er ist heute Morgen gestorben. So gegen sechs.«

Cornelius erstarrte. Seine Muskeln verkrampften sich, und er versuchte, den Herkunftsort der Stimme möglichst genau zu bestimmen. Wo war sein verdammtes Gesicht? Mindestens einen Meter entfernt, wenn nicht mehr. Der sanfte Luftzug, der durch den Innenhof strich, irritierte ihn. In einem komplett geschlossenen Raum wäre es einfacher gewesen, die Stimme zu orten und zum Schweigen zu bringen. Was würde passieren, wenn er aufsprang, über den Tisch hechtete und versuchte, den Hals des Mannes zu erwischen? Er würde nach hinten ausweichen und in Ruhe zusehen, wie die anderen Cafégäste mich überwältigen. Wenn er mir allerdings auf halbem Wege entgegenkäme, sich über den Tisch zu mir herüberbeugen würde, beispielsweise, um mir Feuer … »Hätten Sie für mich auch eine Zigarette?« Cornelius freute sich über den kalten und emotionslosen Ton in seiner Stimme.

In diesem Moment ließ ihn das Klingeln und Vibrieren seines Handys auf der Tischplatte zusammenfahren. Mit zitternden Fingern griff er danach und nahm den

Anruf entgegen. Max Leonards Stimme klang ruhig wie immer.

»Wir haben sie. Frau Urban ist unverletzt, und es geht ihr körperlich gut. Sie ist auf dem Weg in die Uniklinik und wartet auf Ihren Anruf.«

»Danke! Ich melde mich, sobald ich kann.« Diesmal schaffte er es nicht, seine Stimme zu kontrollieren, was Leonard nicht entging.

»Machen Sie keinen Blödsinn, Teerjong! Wo zum Teufel stecken Sie überhaupt?«

»Ich bin in Sarajevo.«

»Kommen Sie zurück nach Frankfurt, Jenny braucht Sie jetzt! Die Sache ist erledigt!«

Cornelius legte auf.

»Gute Nachrichten?«, fragte die Stimme auf der anderen Seite des Tisches.

»Ja! Sie haben tatsächlich Wort gehalten.«

»Was sonst? Bin ich ein beschissener Serbe?«

Cornelius schwieg. Er war grenzenlos erleichtert und fühlte sich gleichzeitig leer und völlig ausgebrannt. Die Wut, die ihn vor wenigen Augenblicken noch beherrscht hatte, war abgeflaut. Sein Gegenüber hatte ihm die schlimmste Entscheidung seines Lebens aufgezwungen, und er hatte diese Entscheidung getroffen. Er bereute nichts, doch jetzt, wo Jenny in Sicherheit war, wusste er auf einmal nicht mehr, wie es weitergehen sollte.

Die Musik hatte sich verändert. Statt der melancholischen Sevdah-Klänge, die bisher diskret im Hintergrund zu hören gewesen waren, drang jetzt ein etwas härterer, aber nicht weniger balkantypischer Sound aus den Lautsprechern. Blechbläser, Schlagzeug und ein komplizierter Rhythmus: Goran Bregović sang von Mesečina, wer oder was auch immer das sein mochte. An einigen Nachbartischen wurde mitgesummt. Aus den Restaurants in der näheren Umgebung wehte der Geruch von gegrilltem Fleisch herüber, der sich mit den Kaffee- und Kuchenaromen des Art Kuca Sevdaha verband. Der Nachmittag begann mit dem frühen Abend zu verschmelzen.

»Möchten Sie immer noch eine Zigarette?«

Cornelius schüttelte den Kopf. »Haben Sie Ihre Angehörigen noch einmal wiedergesehen?«

»Nein. Nachdem der Serbe mit ihnen verschwunden war, habe ich mich vor Angst kaum rühren können, und als ich den Schock schließlich überwand und mich auf die Suche machte, waren sie unauffindbar. Bis heute. Ich weiß weder, wo sie gestorben, noch, wo sie begraben sind.«

»Wie haben Sie es bis nach Deutschland geschafft?«

»Nachdem ich meine Familie nicht finden konnte, versuchte ich von dem Fabrikgelände zu fliehen, aber schon nach zwei Stunden haben die Serben mich aufgegriffen und mit hundert anderen Jungen und Männern in einen Bus verfrachtet. Ich weiß noch, dass es im Inneren fürchterlich stank. Nach Schweiß, Pisse und Dieselöl. Wir hatten entsetzliche Angst. Der Bus fuhr zu einem Feld in der Nähe von Potočari. Die Soldaten trieben uns auf den Acker und befahlen uns loszulaufen. Wir gehorchten, und dann begannen sie auf uns zu schießen. Als das Gewehrfeuer die Männer um mich herum niedermähte, trat ich in ein Erdloch und stürzte zu Boden, ohne getroffen worden zu sein. Ich blieb liegen, atmete so flach wie möglich und betete. Das Töten schien kein Ende zu nehmen, aber in Wahrheit dauerte es wahrscheinlich kaum mehr als fünf Minuten. Schließlich fielen nur noch vereinzelt Schüsse. Die Soldaten fluchten und feixten, klagten über die Hitze und schritten die Reihen der Toten ab. Einer von ihnen kam auch zu mir. Als ich meine Augen einen winzigen Moment zu schmalen Schlitzen öffnete, sah ich seine riesigen Armeestiefel direkt neben meinem Kopf. Er drückte den Lauf seines Gewehres in mein Genick, überlegte es sich dann anders und ging einfach weiter. Wahrscheinlich sah ich tot genug aus. Ich wusste, dass ich es nicht war, aber ich fühlte mich so. Besonders als sie anfingen, die Leichen aufzutürmen. Ich geriet unter schwere, von Kugeln zerfetzte Leiber, die die Luft aus meinen Lungen pressten, und immer, wenn es mir gelang, mir ein winziges bisschen Bewegungsfreiheit zu verschaffen, kamen neue Körper dazu. Dann biss ich jedes Mal in den Ärmel meiner Jacke, um nicht zu schreien. Irgendwann hörte ich den Lärm einer schweren Maschine. Ich glaube, es war ein Bagger, der auf dem Feld ein Massengrab ausheben sollte. Nach kurzer Zeit allerdings schien das Ding den Geist aufzugeben, der Lärm verstummte plötzlich, und ich hörte die Männer wütend fluchen. Alle Versuche, den Bagger wieder in Gang zu bringen, schlugen offenbar fehl, denn als es dunkel wurde, stellten die Soldaten um das Feld herum ein paar Wachen auf und zogen sich zurück. Im Schutze der Nacht gelang es mir, unter dem Leichenberg hervorzukriechen und unbemerkt zu entkommen.«

»Mein Gott«, sagte Cornelius, »was für eine fürchterliche Geschichte.«

»Eine von Hunderten.«

»Können Sie noch was von dem Bourbon bestellen? Mit mehr Eis, wenn es geht.«

Der Mann rief etwas auf Serbokroatisch in den Innenhof, wartete, bis der Kellner das Glas vor Cornelius abgestellt hatte, und sprach dann weiter.

»Der Rest ist schnell erzählt. Ich floh in die Berge, irrte monatelang umher und hielt mich von den Dörfern fern. Manchmal stahl ich auf abgelegenen Höfen ein paar Lebensmittel, aber meistens ernährte ich mich von Wurzeln und Beeren. Meine Erinnerungen an diese Zeit sind verschwommen. Ein Schafhirte gab mir Brot und Slivovitz und versuchte anschließend, mich zu vergewaltigen. Ich erstach ihn mit seinem eigenen Messer. Danach wanderte ich nur noch in der Nacht und schlief tagsüber. Am liebsten wäre ich dem Verlauf der Drina gefolgt, aber die Flusstäler waren zu gefährlich. Den Winter verbrachte ich in einer verlassenen Berghütte oberhalb von Rogatica und unternahm hin und wieder kleine Diebestouren in die Umgebung des Dorfes. Als der Schnee zu schmelzen begann, belauschte ich bei einem dieser Ausflüge ein paar Bäuerinnen, die darüber sprachen, dass die Belagerung von Sarajevo beendet war. Nach 1425 Tagen! Diese Nachricht änderte alles. Ich hatte Verwandte in der Stadt, enge Verwandte. Und wenn auch nur einer von ihnen noch lebte, gab es wieder Hoffnung.

Am 5. April 1996 kam ich zu Fuß in Sarajevo an. Die Stadt war furchtbar zerstört, aber mich interessierte nur, dass meine Verwandten noch lebten. Sie päppelten mich wieder auf und beschlossen, mich zu einem Onkel nach Frankfurt zu schicken, der dort einen Nachtclub betrieb und sich auch als Zuhälter betätigte. Ich versprach, hart zu arbeiten und viel Geld zu verdienen. Sie alle investierten in mich, und ich habe sie nicht enttäuscht.«

Er klang zufrieden. Wie ein Mensch, der Bilanz zog und zu einem positiven Ergebnis kam. Seine Stimme wich ein wenig zurück, und Cornelius registrierte ein sanftes Knirschen. Das Mobiliar im Innenhof des Art Kuca Sevdaha war aus Korb gefertigt, und jede Änderung der Sitzposition verursachte ein leises Ächzen des Materials. Sein Gegenüber hatte sich zurückgelehnt.

Jemand schien die Musik lauter gedreht zu haben. Ein schneller Song mit wuchtigen Bläsersätzen, zwei Frauenstimmen sangen *Ne siam kurve tuke siam prostitutke,* das Lied von den Mädchen, die keine Huren, sondern Prostituierte sein wollten. Cornelius versuchte ein paar Worte des Textes zu verstehen, und begriff in diesem Augenblick, dass nicht die Musik lauter war, sondern das Stimmengewirr um ihn herum abgenommen hatte und jetzt ganz erstarb. Er war sicher, dass alle ihn anstarrten, er konnte die Blicke auf der Haut spüren.

Die Musik brach abrupt ab, und in der plötzlichen Stille nahm er ein hartes, dunkles Geräusch wahr. Der Mann ihm gegenüber hatte einen schweren Gegenstand auf die Glasplatte des Rattan-Tisches gelegt.

»Die Leute sind ein wenig besorgt wegen der Pistole, aber das ist unnötig.« In der Stimme des Mannes war ein Lächeln. Dann griff er erneut nach der Waffe auf dem Tisch. Cornelius hörte das winzige Schleifgeräusch, das entstand, als die Pistole ein kurzes Stück über das Glas gezogen wurde.

In diesem Moment begann eine Frau zu kreischen, und dann brach die Hölle los. Die Gäste an den Nachbartischen sprangen auf, Stühle wurden umgestoßen, Gläser und Tassen gingen klirrend zu Bruch. Jeder versuchte, so schnell wie möglich aus dem Innenhof herauszukommen. Über dem heillosen Chaos hing das schrille, langgezogene Kreischen, das es ausgelöst hatte. Dann wurde die Frau leiser, und schließlich war es still. Alle Gäste und die Kellner waren auf die Straße geflohen und beschäftigten sich wahrscheinlich mit ihren Handys. Cornelius hatte sich nicht von der Stelle gerührt. Für ihn gab es keine Möglichkeit der Flucht oder des Versteckens. Wenn Jennys Entführer ihn erschießen wollte, würde er das tun, ohne dass ihn jemand daran hindern konnte. Also konnte er auch genauso gut sitzen bleiben.

»Haben Sie Angst?«

»Nein«, sagte Cornelius, »seit sieben Jahren nicht mehr.«

»Grüßen Sie Frau Urban von mir. Sie hat mir ganz schön zugesetzt.«

»Bitte!«, sagte Cornelius. »Tun Sie das nicht!«

Er erwartete keine Antwort, und er bekam auch keine. Der Schuss war irrsinnig laut. Die Wände des Innenhofes warfen den Schall zurück und erzeugten beinahe eine Art Echo. Von der Straße her war ein vielstimmiger Schrei zu hören, der sich mit der Sirene eines näher kommenden Polizeifahrzeuges vermischte. Der Wind von den Dinarischen Bergen hatte aufgefrischt, und eine kühle Brise streichelte sein Gesicht. Cornelius wusste, dass es noch nicht vorbei war.

Einundvierzig

Auf der Straße vor dem Café stoppten mit quietschenden Reifen ein paar Autos, die von der wartenden Menge mit aufgeregtem Johlen begrüßt wurden. Innerhalb von Sekunden füllte sich der Innenhof mit Getrampel und lärmenden Männerstimmen, die schließlich durch einen scharf herausgebellten Befehl zum Schweigen gebracht wurden. Die Polizei von Sarajevo war eingetroffen.

Cornelius hatte sich nicht von der Stelle gerührt, sondern lediglich seinen Teleskopstab quer vor sich auf den Tisch gelegt. Von allen Seiten näherten sich jetzt Polizisten, und das Entsetzen über das, was sie sahen, war in ihren halblauten Stimmen zu hören. Jemand berührte Cornelius vorsichtig an der Schulter.

»Who are you?«

Das Englisch des Polizisten war mit einem so starken Akzent unterlegt, dass Cornelius die einfache Frage nur mit Mühe verstand.

»My name is Teerjong.«

»Where are you from?«

»Germany.«

»You are really blind?«

»Yes!«

»I want you to come with me. We need your help.«

»Okay.«

Der Polizist nahm Cornelius' Arm und führte ihn vom Tisch weg. »We have to keep left. His brain is all around here«, sagte er höflich.

Cornelius wurde aus dem Innenhof geleitet und in ein enges, nach Zigaretten stinkendes Auto verfrachtet. Der Fahrer rauchte während der gesamten Fahrt zur Polizeidienststelle. Dort brachte man Cornelius in einen stickigen Raum, der von einem scheppernden Ventilator klimatisiert wurde, setzte ihn auf einen Stuhl vor einem Tisch und drückte ihm ein Glas Wasser in die Hand.

»Your passport, please.«

Cornelius holte seinen Reisepass heraus.

«I'll be back in a few minutes«, sagte der Polizist und verschwand.

Cornelius nippte an dem abgestandenen Mineralwasser, hielt sein Gesicht in den Luftstrom des Ventilators und war froh, dass zumindest in diesem Raum offenbar nicht geraucht wurde. Er stellte das Glas auf den Tisch und umklammerte seine Knie, die unkontrolliert zu zittern begonnen hatten. Jennys Entführung, der fürchterliche Handel mit dem Kidnapper, die Erpressung in Antwerpen und der schockierende Selbstmord in seiner unmittelbaren Gegenwart zerrten an seinen Nerven. Er war nicht sicher, ob er bis zum Ende durchhalten würde. Was war, wenn die Polizei ihm seine Geschichte nicht abnahm. Sie hatte eine ganz entscheidende Schwachstelle. Wenn es ihm nicht gelang, die zu umschiffen, würde man ihn womöglich hier festhalten.

Die Zimmertür öffnete sich, zwei Personen betraten den Raum und nahmen am Tisch Platz. Eine von ihnen war eine noch junge Frau mit einer angenehm kühlen Stimme, die ihn in völlig akzentfreiem Deutsch begrüßte. Sie machte einen sehr kultivierten Eindruck, und ihr Atem roch ein wenig nach Zimtkaugummi.

»Professor Cornelius Teerjong? Hallo! Ich möchte Sie in Sarajevo willkommen heißen, auch wenn die Umstände, unter denen wir uns begegnen, äußerst tragisch sind. Den diversen Stempeln in Ihrem Pass entnehme ich, dass Sie schon oft in dieser Stadt waren. Das freut mich. Mein Name ist Jasmina Sejdic. Ich bin die zuständige Dolmetscherin. Bei mir ist Dragan Siranovic. Er ist der Polizist, der Sie hierhergebracht hat, und er wird die Untersuchung in diesem Fall leiten.«

»Dobar dan!« Die Stimme des Polizisten klang nicht mehr ganz so höflich und rücksichtsvoll wie vor einer halben Stunde.

»Wo bin ich hier?«

»SIPA«, erwiderte die Frau. »In der Nicole Tesle 59.«

»Ein einfaches Polizeirevier hätte es auch getan. Sie haben die Sache gleich ganz schön hoch gehängt.«

Cornelius wusste, dass es sich bei der SIPA, kurz für State Investigation and Protection Agency, um die Staatliche Nachrichten- und Sicherheitsagentur handelte, die zentrale Polizeibehörde von Bosnien und Herzegowina. Sie war gegründet worden, weil die meisten anderen Polizeikräfte des Landes historisch nach ethnischen Kriterien organisiert waren.

Die Dolmetscherin übersetzte und wartete, bis der Beamte seine Antwort zu Ende formuliert hatte:

»Tötungsdelikte, in die Ausländer verwickelt sind, landen fast immer bei uns. Und Ihr Fall ganz sicher! Natürlich haben wir anhand Ihres Passes ein wenig recherchiert. Und wir sind sehr neugierig geworden: Ein Kunstprofessor aus Frankfurt trifft sich in einem der schönsten Cafés der Stadt mit einem unbekannten Mann, der sich über eine Stunde lang mit ihm unterhält, bevor er sich in aller Öffentlichkeit eine Pistole in den Mund steckt und sein Gehirn über den Innenhof verteilt. Selbstverständlich ist das ein Fall für uns.«

»Sie sind keine einfache Dolmetscherin, sondern ebenfalls Polizeibeamtin, oder?«

»Die Fragen stellen wir!«

»Dann fragen Sie!«

»Wer ist der Tote? Er wird kaum ohne Ausweispapiere eingereist sein, aber wir haben keine bei ihm gefunden.«

»Seinen Namen kenne ich nicht, aber ich vermute, dass er ein Bosnier war, der die letzten Jahrzehnte in Deutschland verbracht hat. Er sprach fabelhaft Deutsch. Nicht ganz so perfekt wie Sie, aber sehr gut!«

»Ich bin in Deutschland geboren«, sagte Jasmina Sejdic kühl, übersetzte zunächst, was Cornelius gesagt hatte und dann die nächste Frage von Dragan Siranovic.

»Warum haben Sie sich in Sarajevo mit einem Mann getroffen, den Sie gar nicht kennen?«

»Weil dieser Mann in Deutschland meine Freundin entführt hatte und gefangen hielt. Er hat mich für die Lösegeldübergabe in dieses Café bestellt.«

Die Dolmetscherin enthielt sich jeden Kommentars,

aber Siranovic gab einen erstaunten, ungläubigen Laut von sich. Cornelius versuchte sein Gesicht zu orten und möglichst genau in seine Richtung zu sprechen.

»Ich weiß, wie verrückt das klingt. Deshalb bitte ich Sie, die deutsche Polizei in Frankfurt anzurufen. Verlangen Sie Hauptkommissar Max Leonard. Er wird meine Aussage bestätigen und Ihnen sagen, dass die Frankfurter Polizei vor ungefähr zwei Stunden die entführte Jenny Urban befreien konnte, nachdem der Kidnapper von Sarajevo aus telefonisch ihren Aufenthaltsort preisgegeben hat.«

»Und das hat er getan, nachdem er von Ihnen das Lösegeld erhielt?«

»Ja!«

»Wie viel war es denn?«

»200 000 Euro. In einem kleinen Koffer aus Aluminium.«

»Und wo ist das Geld jetzt?«

»Wie meinen Sie das?«

»Bei dem Toten war kein Geldkoffer. Und auch sonst nirgendwo.«

»Ach du Scheiße!«, sagte Cornelius.

»So könnte man es ausdrücken.«

»Aber das Geld war da! Ich habe es doch übergeben!« Cornelius schaffte es, seine Stimme mit einem hilflosen, verzweifelten Ton zu unterlegen, auf den er selbst jederzeit hereingefallen wäre. »Wenn Sie Hauptkommissar Leonard in Frankfurt anrufen, wird er Ihnen bestätigen, dass der Entführer das Versteck von Frau Urban durchgegeben hat. Das hätte er nicht getan, wenn er sein Geld nicht bekommen hätte.«

Jasmina Sejdic übersetzte jetzt sehr schnell, beinahe simultan, und auch Dragan Siranovic hatte das Tempo der Vernehmung erhöht.

»Mal angenommen, das Geld war wirklich da, und Ihr sogenannter Entführer hat es bekommen, warum sollte er sich wenig später umbringen? Er hatte doch, was er wollte!«

Diese Frage war der eklatante Schwachpunkt der ganzen Konstruktion, doch Cornelius hatte beschlossen, sie einfach zurückzuweisen und in die Offensive zu gehen.

»Ich weiß es nicht, aber es ist auch nicht meine Aufgabe, so etwas zu wissen. Dagegen wissen *Sie* etwas anderes ganz genau: Ich habe den Mann nicht getötet. Erstens gibt es zahlreiche Zeugen, zweitens werden Ihre Kriminaltechniker beweisen, dass er die Pistole selbst abgefeuert hat, und drittens sind Blinde mit Handfeuerwaffen generell nicht sonderlich erfolgreich! Ich höre an Ihrem Ton, dass Sie mir nicht glauben, aber das interessiert mich nicht! Nehmen Sie endlich Kontakt mit der Polizei in Frankfurt auf. Vielleicht kann Ihnen die schon etwas über die Identität dieses Kidnappers und Selbstmörders sagen. Möglicherweise war er verrückt oder zumindest depressiv! Wie auch immer, ich habe dieses Verhör satt und will in ein Hotel gebracht werden. Gegen mich liegt nicht das Geringste vor.«

Die Dolmetscherin übersetzte in sehr ruhigem Tonfall, und nachdem sie geendet hatte, stand ihr Vorgesetzter einfach auf und verließ wortlos das Zimmer. Jasmina Sejdic gab einen müden Seufzer von sich. »Er telefoniert mit Deutschland.«

»Wie schön! Bringen Sie mich jetzt in ein Hotel?«

»Wir geben Ihnen Bescheid, wenn es so weit ist!«

Cornelius knurrte wütend, aber tatsächlich war er ziemlich erleichtert. Er war jetzt sicher, das Verhör hier in Sarajevo unbeschadet zu überstehen. Die bosnische Polizei hatte keine Handhabe, ihn festzuhalten und auch kein Interesse daran. Wahrscheinlich war sie eher froh, wenn sie ihn so schnell wie möglich loswurde.

Richtig unangenehm würde es werden, wenn er auf Max Leonard traf. Aber dabei würde er nicht allein sein. Der Gedanke an Jenny erzeugte ein intensives Hochgefühl in ihm, das einen gallebitteren Beigeschmack hatte. Würde er jemals wieder an sie denken können, ohne dass ihm gleichzeitig Marten Rykers in den Sinn kam? *Das ist der, den wir gemeinsam umgebracht haben,* hatte der Mann in dem Innenhof gesagt, bevor er sich die Pistole in den Mund gesteckt hatte. Seine Stimme schien mit der von Eli Weidmann zu verschmelzen. *Hören Sie zu, und lernen Sie etwas über Schuld.*

Zweiundvierzig

»In dem Café in Sarajevo wurde kein Geldkoffer gefunden.«

Max Leonards Stimme klang ruhig und neutral, aber Cornelius konnte das Misstrauen wahrnehmen, das hinter der Sachlichkeit lauerte. Er war auf die Frage vorbereitet.

»Das weiß ich bereits. Ich vermute, dass ihn jemand weggenommen hat. Jemand, der mit dem Entführer zusammengearbeitet hat. Vielleicht einer der Kellner. Das habe ich übrigens Ihren Kollegen in Sarajevo auch erklärt. Es war ein kleinerer silberner Alu-Koffer, in dem man normalerweise eine Kameraausrüstung transportiert. Ich habe ihn übergeben, und ich erinnere mich an das Geräusch, als der Mann ihn neben sich auf den Boden stellte. Was dann damit geschah, konnte ich logischerweise nicht wahrnehmen. Auch das habe ich der dortigen Polizei mitgeteilt.«

Sie saßen sich in Cornelius' Haus gegenüber. Er und Jenny auf dem Sofa, Hauptkommissar Leonard in einem Sessel. Cornelius hatte den Abend im Hauptquartier der SIPA verbracht und war bis nach Mitternacht verhört worden. Schließlich hatte Jasmina Sejdic ihn zu einem Hotel gefahren. Von dort hatte er Jenny angerufen, die schon schlief. Sie war glücklich gewesen, seine Stimme zu hören, und hatte gleichzeitig einen deprimierten und etwas abwesenden Eindruck gemacht. Am Morgen war er nach Frankfurt zurückgeflogen, und genau drei Stunden nach der Landung hatte Leonard vor der Tür gestanden. Mit weiteren bohrenden Fragen.

»Woher hatten Sie das Geld?«

»Ich habe es in Antwerpen geliehen.«

»Von wem?«

»Von einem Diamantenhändler namens Malinsky.«

»Der 200 000 Euro einfach so dabeihatte?«

»Er ist ein sehr wohlhabender Mann.«

»Warum hat er es Ihnen geliehen?«

»Er schuldete mir was. Ich habe ihm mal einen großen Gefallen getan.«

»Ich nehme an, Sie haben irgendeinen Beleg über das Darlehen?«

»Selbstverständlich.«

»Wie sind Sie mit dem Bargeldkoffer durch den Zoll gekommen?«

»Eine nette Angestellte der Flughafengesellschaft hat mich begleitet. Die Kontrollen waren sehr oberflächlich. Blinde werden nicht besonders misstrauisch begutachtet.«

»Warum, zum Teufel, sind Sie allein nach Sarajevo geflogen? Ich hatte Sie unmissverständlich aufgefordert, mir den Übergabeort mitzuteilen, sobald Sie ihn wussten!«

»Was hätten Sie denn machen können? Sie haben in Sarajevo keinerlei Amtsbefugnisse und hätten Ihre dortigen Kollegen um Hilfe bitten müssen. Ich hatte nicht die geringste Lust, das Leben von Frau Urban der bosnischen Polizei anzuvertrauen. Der Entführer hätte sich nicht widerstandslos festnehmen lassen. Womöglich hätte man ihn erschossen, bevor er mir hätte sagen können, wo Jenny eingesperrt war.«

Leonard stieß einen tiefen frustrierten Seufzer aus. »Sie haben auf alles eine Antwort, oder?«

»Ganz und gar nicht. Die entscheidende Frage ist doch: Warum hat er sich umgebracht, nachdem er das Geld bekommen hatte? Bevor Sie mich damit löchern, sag ich es Ihnen gleich: Ich weiß es nicht! Es sei denn …«

»Es sei denn was?«

»Es sei denn, er hätte das Geld nicht für sich selbst erpresst, sondern für jemand anderen. Vielleicht war es für die Person bestimmt, die den Koffer aus dem Innenhof entfernt hat.«

»Okay, das ist ein bisschen weit hergeholt, aber nicht undenkbar. Kannten Sie den Mann von irgendwoher? Oder Sie, Frau Urban?«

»Nein! Das habe ich Ihren Kollegen auch schon mehrfach gesagt.« Jennys Stimme klang rau und trotzig. Cornelius konnte hören, dass sie vor nicht allzu langer Zeit geweint hatte. Er schüttelte den Kopf. »Ich kannte ihn auch nicht. Aber Sie müssten doch mittlerweile wissen, wer er war, nachdem Sie Jenny befreit haben.«

»Er heißt Valbon Hasani. Ein Nachtclubbesitzer. Deutscher Staatsbürger bosnischer Herkunft. Er ist 1996 nach Frankfurt gekommen und damals von seinem Onkel aufgenommen worden. Der war zu der Zeit eine ziemlich große Nummer im Rotlichtmilieu. Valbon selbst ist niemals strafrechtlich in Erscheinung getreten. Im Gegenteil. Realschulabschluss, kaufmännische Lehre, Mitgliedschaft in deutschen Vereinen, später großzügiger Förderer von sozialen Projekten. Vor ein paar Jahren hat er zusammen mit einer gewissen Nesrin Cinar, die kürzlich verstorben ist, das Golden Havanna übernommen und zu einem Nobel-Club umgebaut. Als wir dort waren, haben wir allerdings gesehen, dass der Laden schon seit Längerem geschlossen ist. Haben Sie mal ein Glas Wasser für mich?«

Jenny stand auf, und Cornelius hörte, wie sie ein Glas und eine Flasche vor Leonard abstellte. Dann kauerte sie sich wieder neben ihn auf die Couch und umklammerte seine Hand.

Leonard räusperte sich. »Frau Urban, wir haben in dem Keller eine Art selbst gebauten Totschläger sichergestellt. Fünf Batterien in einer Socke. Haben Sie ihn damit angegriffen?«

»Ich habe ihn sogar getroffen«, sagte Jenny trocken. »Mitten ins Gesicht! Aber er hat es weggesteckt und mich doch noch erwischt.«

»Hat er Sie das irgendwie büßen lassen?«

»Nein! Ich habe damit gerechnet, aber er hat es nicht getan. Er hat mir mit einem Messer eine Scheißangst eingejagt und mich danach einfach wieder eingesperrt.«

»Nett von ihm, oder?« Der Klang von Leonards Stimme hatte sich verändert. Die freundliche Sachlichkeit war einer schneidenden Kälte gewichen. »Soll ich Ihnen was sagen? Bei dieser Geschichte stimmt überhaupt nichts: Ein Nachtclubbesitzer braucht offenbar Geld und kommt deshalb auf die Idee, jemanden zu entführen. Aber wen? Einen Promi? Einen reichen Bonzen? Oder irgendeine Millionärsgöre? Mitnichten. Seine Wahl fällt ausgerechnet auf eine Journalistin vom Frankfurter Generalanzeiger! Was für eine fette Beute! Zahlen soll ihr Freund, der als Hochschullehrer zwar anständig verdient, doch ansonsten nicht wohlhabend ist. Dementsprechend mickrig ist die Lösegeldforderung. Glauben Sie ernsthaft, jemand plant und riskiert ein Verbrechen dieser Größenordnung für lächerliche 200 000 Euro? Vielleicht irgendein Hip-Hop-Depp aus Rödelheim, aber nicht Valbon Hasani mit seiner Erfahrung im Frankfurter Bahnhofsviertel.

Aber es kommt noch besser: Der Entführer weiß, dass der Professor, den er erpresst, nicht nur die Polizei raushalten wird, sondern auch noch blind ist. Warum lässt er die Lösegeldübergabe nicht im Palmengarten stattfinden oder meinetwegen auf der Rennbahn in Niederrad? Es gibt tausend Orte in Frankfurt, an denen man so was unauffällig über die Bühne bringen kann. Aber nein, er bestellt den guten Mann in ein Musikcafé nach Sarajevo! Geht's noch?

Und jetzt die Krönung, Trommelwirbel und Tusch! Anstatt das Geld zu nehmen und abzuhauen, hat sich der Typ, laut Zeugenaussagen, eine knappe Stunde mit Ihnen unterhalten, bevor er sich vor aller Augen erschossen hat. Sehen Sie, und das hätte ich jetzt doch ganz gerne gewusst: Worüber haben Sie mit dem Kerl gesprochen?«

»Sie haben recht, das war schon merkwürdig. Sofort, nachdem er gekommen ist, hat er nach Frankfurt durchgegeben, wo Sie Jenny finden konnten, und ich habe ihm geglaubt und mich irgendwie beruhigt. Dann hat er Bourbon bestellt und angefangen, vom Bürgerkrieg zu erzählen. Von der Angst und dem ständigen Hunger. Von der Belagerung von Sarajevo. Als die Stadt Tag und Nacht aus den Bergen ringsum beschossen wurde. Und wie seine Verwandten ihn schließlich nach Deutschland schickten. Eine komplett traumatisierte Kindheit, würde ich sagen. Er wirkte sehr deprimiert auf mich. Vielleicht auch wegen des Todes seiner Partnerin, die Sie erwähnt haben. Na ja, und schließlich ist passiert, was passiert ist.«

»Was für eine Scheiße«, sagte Jenny.

»Allerdings«, schnaubte Leonard, der hörbar Mühe hatte, seine Wut unter Kontrolle zu bekommen. »Das ist nämlich noch nicht alles. Gestern Morgen hat es einen Anschlag auf einen Mann in Nijmegen gegeben. Es handelt sich um den geheimnisvollen dritten Holländer. Ein gewisser Marten Rykers, der unter falschem Namen in der Stadt lebte. Wie der Mörder unbemerkt in die Wohnung eindringen konnte, untersuchen die niederländischen Kollegen noch. Der Täter hat Rykers im Schlaf überrascht, dreimal zugestochen und ihm dann die Augenlider abgeschnitten.«

»Mein Gott!« Cornelius war mit dem entsetzt fassungslosen Ton seiner Stimme mehr als zufrieden.

»Ja, genau: mein Gott!«, sagte Leonard giftig. »Jetzt haben wir zwei völlig irrsinnige Geschichten. Diese geheimnisvolle Mordserie und die Entführung von Frau Urban. Könnte es nicht so sein, dass diese beiden Fälle miteinander zu tun hatten? Sie, Frau Urban, haben bei der ersten Vernehmung angegeben, der Entführer habe Sie mit Hinweis auf Ihren Artikel zu den Morden auf den Parkplatz gelockt.«

»Das heißt nicht viel«, warf Cornelius ein. »Er hat in der Zeitung gelesen, an welchem Thema sie dran ist, und dann auf ihre journalistische Neugier gesetzt.«

»Mag sein. Aber mittlerweile habe ich neue Informationen von den Kollegen aus Holland. Nach dem Anschlag auf Marten Rykers haben sie offengelegt, dass die drei Opfer nicht nur langjährige Freunde, sondern auch alte Kriegskameraden waren. Alle drei waren bei dem holländischen Blauhelmkontingent, das vor zwanzig Jahren in Srebrenica … ja, was soll man sagen … dabeistand? Ich gehe davon aus, dass die niederländischen Behörden das schon lange wussten. Schließlich haben sie Rykers geholfen unterzutauchen. Wie auch immer. Interessant ist nun, dass der Entführer von Frau Urban aus Bosnien stammt. Und rein zufällig kurz nach dem Massaker nach Deutschland kam. Wir werden also Folgendes machen: Wir bitten die Kollegen in Sarajevo, uns die Fingerabdrücke von Valbon Hasani zu schicken, und vergleichen sie mit denen, die wir auf der Schubkarre in der Karlsaue gefunden haben. Der Täter hatte zwar die Griffe der Schubkarre sorgfältig abgewischt, aber unsere Kriminaltechniker haben später an der Außenseite der Blechwanne zwei sehr schöne Abdrücke sichern können.«

»Sie denken, dass Hasani die drei Männer ermordet und parallel diese Entführungsgeschichte durchgezogen hat?«, warf Jenny ein. »Weil er Geld brauchte? Warum hat er mit Rykers so lange gewartet?«

»Weil er ihn nicht finden konnte. Sehen Sie, und das ist eine Frage, auf die ich auch gerne eine Antwort hätte: Woher wusste Hasani auf einmal, wo Rykers steckte?«

Cornelius hörte, dass Leonards Stimme direkt auf ihn gerichtet war. »Erwarten Sie, dass ich diese Frage beantworte?«

Leonard kam näher. Sein Gesicht musste nun direkt vor Cornelius sein. Er roch Pfefferminze und Zigaretten. »Vielleicht weiß ja Marten Rykers die Antwort, wenn er wieder vernehmungsfähig ist.«

Cornelius zuckte heftig zusammen, hatte sich aber sofort wieder im Griff. Jenny presste seine Hand. Ihre Stimme war kaum mehr als ein Flüstern. »Moment, Sie haben gesagt, Rykers sei tot.«

»Nein, ich habe gesagt, der Täter hat dreimal auf ihn eingestochen und ihm dann die Augenlider abgeschnitten. Rykers liegt schwer verletzt auf der Intensivstation. Er kommt wahrscheinlich durch, sagen die Ärzte. Allerdings muss er in Zukunft ohne Augenlider leben.«

»Gütiger Himmel«, sagte Jenny tonlos. »Geht das denn überhaupt?«

»Ich weiß es nicht! Leben vielleicht. In einem staubfreien Schutzraum. Unter Laborbedingungen, keine Ahnung! Ich kenne niemanden, der es probiert hat. Ohne den Lidschlag ist das Auge völlig ungeschützt, und die Hornhaut kann auch nicht befeuchtet werden. Sie trocknet aus, und über kurz oder lang verliert man das Sehvermögen.«

»Das heißt, wenn man die Augen nicht mehr schließen kann, wird man blind?«

»So ähnlich! Fragen Sie einen Augenarzt! Reden wird der Patient jedenfalls können! Und eines sage ich Ihnen: Wenn sich herausstellt, mein lieber Herr Professor Teerjong, dass Sie mich verarscht haben, bringe ich Sie in den Knast. Und es kümmert mich einen Dreck, dass Sie blind sind!«

Dreiundvierzig

Nachdem Leonard gegangen war, blieb Cornelius reglos auf dem Sofa sitzen und versuchte vergeblich, die Stockstarre zu überwinden, die sich nach den Worten des Polizisten auf ihn herabgesenkt hatte. Dass Marten Rykers mit der grausamen Verstümmelung, die vielleicht zur Erblindung führte, weiterleben sollte, war auf bizarre Weise entsetzlicher als dessen einkalkulierter Tod, den er eine Weile so erfolgreich verdrängt hatte. Zu wissen, was auf Rykers zukam, schnürte ihm die Kehle zu und machte jeden Abstand unmöglich.

Was hatte Dr. Klinge gesagt? *Ich sah sie als die Töchter, Mütter, Väter und Söhne, die sie gewesen waren, bevor man ihnen das antat.* Cornelius wusste, dass Marten Rykers ihn durch die Albträume seines restlichen Lebens begleiten würde.

Jenny legte ihre Arme um seinen Hals und küsste ihn. Dann spürte er ihren Mund an seinem Ohr. Ihre Stimme klang leise und tonlos, aber Cornelius registrierte den unterschwelligen Zorn.

»Der Bulle hat dir nicht geglaubt. Und ich tue es auch nicht!«

»Was meinst du?«

»Ich denke, dass dieser Valbon Hasani, der mich entführt hat, der Mörder von de Byl und van Bouveret war und dass er auch Rykers überfallen hat. Er hat allerdings kein Lösegeld von dir verlangt. Die ganze Geschichte mit dem abhandengekommenen Geldkoffer ist frei erfunden, um etwas anderes zu vertuschen. Also, was wollte er von dir? Ich habe die halbe Nacht gegrübelt, und das hat Leonard mit Sicherheit auch getan. Ich wette, er ist auf die gleiche Idee gekommen wie ich. Du erinnerst dich an seine Frage? Woher wusste Hasani auf einmal, wo Rykers steckte? Diese Frage habe ich mir auch gestellt, und ich weiß sogar eine Antwort darauf. Ich kann mir nur nicht vorstellen, wie du es gemacht hast. Aber das ist letztlich auch egal, oder?«

»Völlig egal.«

»Du hast herausgefunden, wo Rykers sich aufhält, und es Hasani verraten.«

»Ja.«

»Das war der Preis für meine Freilassung?«

»Ja.«

Jenny schwieg einen Augenblick und begann dann beinahe lautlos zu weinen. Cornelius versuchte, einen Arm um ihre zuckenden Schultern zu legen, aber sie entzog sich ihm. Noch in Antwerpen war er entschlossen gewesen, ihr die Wahrheit zu verschweigen, doch das war unmöglich. Solange Marten Rykers' Schicksal zwischen ihnen stand, gab es keine gemeinsame Zukunft.

Diese Entscheidung wird Sie verändern. Kluger Kopf, dieser Eli Weidmann. Seine Entscheidung hatte alles geändert.

»Was immer dieser Rykers in Bosnien getan hat«, sagte Jenny, »das hat er nicht verdient!«

Cornelius nickte. »Genauso wenig wie Hasani. Er war ein verzweifelter Mann, der die Dämonen der Vergangenheit niemals losgeworden ist. Traumatisiert und psychisch schwer gestört. Unfassbar, dass er so lange funktionieren konnte, ohne auffällig zu werden. Er hat im Bosnienkrieg jeden einzelnen Menschen verloren, der ihm nahestand. Nach dem Tod seiner Freundin und der Vollendung seiner Rache hat er keinen Grund mehr gesehen weiterzuleben. Weder in Deutschland noch in seiner Heimat. Er hat mich nach Sarajevo bestellt, weil er dort sterben wollte.«

»Hast du das gewusst?«

»Ich habe es geahnt.«

Cornelius griff nach Jennys Hand, und diesmal zog sie sie nicht zurück, sondern rückte wieder näher an ihn heran.

»Max Leonard wird dich in die Zange nehmen. Wenn das mit den Fingerabdrücken an der Schubkarre kein Bluff war, ist in ein paar Stunden klar, dass Hasani der Mörder von Henk ist, und natürlich wird auch die niederländische Polizei die Abdrücke aus Sarajevo mit denen an den Tatorten in Rotterdam und Nijmegen vergleichen. Leonard weiß genau, was du getan hast.«

Cornelius zuckte mit den Schultern. »Was er zu wissen glaubt und was er beweisen kann, sind zweierlei Dinge. Hasani ist tot, und der Mann, der mir in Antwerpen geholfen hat, wird meine Aussage bestätigen.«

»Hast du wirklich einen Beleg, dass er dir das Geld gegeben hat?«

»Natürlich!«

»War sonst noch jemand an der Sache beteiligt?«

»Ja, noch ein weiterer Mann, aber der wird zuverlässig schweigen.«

Woher wollte er das wissen? Er kannte Eli Weidmann überhaupt nicht. Er spürte Jennys Hände seine Wangen streicheln. Vorsichtig nahm sie die dunkle Brille ab und küsste ihn. Zuerst auf die Augenlider, dann strich ihre Zunge über seine Lippen.

»Danke«, sagte sie. »Für das, was du getan hast! Und für das, was du auf dich genommen hast.«

Er erwiderte den Kuss, und in diesem Augenblick nahm er eine Veränderung wahr. In die jähe sexuelle Erregung mischte sich ein seit sieben Jahren nicht mehr gekanntes Triumphgefühl. Was mit den Opfern in diesem Fall geschehen war, blieb entsetzlich, und die Rolle, die er dabei gespielt hatte, war es auch. Aber er *hatte* eine Rolle dabei gespielt. Er hatte Coen Malinsky herausgefordert, Jenny zurückbekommen und Max Leonard ausgetrickst. Er war nicht schwach gewesen, sondern so stark wie ein Sehender. Kein Schatten des Mannes, der er einmal gewesen war, wie Hasani behauptet hatte, niemand, den man übergehen oder ignorieren konnte.

Er hatte in den vergangenen Jahren oft gezweifelt, ob der Moment jemals kommen würde, aber er fühlte, dass dies der Durchbruch in seiner Trauer über den Verlust des Sehens war. Auch in Zukunft mochten gelegentliche Depressionen zu seinem Alltag gehören, doch er würde nicht wieder abstürzen. Die bleierne Zeit war vorüber.

»Warum grinst du?«, fragte Jenny.

»Du könntest zurückgrinsen, das wäre nett.«

»Was hast du von einem Lächeln, das du nicht siehst?«

»Du musst dabei ›Cheese‹ sagen, dann höre ich es!«

»Mir ist nicht nach Rumblödeln.«

»Mir auch nicht. Ich plane mein Comeback.«

»Als was?«

»Als Cornelius Teerjong, der Alte. Ich werde mich nicht länger mit dem Vorlesungsbetrieb zufriedengeben. Um genau zu sein: Ich werde mich überhaupt nicht mehr abspeisen lassen. Mein Leben wird sich von Grund auf ändern.«

»Wie meinst du das?«

»Wart's ab! Willst du dabei sein?«

»Auf jeden Fall«, sagte Jenny. Sie küsste ihn, und Cornelius spürte eine sprunghaft steigende Erregung. »Wie spät ist es?«

»Ungefähr zwölf.«

»Zeit fürs Bett.«

»Es ist zwölf Uhr mittags!«

»Ob Tag oder Nacht, spielt für mich keine Rolle. Das haben wir doch schon diskutiert.« Cornelius' Hände umfassten Jennys Schultern und zogen sie zu sich heran. Er küsste ihren Hals und begann geschickt und zielstrebig ihre Bluse aufzuknöpfen. »Ich hätte gern ein wenig Beischlaf und danach zwei Stunden Tiefschlaf. Das Hotelbett in Sarajevo war eine Katastrophe.«

»Ich weiß nicht, ob ich das jetzt kann«, flüsterte Jenny und wich zurück. »Das war alles ein bisschen viel, verstehst du? Die Morde, die Entführung … ich hatte so eine verdammte Scheißangst … und jetzt dieser Mann ohne Augenlider …«

Cornelius hörte, dass sie kurz davor war, erneut in Tränen auszubrechen. Betroffen ließ er die Hände sinken. Er wusste nicht, was er sagen sollte, und kam sich plump und unsensibel vor. Auch Jenny schwieg, was ihn zusätzlich mit tiefem Unbehagen erfüllte. Wie alle anderen Menschen war sie für ihn nur wirklich da, wenn sie sprach oder etwas tat, und obwohl er ihre Anwesenheit spürte, hatte er Angst, dass sie sich in der wachsenden Stille zwischen ihnen verlor und schließlich verschwinden würde.

Irgendwo im Haus klingelte es. Cornelius brauchte einen Augenblick, um zu begreifen, dass es sich um das Festnetztelefon handelte, auf dem nur noch selten jemand anrief. Jenny sprang von der Couch auf und ging rasch in den Hausflur. Cornelius hatte den Eindruck, dass sie froh war, sich der bedrückenden Situation entziehen zu können. Er hörte sie leise sprechen, dann kam sie zurück ins Wohnzimmer und legte das Telefon in seine Hand. »Für dich. Keine Ahnung, wer das ist.«

»Teerjong?!«

»Ich bin's«, sagte Coen Malinsky. »Erkennen Sie meine Stimme?«

»Ja!«

»Ich hatte gerade Besuch von der Polizei. Gerechtelijke Politie und zwei Bullen von Europol. Wieso haben Sie mich da reingezogen?«

Cornelius registrierte die mühsam kontrollierte Wut in der Stimme des Diamantenhändlers.

»Was wollte die Polizei von Ihnen?«

»Sie haben mich ausgequetscht wegen des Darlehens. Vor allem wollten Sie wissen, warum ich Ihnen das Geld überhaupt geliehen habe. Ich habe wahrheitsgemäß erzählt, dass ich wegen des falschen Verdachts von 2003 in Ihrer Schuld stand.«

»Dann ist doch alles bestens«, sagte Cornelius. Er wusste, dass es nicht ungefährlich war, das Thema am Telefon zu besprechen, und ebenso wie der Mann in Antwerpen wählte er seine Worte mit Bedacht. »So hat es sich ja schließlich auch abgespielt. Steht alles in den Polizeiakten. Und der Darlehensvertrag ist juristisch völlig in Ordnung. Die Tilgung beginnt im nächsten Monat. In zehn Jahren haben Sie Ihr Geld zurück.«

»Darum geht es nicht!«, erwiderte Malinsky. »Was auch immer Sie angestellt haben, nachdem Sie aus Antwerpen verschwunden sind: Es gibt bei den deutschen Behörden offenbar jemanden, der Ihnen kein Wort glaubt und deshalb die Polizei hier alarmiert hat. Schaffen Sie das aus der Welt. Ich will mit der ganzen Angelegenheit nichts mehr zu tun haben. Sie sagten: Tun Sie mir diesen einen Gefallen, und Sie werden nie wieder von mir hören. Ich erwarte, dass Sie sich an diese Vereinbarung halten und ich wegen dieser Geschichte nicht mehr behelligt werde. Ach ja, eine Sache noch: Ich habe das kleine virtuelle Kunstwerk, das Sie mir mitgebracht haben, von einer Expertengruppe in Tel Aviv untersuchen lassen. Sie sagen, es sei eindeutig eine Fälschung, und behaupten, dafür hieb- und stichfeste Beweise zu haben, die vor Gericht bestehen würden. Auf dieses Werk sollten Sie sich also keinesfalls ein zweites Mal beziehen. Übrigens lässt Eli Weidmann Sie grüßen. Er sagt, Sie möchten unbedingt auf Ihre Gesundheit achtgeben. In diesem Sinne – masseltoff!«

Die Verbindung wurde unterbrochen.

»Wer war das?«, fragte Jenny.

»Der Mann mit dem Darlehen.«

»Was wollte er?«

»Er war stinksauer. Leonard hat ihm die Polizei von Antwerpen auf den Hals gehetzt.«

»Hast du Grund, dir Sorgen zu machen?«

»Nach diesem Anruf mache ich mir welche. Er hat mir praktisch gedroht. Als ich in seinem Laden war, kam es mir nicht so vor, aber der israelische Mittelsmann hat behauptet, Coen Malinsky sei ein mächtiger und wirklich gefährlicher Mann. Ich glaube, er hatte recht.«

»Wieso hat er sich dann von dir erpressen lassen?«

»Weil 2003 schon mal gegen ihn in dieser Sache ermittelt wurde. Es gab eine Menge Leute, die trotz unserer Beweise nicht völlig von seiner Unschuld überzeugt waren. Irgendwas bleibt immer hängen. Ohne die öffentliche Vorverurteilung von damals wäre er zwölf Jahre später sicher nicht einfach so eingeknickt. Er hat sich daran erinnert, was damals passiert ist, und wusste, dass er keine Zeit haben würde, das Foto als Fälschung entlarven zu lassen. Der Shitstorm hätte ihn hinweggefegt, bevor seine Experten in Tel Aviv ihre Computer auch nur hochgefahren hätten. In einer Branche, die auf Diskretion und Vertrauen basiert, eine absolut tödliche Angelegenheit.«

»Seine Position hat sich jetzt allerdings erheblich verbessert.«

»Allerdings. Mir zu helfen, hat ihm Zeit verschafft. Er verfügt nun über die Expertise aus Israel und wird das Foto auch von Spezialisten in Deutschland und Belgien untersuchen lassen. Wahrscheinlich ist das schon geschehen. Ruperts Fake ist gut, aber ich glaube nicht, dass er all diese Leute täuschen kann. Die spielen in einer anderen Liga. Für mich stellt das Bild jedenfalls keine Trumpfkarte mehr dar. Es wird nie wieder irgendwo auftauchen, außer er selbst sorgt dafür.«

»Warum sollte er?« Jenny holte scharf Luft. Cornelius wartete ab, ob sie von allein darauf kam, und sie brauchte keine zehn Sekunden.

»Mein Gott, natürlich! Er kann den Spieß einfach umdrehen, marschiert mit dem gefälschten Foto und drei Gutachten in ein Antwerpener Polizeirevier und zeigt dich wegen Erpressung und Nötigung an. Behauptet, du hättest ihn mit dem Fake gezwungen, dir 200 000 Euro zu leihen, und ihm sei wegen seiner schlechten Erfahrungen mit der Justiz zunächst nichts anderes übrig geblieben, als gute Miene zum bösen Spiel zu machen, was er jetzt korrigieren wolle. Immerhin hat er schwarz auf weiß, dass er dir das Geld gegeben hat.«

»Als die Bullen vorhin bei ihm waren, hat er was anderes erzählt. Da war nur von Dankbarkeit wegen 2003 die Rede.«

»Ich wette, das könnte er hinbiegen.«

»Mag sein, aber irgendwie glaube ich nicht, dass Coen Malinsky seine Angelegenheiten vom Staat regeln lässt. Eher kann ich mir vorstellen, dass er Eli Weidmann bittet, mir die Beine zu brechen. Und wenn er wegen der Erpressung wirklich zu den Bullen laufen würde, wäre das auf jeden Fall eine Bestätigung meiner Geschichte, wenn auch ein wenig anders akzentuiert. Verstehst du, er würde bekräftigen, dass es diese 200 000 Euro tatsächlich gegeben hat. Was wirklich geschehen ist, kann er genauso wenig erzählen wie ich. Besser eine Anzeige wegen Erpressung in Belgien als eine Anklage wegen Beihilfe zum Mord in Deutschland.«

»Ich befürchte, du hast dir auch Leonard zum Feind gemacht.«

»Ja, das sehe ich auch so. Am Anfang hat er mich noch teilhaben lassen und sich höflich und kooperativ verhalten. Wir waren irgendwie auf einer Wellenlänge. Jetzt ist er nur noch stinkwütend.«

»Weil er die Ermordung von Henk de Byl nie zufriedenstellend aufklären konnte. Aus seiner Sicht hat man ihm den Fall seines Lebens versaut. Von der politischen Rücksichtnahme der Polizeiführung in Kassel über die Eigenbrötelei der Holländer bis hin zu dem bosnischen Täter, der Selbstmord begeht, anstatt sich von Max Leonard in einen deutschen Knast stecken zu lassen. Alle haben quergeschossen. Und dann auch noch du: ein blinder Kunstprofessor, der sich einmischt und sein eigenes Ding durchzieht, statt die Polizei ihre Arbeit machen zu lassen. Und der irgendwas getan hat, was Leonard bis heute nicht begreift. Er fühlt sich an der Nase herumgeführt. Klar, dass er sauer ist.«

»Elementar, Watson! Gute Analyse!«, sagte Cornelius ein wenig spöttisch. Er versuchte, eine Zuversicht auszustrahlen, die er nicht empfand. Stattdessen hatte er begonnen, stark zu schwitzen, und fragte sich, ob Jenny seine Angst spürte. Von irgendwoher schien ein Hauch von Lavendel ins Zimmer zu strömen.

»Also, wir rechnen mit Malinsky, Leonard und, wenn es ganz schlimm kommt, mit Eli Weidmann. Sonst noch jemand?«, fragte Jenny.

»Nein«, log Cornelius.

»Was wirst du tun?«

»Was kann ich tun? Außer mich vorsehen!«

»Wie muss man sich das vorstellen, wenn ein Blinder sich *vorsieht?«* In Jennys Stimme war ein Lächeln, das ihm unendlich guttat.

»Wir werden sehen«, sagte Cornelius.

Epilog

Das Gesicht der Krankenschwester verschwamm vor seinen Augen. Sein Blickfeld war voller Schlieren, irgendwie unscharf und gespenstisch. Marten Rykers hatte das Gefühl, die Welt durch eine verschmierte, dunstig beschlagene Taucherbrille zu sehen. Sein Blick wanderte durch den Raum, der wie ein ganz gewöhnliches Krankenhauszimmer aussah. Ein Tisch, zwei Stühle, ein Schrank und das Bett, in dem er lag. Alles weiß und steril. Nicht gerade gemütlich, aber immerhin keine Schläuche und Monitore mehr.

Die Krankenpflegerin hatte die Decke ein wenig beiseitegeschoben und sich zu ihm auf die Bettkante gesetzt. Er hob seine rechte Hand und betrachtete diese durch das Glas der Taucherbrille. Sie sah runzelig und mager aus, und er hatte nicht den Eindruck, dass sie zu ihm gehörte. Aber vielleicht half sie ihm, die verdammte Brille loszuwerden. Die Schwester beobachtete ihn und schien etwas sagen zu wollen, tat es aber nicht. Er ließ die Finger über seine Stirn nach unten gleiten und stellte fest, dass jemand die Gläser der Taucherbrille direkt auf sein Gesicht geklebt hatte. Welches Arschloch tat so etwas?

Die Frau auf der Bettkante streckte den Arm aus, nahm seine Hand und legte sie sachte zurück auf die Decke. »Das ist ein Uhrglasverband. Zwei Kappen aus Plexiglas, die mit Pflaster befestigt sind. Die Ärzte haben ihn angeordnet, um Ihre Hornhaut vor dem Austrocknen zu schützen.« Ihr Niederländisch hatte eine starke mundartliche Färbung. Irgendein Dialekt, wie er in Flandern gesprochen wurde. Gent, vielleicht. Verdammte Belgier …

»Ich kann nicht richtig sehen.«

»Der Verband stellt eine feuchte Kammer her, die Gläser beschlagen von innen. Das ist gewollt. Außerdem haben Sie eine Augensalbe bekommen.«

»Warum das alles?« Das Sprechen fiel ihm schwer, und sein Brustkorb schmerzte bei jedem Atemzug. »Was ist mit meinen Augen?«

»In einer halben Stunde kommt der Arzt. Er wird es Ihnen erklären.«

Die Krankenpflegerin stand auf, wandte sich zum Gehen und hielt in der Bewegung inne, als die Tür sich öffnete und zwei Männer den Raum betraten.

»Moment, Sie können hier nicht einfach so rein!«

»Doch«, sagte einer der Männer, »können wir!« Er war groß und mager, hatte schütteres Haar und einen dicken blonden Schnauzbart.

»Das werden wir ja sehen!«, erwiderte die Schwester und rauschte aus dem Zimmer.

Rykers beobachtete durch seine verschmierten Gläser, wie der Mann sich dort niederließ, wo vorher die Pflegerin gesessen hatte. Sein Begleiter zog sich einen Stuhl heran.

Den Mann auf der Bettkante hatte Rykers vor drei Jahren kennengelernt: Piet de Vries vom Algemene Inlichtingen- en Veiligheidsdienst. Der niederländische In- und Auslandsgeheimdienst AIVD war im öffentlichen Bewusstsein wenig präsent, aber bei Rykers hatten gleich alle Alarmglocken geschellt. De Vries war es gewesen, der ihm damals von Ruuds Ermordung in Rotterdam erzählt und ihm Schutz zugesichert hatte.

»Wer ist der?«, fragte Rykers und deutete auf de Vries' Begleiter.

»Max Leonard von Europol. Er war vor drei Jahren Polizist in Deutschland und hat den Mord an Henk de Byl untersucht.«

»Mit großem Erfolg, wie wir alle wissen!« Rykers sah Leonard ein wenig zusammenzucken, aber vielleicht täuschte ihn die verfluchte Brille auch. De Vries überging die Bemerkung.

»Wie geht es Ihnen?«, fragte er.

»Beschissen! Ich will wissen, was passiert ist. Und ich will mit den Ärzten reden. Nicht mit Ihnen!«

»Wir sind gleich fertig. Woran können Sie sich erinnern?«

»An kaum etwas. Ich habe geschlafen, und dann war plötzlich etwas sehr Schweres auf meiner Brust, und es hat ganz kurz irrsinnig wehgetan. Dann war ich weg. An die Zeit danach habe ich nur ein paar Erinnerungsfetzen. Überall Schläuche, piepende Maschinen und Stimmen, aber gedämpft, als wäre ich unter Wasser. Seit einer Stunde bin ich nun in diesem Zimmer und habe schon wieder zwei Bullen am Hals. Wo waren Sie, als ich Sie gebraucht habe?«

De Vries machte eine Bewegung mit den Händen, die man als vage Entschuldigung deuten mochte. »Es sind Fehler gemacht worden. Das stimmt. Aber Sie haben jetzt nichts mehr zu befürchten. Der Mann, der Ihre Freunde ermordet und Sie angegriffen hat, ist tot. Hat sich in Sarajevo das Hirn rausgeblasen. Wir sind sicher, dass er der Täter war. Seine Motive sind allerdings immer noch nicht ganz klar. Es muss was mit dem Bosnienkrieg zu tun haben.«

»Wer war das Arschloch?«, wollte Rykers wissen. Er hatte zunehmend Schwierigkeiten, dem Gespräch zu folgen.

»Ein Frankfurter Nachtclubbesitzer, der vor zwanzig Jahren aus Bosnien nach Deutschland gekommen ist«, sagte der Mann auf dem Stuhl, der bisher geschwiegen hatte.

Gar nicht mal so schlecht, die Aussprache, dachte Rykers. Er hatte noch nie einen Deutschen Holländisch sprechen hören. Die gingen normalerweise davon aus, dass Niederländer Deutsch zu können hatten.

»De Byl, van Bouveret und Sie waren Kriegskameraden. Beim niederländischen Blauhelmkontingent in Srebrenica. Das könnte die Verbindung sein. Klingelt da was bei Ihnen?« Der deutsche Bulle ließ nicht locker.

Marten Rykers schüttelte den Kopf, in dem sich ein heftiger Schmerz breitmachte, der im Sekundentakt schlimmer wurde. Die Gläser vor seinen Augen waren jetzt vollständig beschlagen. »Jeder weiß, was in Srebrenica passiert ist! Ich lebe seit zwanzig Jahren damit. Die Armee hat mich fallen lassen, meine Frau ist weg, und meine Kinder reden nicht mit mir. Ich hab diese Scheiße bis oben hin satt! Das muss doch irgendwann mal vorbei sein!«

»Was genau meinen Sie mit vorbei?«, fragte Leonard sanft.

Arrogantes deutsches Arschloch, dachte Rykers. Aber das spielte jetzt keine Rolle mehr. Er spürte, wie sein Verstand ins Abseits glitt. Die Zeit lief aus. »Wie hat der Ziegenficker mich gefunden?«, murmelte er und registrierte noch, dass De Vries ihn angewidert anstarrte.

Der deutsche Bulle verzog keine Miene. »Lassen Sie uns reden, wenn Sie wieder gesund sind«, sagte er. »Ich habe da eine Theorie.«

Anhang

Das vorliegende Buch ist ein fiktionaler Text. Das bedeutet, dass ich mir die ganze Geschichte ausgedacht habe. Während die politischen, historischen und medizinischen Fakten, die den Hintergrund bilden, wie ich hoffe, exakt recherchiert wurden, sind die Romanhandlung und die Protagonisten frei erfunden. Etwaige Ähnlichkeiten der Figuren mit realen oder gar noch lebenden Menschen, insofern es sich nicht um Personen der Zeitgeschichte handelt, wären unbeabsichtigt und rein zufällig.

Bei den Recherchen zu Paul Cassirer und seiner Bedeutung für Impressionismus und Moderne in Deutschland habe ich vor allem ein Artikel von Ira Mazzoni in der Süddeutschen Zeitung vom 27.09.2014 zu Rate gezogen.

Für die Schilderung der Ereignisse in Srebrenica vom 11. bis 15. Juli 1995 diente mir unter anderem ein Artikel von Alex Rühle in der Süddeutschen Zeitung vom 23/24.11.2013 als wichtige Grundlage.

Zudem waren die folgenden Bücher für die Arbeit an dem Roman eine wichtige Inspirationsquelle:

Molly Birnbaum: Der Geruch der Erinnerung, Kein & Aber Verlag 2011
Emir Suljagic: Srebrenica – Notizen aus der Hölle, Paul Zsolnay Verlag 2009
Oliver Sacks: Drachen, Doppelgänger und Dämonen, Rowohlt Verlag 2013
John M. Hull: Im Dunkeln sehen – Erfahrungen eines Blinden, C.H. Beck Verlag 1992

Besonders das Buch von John M. Hull half mir, mich in die Lebenswelt spät erblindeter Menschen hineinzuversetzen, soweit dies einem Sehenden möglich ist.

Des Weiteren bedanke ich mich sehr herzlich bei Regina Kammerer, die sich für das etwas ungewöhnliche Projekt begeistern ließ, und bei Lisa Wolf für das wunderbare Lektorat. Caterina Kirsten bewahrte mich wie immer vor einer Reihe böser Schnitzer, Georg Simader vermittelte das Manuskript und stand mit Rat und Tat zur Seite, Thekla Pfeiffer hielt mir beim Schreiben den Rücken frei. Danke, Leute …

LUKAS ERLER

Die Thomas-Nyström-Krimis

Ölspur

Kriminalroman, 336 Seiten, btb 74309

Der Neuropsychologe Thomas Nyström reist nach Hamburg, um seine Geliebte zu sehen, die Journalistin Helen Jonas. Doch er findet ihre Wohnungstür versiegelt vor: Helen Jonas ist tot. Natürliche Todesursache, meint die Polizei, doch Nyström glaubt nicht daran. Tatsächlich stellt sich heraus, dass Helen einem gigantischen Umweltskandal auf der Spur war …

»Ein lakonisch erzählter Politthriller, der neben Tempo und Spannung auf hintergründigen Humor und pointierte Rededuelle setzt.«

KIELER NACHRICHTEN

Mörderische Fracht

Kriminalroman, 288 Seiten, btb 74371

Als die Russin Elena bei dem Neuropsychologen Thomas Nyström in München auftaucht und behauptet, dass Tschetschenen einen Anschlag auf einen russischen Supertanker planen, setzt er alle Hebel in Bewegung, um ihr zu helfen. Doch den Behörden ist der Verdacht zu vage. Also versucht Nyström, auf eigene Faust das Attentat zu verhindern. Und trifft dabei auf einen alten Widersacher, der entschlossen ist, offene Rechnungen zu begleichen.

»Es ist lange her, dass ein deutscher Krimi so perfekt dahergekommen ist.«

FOCUS ONLINE